JN307880

epi 文庫
1〉

〈グレアム・グリーン・セレクション〉

二十一の短篇

グレアム・グリーン

高橋和久・他訳

epi

早川書房

5658

日本語版翻訳権独占
早　川　書　房

©2005 Hayakawa Publishing, Inc.

TWENTY-ONE STORIES

by

Graham Greene

Copyright © 1955, 1963, 1969, 1970, 1974, 1975 by
Graham Greene

Translated by
Kazuhisa Takahashi and Others
Published 2005 in Japan by
HAYAKAWA PUBLISHING, INC.
This book is published in Japan by
arrangement with
VERDANT S. A.
c/o DAVID HIGHAM ASSOCIATES LTD.
through TUTTLE-MORI AGENCY, INC., TOKYO.

目次

二十一の短篇

廃物破壊者たち　The Destructors

高橋和久訳

短篇でありながら長篇の趣を持った作品で、それは視点（語りが誰に寄り添っているか）が思いがけず頻繁に移動しているところに端的にうかがえる。少年たちやじいさんのバックグラウンドがそれとなく示されるのもその印象を深めている。主役は少年たちだが、トラックの運転手の感想が語っているように、巧みな破壊への衝動はだれもがいつでも持っているものかもしれない。もっとも、憎しみや愛なんてものはぜんぶ大甘のたわごとで、この世にあるのはモノだけだ、などというどこか潔さを感じる哲学を自分の階級に安住している人間のだれもが持っているとはかぎらないだろうが。作中のモリスはグリーンの作品にしばしば登場する小型乗用車で、一九四〇年代末から製造されたモリス・マイナーのこと。クリストファー・レン（1632―1723）は英国を代表する建築家で、作中にあるようにセント・ポール大聖堂を代表として劇場など多くの建築を残し、セント・ポール大聖堂の最初の埋葬者となった。

（訳者）

1

いちばんの新参者がワームズリー・コモン団のリーダーになったのは、八月の祝日前夜のこと。驚いたのはマイクただひとりだったが、しかし九歳のマイクはどんなことにでも驚くのだった。一度だれかが彼に「口を閉じていないと、カエルが跳び込んでくるぞ」と言ったことがある。以後マイクは、我慢できないほど驚いたときのほかは、かたく口をつぐんできた。

その新参者は夏休みのはじめからコモン団の一員になっていた。何か思いを胸に秘めているようなその寡黙ぶりはだれもが気づくところで、只者ではないという雰囲気を湛えていた。無駄口は一切きかず、名前ひとつにしても、団の掟《おきて》によって名乗らなくてはいけなくなってようやく教えるという具合。「トレヴァーだ」と言ったときも、ほかの連中の口から出ると恥ずかしそうな調子なり挑みかかるような調子が窺《うかが》われただろうに、彼の場合、それはただの事実の陳述であった。それに、マイクのほかはだれひとり笑うものもなかった。マイクにしても、笑う仲間がいないことに気づき、新入りの暗い凝視を食らうと、口を開けたまま、またおとなしくなった。「T」とトレヴァーは後に呼ばれるようになったが、そのTは皆の嘲笑を受けて当然だった——まずトレヴァーという名前が仰々しかったし（かれらが名前を頭文字だけにしたのは、そうしないと笑わずにはいられなかったからだ）、またかつて建築家であった父親がいまは事務員をしていて「落ちぶれてしまって」いた上に、母親は自分のことを隣近所のものとは身分が違うと思っていたのだ。彼がなんら不名誉な加入儀式を経ることもなくこの一団に場所を得たのは、奇妙な危険の香り、思いもよらぬことをしでかすのではという気配を漂わせていたからにほかならなかった。

コモン団は毎朝、にわか作りの駐車場に集まった。そこは最初の空襲の最後の爆弾が落ちた場所だった。ブラッキーという名で通っていたリーダーは、その爆弾の落ちる音を聞いたと言い張った。だれも彼の生年月日をはっきりとは知らなかったので、そのとき彼はまだ一歳で、地下鉄のワームズリー・コモン駅の下りプラットフォームでぐっすり眠っていたはずだ、などと指摘はしなかった。駐車場の一方の側に家が凭《もた》れるようにたっていた。無残に壊れたノースウッド・テラスの三番地で、一番地、二番地には人が住んでいなかった。それは文字通り凭れていた。というのも、爆風をもろに受けて、家の側壁が木のつっかい棒に支えられていたのだ。その爆弾よりも小さい爆弾がひとつと焼夷弾がいくつか、さらに先のほうに落ちたので、この家は鬼歯のように突き出ていて、奥の塀の上には隣家の名残り、台胴がのっかっている。マントルピースの残骸だった。Tの口にすることばは、毎日ブラッキーによって提案される作戦計画に対する「イエス」か「ノー」かにほとんどかぎられていたが、一度、何か考えていることがあるという風《ふう》で、「親父に言わせると、あの家はクリストファー・レンが建てたものらしい」と言って、団員一同をびっくりさせた。

「レンってだれだ？」

「セント・ポール大聖堂を建てた人さ」

「知ったことか」とブラッキーが言った。「あれはただ、貧乏じいさんの家ってだけのことだろ」

貧乏じいさん——本名はトマスだった——はかつて大工の棟梁《とうりょう》で室内装飾も手がけたが、廃屋同然のその家にひとりで住んで、自炊暮らしをしていた。週に一回、パンや野菜を手に共有地の原っぱを横切って家へと帰る彼の姿が見られた。そして一度、少年たちがこの駐車場で遊んでいると、庭の壊れた塀から顔を出して、彼らの様子を見ていたことがあった。

「トイレに行ってきた帰りだな」と少年のひとりが言った。というのも、誰もが知っていることだったが、爆弾が投下されてからその家の排水がどこかおかしくなったものの、貧乏じいさんはけちで、家の修繕に金をかける気にならなかったのだ。家の再塗装は手間賃なしに自分でできるけれども、配管工事の知識の持ち合わせが彼にはなかった。トイレは狭い庭の奥にある木製の小屋で、ドアには星形の穴が開いていた。隣の家を打ち壊し、三番地の家の窓枠を引き剝がした爆風を免れたものだった。

次にコモン団がミスター・トマスに気づいたときには、驚きがもっと大きかった。ブラッキーとマイクともうひとり、なぜか苗字のサマーズという名で呼ばれている痩せた黄色い顔の少年とで、市場から帰ってくるじいさんに原っぱでばったり会ったときのこと。ミスター・トマスはかれらを呼び止め、むっつりした口調で言った、「駐車場で遊んでいる連中の仲間だな?」

マイクが返事をしようとしたとき、ブラッキーが押しとどめた。リーダーとして仕切るのは彼なのだ。「だったらどうなのさ?」彼は曖昧《あいまい》な答え方をした。「チョコレートを少し手に入れたんだが」とミスター・トマスは言った。「わしの好物ではないんでな。ほら、あげよう。全員にいきわたるほどはあるまいよ。足りないな」悲しい事実を確信するように彼は付け加えた。そしてスマーティのチョコレートを三包みかれらに手渡した。

団員たちはこの振舞いに困惑、動揺して、何とか説明をつけようとした。「きっとだれかが落っことしたのを拾ったのさ」とひとりが言い出した。

「どっかでくすねてきたけど、おじけづいたんだ」と別の少年が思わずひとりごちた。

「ワイロだよ」とサマーズが言った。「じいさんの家の塀にボールを当てて遊ぶのを止めてくれってわけさ」

「ワイロなんか受け取らないってとこ、見せてやらにゃあ」とブラッキーが言い、一同は午前中をすっかり犠牲にしてボール当て遊びをしたが、それを楽しんだのは年少のマイクだけだった。ミスター・トマスからは何の反応もなかった。

翌日、Tが皆を仰天させることになった。集合時間になっても来ないので、その日に試みる離れ技を決める投票は彼抜きで行われた。ブラッキーの提案で、団員たちはふたり一組になって四方に散り、手当たり次第バスに乗って、不注意な車掌の目をかすめてどれくらい無賃乗車ができるかを競うことになった（いんちきをしないように、この行動作戦はふたり一組で遂行されなければならない）。組になる相手を選ぶくじを引いているときにTが到着した。

「どこに行ってたんだ、T」ブラッキーが尋ねた。「もう投票はできないぞ。掟は知っているだろう」

「アソコに行ってたんだ」とTは言い、何か胸に秘めた隠し事でもあるみたいに地面を見た。

「どこだよ?」

「貧乏じいさんのところ」マイクの口が開き、それから慌ててパチリと閉じられた。カエルのことを思い出したのだ。

「貧乏じいさんのところだって?」ブラッキーが言った。掟に反する行動ではないが、Tは危険地帯に足を踏み入れようとしているのではないか、という感覚が彼を捉えた。そうでないことを祈りつつ彼は尋ねた、「押し入ったのか?」

「ちがう、ベルを鳴らしたんだ」

「それで何て言ったんだ?」

「家を見せてって」

「じいさんはどうした?」

「見せてくれたよ」

「何か盗んだか？」

「何にも」

「じゃあ、何しに行ったんだ？」

団員たちが集まってきていた。今にも即席の法廷ができて、逸脱行為についての裁判がはじまるかのような気配。Tが言った、「美しい家なんだ」そして相変わらず地面を見つめたまま、だれとも目をあわさず、唇を舐めた。最初は右から、次に左から。

「美しい家ってどういうことだ？」ブラッキーが軽蔑を込めて尋ねた。

「作られて二百年にもなるコルク栓抜きのようならせん階段があるんだ。何にも支えられていない階段がね」

「何にも支えられていないってどういう意味だ？　浮かんでいるのか？」

「何でも反対向きの力のバランスとかを使っているらしいよ、貧乏じいさんの話では」

「ほかには何があった？」

「羽目板飾りがね」

「青猪亭《ブルー・ボア》みたいなやつか？」

「二百年になるって」

「貧乏じいさんは二百歳になるのか？」

マイクが不意に笑い出し、それから再び静かになった。会合は深刻な雰囲気になっていた。Tが夏休みの最初の日にぶらりと駐車場にやってきて以来はじめて、その立場が危ういものになったのだ。Tの本名を一度でも口にすれば、団員たちは彼に詰め寄るだろう。

「何だってそんなことをしたんだ？」ブラッキーが尋ねた。彼は公平であり、焼きもちなどやかず、できるものならTを団員として留めておきたいと心から願っていた。彼を心配させたのは「美しい」ということばだった。それは上流階級のものなのだ——ワームズリー・コモン・エンパイア座に行けば、今でも山高帽に片眼鏡といういでたちの男が勿体《もったい》ぶった口調を駆使して、恰好のパロディの的にしている階級のものなのだ。彼は「やあ、トレヴァー君」とTの本名を口にして、地獄の番犬のように待ち構えている団員どもをけしかけてやりたいという誘惑に駆られた。「押し入ったんだったらな」彼は悲しげに言った——もしそうなら、それは団員にふさわしい手柄だったものを。

「この方がよかったんだ」Tが言った。「いろいろ分かったからね」彼は足下に目をすえたまま、だれとも目をあわせなかった。まるで他人に教えたくない——教えるのが恥ずかしい――夢想に耽《ふけ》っているみたいだった。

「いろいろって？」

「貧乏じいさんは明日と祝日はずっと家を空ける」

ブラッキーはほっとして言った、「つまりそのとき押し入るってわけだな」

「それでごっそり盗んでくる？」だれかが尋ねた。

ブラッキーが言った、「だれも盗んだりはしないさ。押し入る――それで十分じゃないか。裁判沙汰はごめんだからな」

「盗みはいやだな」Tが言った。「もっといい考えがある」

「何だ？」

Tは目を上げた。くすんだ八月の日のような暗褐色の興奮した目だった。「あの家を解体するんだ」彼は言った。「壊すんだ」

ブラッキーが呆れたような嘲笑をフンと一声あげたが、相手の真剣で冷ややかな視線に威圧されて、マイク同様、すぐに押し黙った。「そんなことをして、おまわりがずっと気づかないとでもいうのか？」

「あいつらには分かりっこないよ。内側から壊すんだ。はいり口は見つけておいたし」Tの口調にはある種の激しさがあった、「いいかい、リンゴに巣食う虫みたいになるんだ。外に出てきたときには何もなくなっている、らせん階段も、羽目板も、何もかもね。残っているのは壁だけさ。それから最後に壁を倒すんだ――何からうまい手を使ってね」

「牢屋行きだぞ」ブラッキーが言った。

「証拠がないじゃないか。それに、どうせ何も盗みはしなかったことになるし」Tははしゃいだ様子など少しも見せずに付け加えた、「こっちが仕事を終えた後じゃ、何も盗むものなんか残らないんだから」

「ものを壊して牢屋行きなんて聞いたことがないな」とサマーズ。

「時間が足りないじゃないか」ブラッキーが言った。「家の取り壊しをやっているところを見たことがあるぞ」

「全部で十二人いるだろう」Tが言った。「仕事の分担をうまく決めるんだ」

「だれも知らないんだぞ、どうやれば……」

「ぼくが知ってる」Tは言った。ブラッキーを見やって、「もっといい計画があるのかい？」

「今日はバスの無賃乗車をするんだ……」がマイクの気がきかない答。

「無賃乗車か」とTが言った。「降りてもらってかまわないよ、ブラッキー、もしどうしても……」

「投票するのが団の掟だ」

「それじゃあ投票にかけよう」

ブラッキーは落ちつかなげに言った、「明日と祝日の月曜に、貧乏じいさんの家を壊そうって案が出ているが」

「さあ、どうだ」ジョーという名の太った少年が言った。

「賛成するのは？」

Tが言った、「決まりだな」

「どうやってはじめるんだ？」サマーズが尋ねた。

「あいつが指示するさ」とブラッキーが言った。それが彼の政権の終わりだった。ブラッキーは駐車場の奥へと立ち去り、石を蹴ってあっちこっちへと転がしはじめた。駐車場にある乗用車は古ぼけたモリス一台だけ。トラック以外の車はほとんど置かれていない――監視員がいないと安全が保証されないのだ。ブラッキーはモリスに向けて石を蹴飛ばし、後部の泥除けの塗料を少し削り落とした。向こうでは、よそ者を相手にするときと同様、彼の方には目もくれず、団員たちがTのまわりに集まっていた。ブラッキーは人気がどれほど移ろいやすいものか、ぼんやりと意識した。家に帰ったまま二度とここには戻らず、連中全員にTの指導力がどれほど見掛け倒しであるか思いしらせてやろうか、と考えた。しかしもしTの計画がつまるところ実行可能なものであったらどうだ——前代未聞のことではないか。駐車場を根城にしたワームズリー・コモン団の名は否が応でもロンドンまでとどろくだろう。新聞の見出しに載るだろう。プロレス賭博の胴元をやっている大人のギャングや引き売りの兄ちゃんたちでさえ、貧乏じいさんの家が見事に壊されたと聞けば敬意の念を抱くだろう。コモン団の名声を願う純粋素朴で利他的な功名心に突き動かされて、ブラッキーはTの立っている貧乏じいさんの家の塀の影のところに戻った。

Tはためらいなく指示を与えていた。まるで彼は生まれてこのかたずっとこの計画をあたため、年々歳々の熟考思案のあげく、十五歳になった今、年頃になった疼《うず》きとともにそれを結晶化したみたいだった。「きみは」とマイクに言う、「大きな釘を何本か持ってくるんだ、見つけられるかぎり大きいのをな。それとハンマーを忘れずに。ほかのやつもできたらハンマーとドライバーを持ってきてくれ。たくさん入りようになるからな。ノミもだ。多すぎるってことはないから。のこぎりを持ってこられるものはいるか？」

「持ってこられるよ」とマイク。

「おもちゃのじゃないぞ」Tが言った。「ほんもののこぎりだ」

ブラッキーはふと気づけば、ほかの一般団員と変わりなく手を上げていた。

「よし、一丁持ってきてくれ、ブラッキー。だけど次が厄介だ。弓のこが要るんだよな」

「弓のこって何だ？」とだれかの声。

「ウールワース雑貨店で売ってるよ」サマーズが言った。

ジョーという名の太った少年が陰気な調子で言った、「分かっていたさ、最後は金を出せってことになるんだろ」

「弓のこはぼくが手配する。君たちの金がほしいわけじゃないんだ。だけど大ハンマーは買えないな」

ブラッキーが言った、「いま一五番地が工事中でね。休日に工具がどこにしまわれるか知ってるぜ」

「それじゃあこれで終わりだ」Tが言った。「九時かっきり、この場に集合」

「教会に行かなくちゃいけないんだけど」マイクが言った。

「塀を乗り越えて、口笛を吹け。中に入れてやるから」

2

日曜の朝、ブラッキーを除く全員が時刻どおりに集合した。マイクまでやってきた。彼はついていた。母親の具合が急に悪くなり、父親は土曜の夜に度を越して疲れていたので、道草をしたら承知しないぞとさんざんおどかされて、教会にはひとりで行くようにと言われたのだった。ブラッキーはのこぎりをこっそり持ち出すのと、一五番地裏で大ハンマーを探し出すのに手間取った。彼はじいさんの家にやってくるのに、庭の裏手の路地を使った。表通りで警察のパトロールと鉢合わせするのを避けたのだ。疲れた常緑樹が嵐を予感させる陽光をさえぎっていた。大西洋上では新たな雨の祝日が用意されつつあり、木々の下で逆巻く埃はその前触れだった。ブラッキーは塀をよじ登って貧乏じいさんの家の庭に入った。

どこにもだれの気配もなかった。便所が訪れるものとてない墓地に佇む墓碑のように立っている。カーテンが引かれ、家は眠っていた。ブラッキーはのこぎりと大ハンマーを抱え、難儀しながらのろのろと近づいた。結局だれも現われなかったのではないか。あの計画は突拍子もない与太話だったのだ。朝、目覚めてみれば、みんな馬鹿な夢からさめていたというわけか。しかし裏口のドアのそばまでくると、ざわざわと重なりあった音が耳に届いた。せいぜいミツバチの群がった巣のような低い音が響く——カタコト－カタコト、ガン－ガン－ガン、キーキー、ギーギー、そして突然苦しそうなビシッと割れる音。彼は思った、嘘じゃないんだ。そして口笛を吹いた。

団員が裏口のドアを開けてくれ、彼は中に入った。一目でその組織立った仕事ぶりに気づかされる。ブラッキーがリーダーだったころの行き当たりばったりのやり方とは大違いだった。彼はしばらく階段を上ったり降りたりしてTを探した。話しかけてくるものはだれもいない。ひどく緊迫した空気がひしひしと感じられ、おぼろげながら彼は早くも計画の全容を理解することができた。外壁には手を触れぬまま、家の内部が慎重に破壊されつつあった。サマーズがハンマーとノミを使って、一階にあるダイニングルームの壁の下に張られた幅木《はばき》を剥がしている。ドアの鏡板はすでに彼の手で打ち砕かれていた。同じくダイニングルームではジョーが寄木《よせぎ》張りの板を引き剥がしている。地下室の上に張られたやわらかい床張り材があらわになっていた。壊された幅木からはぐるぐる巻きになった電線が出てきて、マイクが嬉しそうに床に座り、その電線を切っていた。

曲線を描いている階段では、ふたりの団員があまり使いものにならない子供用ののこぎりで手すりを相手に悪戦苦闘。彼らはブラッキーの大きなのこぎりを見つけると、声は出さずに持ってきてくれと合図した。ブラッキーがその次にかれらを見たときには、手すりの四分の一はすでに玄関の床に落ちていた。彼がようやくTを見つけたのはバスルーム——家のなかでいちばん人気《ひとけ》のない部屋にむっつりと座り込み、下から聞こえてくる音に耳を傾けていた。

「ほんとにやったんだな」ブラッキーは畏怖の念を込めて言った。「これからどうなるんだ?」

「またはじまったばかりさ」Tが言った。ブラッキーの持っている大ハンマーを見て指示を与える。「ここに残って、風呂と洗面台を壊してくれ。配水管は気にするな。それは後回しだ」

マイクがドアのところに現われ、「電線は終わったよ、T」と声をかけた。

「よし、それじゃ今度はちょっと歩き回ってもらうぞ。台所が地下にある。瀬戸物やガラス器やビンを手当たり次第、ぜんぶ壊せ。蛇口をひねっちゃだめだぞ——水浸しはごめんだからな——今はまだ。それが終わったら家中の部屋にはいって、引き出しの中身を残らずぶちまけろ。錠のかかっているのがあったら、だれでもいいから手伝ってもらって壊して開けるんだ。書類が見つかったらぜんぶ破き、装飾品はみんな壊せ。台所から切り盛り用の大ナイフを持っていったほうがいいな。寝室はこの向かいだ。枕を裂いて、シーツは破いてしまえ。今のところ、それで十分だろう。それからブラッキー、ここの仕事が終わったら、その大ハンマーで廊下のしっくいを叩き割ってくれ」

「おまえは何をするんだ？」ブラッキーが尋ねた。

「ちょっと特別なものを探しているのさ」Tが答える。

ブラッキーが風呂を始末してTを探しに行ったときには、昼飯時近くになっていた。混沌状態は倍加していた。台所は壊れたガラスと瀬戸物で足の踏み場もない。ダイニングルームは寄木が剝がされ、幅木がむしられ、ドアが蝶番《ちょうつがい》から外されていて、壊し屋たちはすでに階上に移動していた。閉められたよろい戸から光が何筋か入りこみ、そこでは団員たちが創造者たちと同じ真剣さで作業している——破壊とはつまるところ、創造の一形式なのだ。ある種の想像力がこの家を、今のようなありさまになった姿で思い描いたのだ。

マイクが言った、「お昼を食べにうちに行かなくちゃ」

「ほかにもいるか？」とTが尋ねたが、ほかの連中は何とか口実を作って食料を持参してきていた。

かれらは廃墟と化した部屋にしゃがみこんで、気に入らないサンドイッチを交換しあった。三十分ほどで昼食を済まし、一同は再び作業に取りかかった。マイクが戻ってきたときには、全員が最上階を攻略中で、六時までに表立った破壊作業は一通り終わった。ドアはすべて外され、幅木は剝がされ、家具は中身を抜き出された上で、裂かれ、砕かれていた。壊れたしっくいの積まれたところ以外、家中どこにも寝る場所すらない有様。Tが指示を与えた——明日の朝、八時集合。そしてかれらは人目につかぬよう、ひとりずつ庭の塀を乗り越えて駐車場へと出て行った。ブラッキーとTだけが残った。陽はほとんど落ちていて、電気のスイッチを入れてみたが、灯りはつかない——マイクはきちんと仕事をやったのだ。

「特別なものは見つかったのか？」ブラッキーが尋ねた。

Tは頷いて言った、「こっちへ来て、見てみろよ」彼は両方のポケットからポンド紙幣の束を取り出した。「貧乏じいさんの貯金だよ」彼は言った。「マイクはマットレスを裂いたんだけど、これには気づかなかった」

「どうするつもりだ？　山分けするのか？」

「ぼくたちは泥棒じゃない」Tが言う。「この家から何か盗み出そうとするもんなんかひとりもいないさ。これはぼくたちふたりのためにとっておいたんだ——お祝いのためにね」彼は床に膝をついて紙幣を数えた——全部で七十枚。「これを燃やすんだ」彼は言った、「一枚ずつ」そしてふたりは紙幣をかわるがわる一枚ずつ手に取り、頭上にかざすと、上方の角のところに火をつけた。それで、炎は指元の方へとゆっくり燃えてくる。灰色の燃え殻が宙を舞い、老齢のように頭に落ちる。「ぼくたちがすっかり仕事を終えたとき、貧乏じいさんがどんな顔をするか楽しみだよ」Tが言った。「あいつのことを憎くてたまらないのか」ブラッキーが尋ねた。「とんでもない、憎んでなんかいないさ」Tが言った。「もし憎んでいたなら、面白くなくなっちゃうよ」燃えた紙幣の最後の一枚が、Tの深く思いに沈んだ顔を照らした。「ぼくたちの憎しみや愛なんてものは」と彼は言う、「ぜんぶ大甘のたわごとさ。この世にあるのは、モノだけなんだよ、ブラッキー」そして部屋を見まわす。そこには、半分になったモノ、壊れたモノ、かつてモノだったモノの見知らぬ影が群がっていた。「さあ、家まで競走だ、ブラッキー」彼は言った。

3

翌朝になって、本格的な破壊が始まった。姿を見せないものがふたりいた——マイクともう一人の少年。その少年の両親は、ゆっくりと生暖かい雨が降りだし、昔のあの空襲のときの最初の砲声のように雷鳴が轟きだしたというのに、サウスエンドとブライトンへ保養に出かけたのだ。「急ぐんだ」Tが言った。

サマーズは納得しなかった。「もう十分やったんじゃないのか？」彼は言った。「スロットマシンで遊ぶ小銭をもらってきたんだ。こんなのは遊びじゃなくて仕事だよ」

「まだはじめたばかりなんだぞ」Tが言った。「なあ、床がまるまる残っているだろう。階段もだ。窓だってまだひとつも引き抜いてない。みんなと同じに賛成だって投票したんじゃないか。みんなしてこの家をハカイするんだ。終わったときには、何ひとつ残っていないようにな」

一同は再び二階からはじめて、外側の壁わきの床の表板を剝がして根太《ねだ》を露出させた。それから根太をのこぎりで切って、床の残った部分が傾いで陥没しはじめると、玄関へと避難した。やっているうちにこつを覚え、三階はもっと簡単に始末した。夕方になる頃には、大きなうろ穴と化した家を見下ろしながら、奇妙に高揚した気分を味わうのだった。危険をおかし、失敗もした――まだ窓が残っていると気づいたときにはすでにおそく、手の施しようがなかった。「あっ！」とジョーが叫んで、ガラクタでいっぱいになった水のない井戸に一ペニー硬貨を落としてしまった。それはカチンと音を立て、ガラスの破片の間を旋回した。

「おれたち、何でこんなことをはじめたんだ？」サマーズが呆れたように言った。Tはすでに一階に降りて、ガラクタを掘り起こし、外壁のまわりに隙間をつくっていた。

「水道の蛇口をひねるんだ」彼は言った。「もう暗いから、だれにも見られる心配がない。朝になれば何も問題はなくなるから」水が階段に立っていたかれらのところまで押し寄せ、床のなくなった部屋から部屋へと流れ込んだ。

マイクの口笛が裏口から聞こえてきたのはそのときだった。「何かまずいことが起きたぞ」ブラッキーが言った。ドアの鍵を開けると、マイクの慌《あわただ》しい息遣いが耳を打つ。

「お化けでも見たか？」サマーズが尋ねた。

「貧乏じいさんだよ」マイクが言う。「じきに帰ってくるんだ」彼は両膝のあいだに頭を落とし、ゲーゲーやった。「ずっと走ってきたんだよ」と誇らしげな声。

「でも、どうしてだ？」Tが言った。「話を聞いたときにゃ……」これまで見せたことのない子供特有の怒りをこめて文句を言う、「そんなのずるいじゃないか」

「じいさんは、サウスエンドに行ってたんだけど」マイクが言う、「列車で帰ってきた。寒くて雨が降ってかなわないって言ってた」彼はことばを切って、流れる水を見つめた。「すごい、こっちじゃ嵐だったんだ。屋根が雨漏りしてるの？」

「あとどれくらいで帰ってくる？」

「五分。ぼく、かあちゃんをうまくまいて、駆けてきたんだ」

「引き上げたほうがいいな」サマーズが言った。「どっちにしろ、もう十分やったんだから」

「いや、まだ終わってない。だれだってできるさ、この程度の……」〝この程度〟とは、壁のほかには何も残っていないほど破壊され、空洞と化した家のことだった。しかし壁は保存に耐えうる。家の正面は貴重なもの。家の内部なんか、前よりもっと美しくつくり直すことができる。このままでは、また人間の住む家庭をここで営むことができる。Tは怒気を含む声で言った、「最後までやらなくちゃだめだ。帰るなよ。考えさせてくれ」

「時間がないよ」とだれかの声。

「何か手があるはずだ」Tが言った。「ここまでやれたのだから……」

「さんざんやったじゃないか」ブラッキーが言った。

「いや、いや、まだやってない。だれか家の前を見張るんだ」

「もうこれ以上はむりだよ」

「裏口から戻ってくるかもしれないよ」

「それじゃあ裏口も見張れ」Tは嘆願口調になった、「ちょっとだけ時間をくれないか。うまい手を見つけるから。かならず見つけるから」しかし彼の曖昧な言い方のおかげで、その権威は失墜してしまっていた。彼はいまや団員のひとりにすぎなかった。

「頼むよ」彼は言った。

「頼むよ、か」サマーズが彼の口真似をし、さらにあの致命的な名前を声に出して強烈な一撃を加えた。「とっとと家へ逃げ帰れよ、トレヴァー」

Tはふらふらになってロープ際に追い詰められたボクサーのように、ガラクタの山を背に立っていた。ことばが出ない。夢がゆらいで流れ去る。そのとき、団員たちに笑ういとまを与えず、サマーズを後ろに押しやりながらブラッキーが動いた。「おれが正面を見張るよ、T」と彼は言い、用心深く玄関のよろい戸を開けた。灰色に湿った共有地の原っぱが目の前に広がり、水溜りに灯りがちらちら映っている。「だれか来るぞ、T。いや、じいさんじゃない。どういう計画なんだ、T?」

「マイクに外の便所へ行って、そのすぐそばに隠れているように言ってくれ。ぼくの口笛を合図に、それから十かぞえて、大声をあげるんだ」

「大声で何て言ったらいい？」

「ああ、〝助けて〟とか、何でもいい」

「よく聞いておけよ、マイク」ブラッキーは言った。彼は再びリーダーだった。よろい戸の間からすばやい視線を送る。「来たぞ、T」

「急げ、マイク。便所だ。ブラッキー、それからみんな、ここにいてくれ、ぼくが大声で叫ぶまで」

「どこへ行くんだ、T？」

「心配ない。うまくやってみせるから。さっきそう言っただろう」

じいさんが足を引きずりながら原っぱを抜けてきた。靴に泥がついていたので、立ち止まって舗道の端でこすり落とす。家を汚したくなかったのだ。その家は爆撃を受けた場所に挟まれ、ぎざぎざとした輪郭を見せて黒々と立っている。空襲による破壊を本当にきわどいところで免れたものだ、と彼は思っていた。玄関ドアの上にある明かりとりの窓さえも、爆風にやられずに無傷で残った。どこかでだれかが口笛を吹いた。貧乏じいさんは鋭い視線をあたりに配った。口笛は油断がならなかった。子供が叫んでいる。自分の家の庭から聞こえてくるようだ。そのとき、少年がひとり、駐車場から道路に走り出てきた。「ミスター・トマス」少年が声をかけた、「ミスター・

トマス」

「何事だ？」

「ほんとにごめんなさい、ミスター・トマス。仲間のひとりが急にトイレに行きたくなって、怒られないと思ったものだから。そしたら、出られなくなっちゃったんです」

「おい、どういうことだい？」

「おじさんのところの便所にはまってしまったんです」

「いったいどんなつもりで……おまえ、見かけた顔だな？」

「このあいだ、お宅を見せてもらいました」

「そうだったな、そうだった。だからと言って、おまえにどんな権利があって……」

「急いでください、ミスター・トマス。あいつ、息が詰まってしまいます」

「ばかなことを。息が詰まるなんて、そんなことあるわけがない。カバンを家に置いてくるから、それまで待て」

「カバンはぼくが持ちます」

「いや、いかん。わしのカバンはわしが持つ」

「こっちです、ミスター・トマス」

「そっちからは庭に入れんぞ。家のなかを抜けないとな」

「でもここを通ってまちがいなく庭に行けるんですよ、ミスター・トマス。ぼくたち、よくそうしてますから」

「よくそうしてます、だと？」じいさんは憤慨しながら魅入られたように、少年のあとをついていく。「いつのことだ？　いったいどんな権利が……」

「分かるでしょ……この塀は低いんです」

「自分の庭に入るのに塀を登るなんてごめんこうむる。ばかげとるよ」

「こうするんです。ここに片足をかけて、こっちにもう一方をね。それで越えられるんです」

少年の顔が上から見下ろし、腕が一本突き出され、ミスター・トマスが気づいてみると、彼のカバンは持ち上げられ、塀の向こう側に置かれてしまっていた。

「カバンを返してくれ」ミスター・トマスは言った。便所から少年の泣き喚く声が聞こえる。「警察を呼ぶぞ」

「カバンは大丈夫です、ミスター・トマス。ほら、片足をそこに。右のとこ。こんどはちょっと上。左の方に」ミスター・トマスは自分の庭の塀を乗り越えた。「はい、カバンですよ、ミスター・トマス」

「塀を高くするとしよう」ミスター・トマスは言った。「おまえたち小僧っこに塀を乗り越えられて、わしの便所を使われるのはまっぴらだからな」彼は通路のところでよろめいたが、少年が肘をつかんで支えた。「ありがとうよ、ありがとう、坊や」彼は反射的につぶやいた。またしてもだれかが暗闇の奥で叫んだ。「いま行くよ、いま行くからな」ミスター・トマスは声をかける。彼はとなりの少年に言った、「わしは分からず屋じゃないぞ。昔は子供だったのだからな。ちゃんと筋を通してくれさえすればいいんだ。おまえたちが土曜の朝、ここいらで遊んだって一向かまわんさ。ときにはわしも人恋しくならんでもないからな。ただ、筋を通せってことよ。おまえたちのだれかが遊んでもいいですかとちゃんと訊きにくれば、いいよ、と言うさ。ときにはだめだ、と断りもするだろうが。どうにも気が進まんときにはな。そうすりゃ、表から入って裏から出て行けるってもんだ。庭の塀を乗り越えるのはご法度よ」

「あいつを出してやってください、ミスター・トマス」

「わしの便所に落ちたからって、別に危険はないさ」ミスター・トマスはそう言って、つまずきながらよろよろと庭を歩いていった。「くそ、このリュウマチときたら」彼は言った。「いつだって休日になると出てきやがる。歩くのにも気を使わなきゃならん。ここら辺の石はぐらついているしな。手を貸してくれ。昨日のわしの星占いが何と出たか知っているか？　〝週の前半は一切の関係を控えよ。大打撃を受けるおそれあり〟あれはこの通路のことを言っていたのかもしれんな」とミスター・トマス。「占いはたとえ話でものを言うし、二重の意味が隠されていたりするものだからな」彼は便所のドアのところで立ち止まった。「どうしたっていうんだ、そんなとこで？」答はない。

「あいつ、気を失ったのかも」少年が言った。

「わしの便所で気を失ったりするものか。おい、おまえ、出てこい」ミスター・トマスはそう言いながら思い切りドアを引っ張ったので、それがいとも簡単に開いたおかげで、あやうく仰向けに倒れそうになった。片手が差し出されて、最初、彼を支えたかと思うと、次の瞬間には、思い切り彼を便所の中に押し込んだ。彼は頭を向かいの壁にぶつけ、崩れ落ちるように座り込んだ。カバンが足にぶつかった。手が伸びて、錠に差してあった鍵をさっと抜き取り、ドアがバタンと閉まった。「出してくれ」彼は叫んだが、鍵をかける音が聞こえた。「これが大打撃か」彼は思った。そして身体が震え、頭が混乱し、老いを感じた。

ドアについた星形の穴から、彼に優しく呼びかける声があった。「心配しないで、ミスター・トマス」とその声は言った、「危害を加えたりはしないから、そこで静かにしていてくれればね」

ミスター・トマスは両手で頭を抱えてじっくり考えてみた。駐車場に停まっているのはトラック一台だけだと気づいていた。運転手が朝になるまで戻ってこないことは分かりきっている。大声を上げたところで、表側の道路を通る人間にはとても届かないし、裏側の小道はめったに人通りがない。たとえだれか通りかかったとしても、その道を使うものは家路を急いでいるから、酔っ払いが大声を出しているに違いないと思って、足を止めたりはしない。それに「助けてくれ」と叫んだところで、さびしい休日の夜にだれが勇気を出して調べるというのだ。ミスター・トマスは便器に座り、老年の智恵をしぼって考え込んだ。

しばらくすると、静寂のなかに物音が響いてくるような気配があった――かすかな音が彼の家の方から聞こえてくる。彼は立ち上がり通風孔から覗いてみた――一枚のよろい戸の割れ目から明かりが漏れている。電灯の明かりではなく、ろうそくの火のようなゆらめく明かりだった。それから、叩いたり、削ったり、切ったりする音が聞こえるような気がした。強盗団か、と彼は思った――あの少年を斥候として雇ったのではないか。しかし一体どうして強盗団が、ますます秘密の大工仕事ではないかと思えてきた音を発するような作業に手を染めたりするのだ？　ミスター・トマスは試しに大声で喚いてみたが、答えるものはいなかった。その声は敵の耳にさえ届くことはなかっただろう。

4

マイクは家に帰って寝てしまったが、ほかのものは残っていた。だれがリーダーとして指揮を取るかなどという問題は、もはや団員の頭から消えていた。釘やノミやドライバーなど、尖っていて突き刺さるものなら何でも構わず手に持って、かれらは屋内の壁のまわりを歩きまわり、レンガの間のモルタルを掻き出した。やりはじめた場所は高すぎたものの、ブラッキーが壁の中の防湿層を見つけ、そのすぐ上の継ぎ目の部分を攻撃すれば、作業量が半減されることを発見した。時間がかかり、骨の折れる、面白みのない仕事だったが、ついにそれも終わった。中身を抜かれた家が、防水層とレンガの間にある数インチのモルタルの上でバランスをとって立っていた。

残ったのはいちばん危険な仕事だった。屋外に出て、爆撃の跡地の端でやらなければならない仕事。サマーズが通行人の有無を調べるため、道路の見張りに送り出された。そしてミスター・トマスは、便器に腰掛けたまま、今度ははっきりのこぎりを引く音を聞いた。それはもう自分の家から聞こえてくるのではなかった。それが彼を少し安心させた。彼は心が少し軽くなった。ほかの音もたいした意味はなかったのかもしれない。

通風孔から声が話しかけてきた、「ミスター・トマス」

「出してくれ」ミスター・トマスは断固たる調子で言った。

「毛布ですよ」とその声は言い、長くて灰色のソーセージ状のものがその孔から押し込まれると、ぐるぐる巻きのままでミスター・トマスの頭上に落ちてきた。

「個人的な恨みなんか少しもないんです」その声が言った。「今夜は居心地よく過ごして欲しくて」

「今夜は、か」ミスター・トマスは疑わしげに言った。

「受け取ってよ」声が言った。「パンケーキだよ。バターを塗っておいたから。それからソーセージ・ロールも。お腹を空かせてほしくはないんだ、ミスター・トマス」

ミスター・トマスは必死になって訴えた。「冗談は冗談だ、坊主。わしを出してくれ。そうすりゃ何も言わん。わしはリュウマチ持ちなんだ。ゆっくり寝ないとだめなんだよ」

「ゆっくりってわけにはいかないよ、あの家では。無理なんだ。今ではね」

「どういうことだ、坊主？」しかし足音は遠ざかっていった。残ったのは夜の静寂だけ。のこぎりの音も聞こえない。ミスター・トマスはもう一度声をあげてみたが、静寂に威圧され、そして叱責された——遠くでふくろうが一羽ホーホーと鳴き、羽ばたきの音を消しながら、音のない世界の中を再び飛び去った。

翌朝七時、運転手がトラックを取りに来た。運転席に上り、エンジンをかけようとした。叫び声がするのにうすうす気づいたものの、関心はない。とうとうエンジンがかかり、彼はトラックを、ミスター・トマスの家を支えている大きな木のつっかえ棒に触れるところまでバックさせた。そうやっておけばあとはハンドルを切り返さずに、駐車場から通りへまっすぐ出られるのだ。トラックは前に進み、一瞬、何かに後ろから引っ張られているみたいに停まったけれども、それからまた、いつまでもゴロゴロと続く何かが壊れる音にあわせて前進した。レンガが目の前で跳ねているのを見て運転手は仰天した。その一方で、車の屋根に石が降ってくるではないか。運転席から出てみると、あたりの風景は一変している。駐車場わきにあった家がない。あるのはがらくたの山だけ。彼は後ろにまわって、車の後部に損傷がないかどうか調べた。するとそこにはロープが結んであって、その反対の端は木の支柱の一部に巻きついたままだった。

運転手は再度、だれかが叫んでいるのに気づいた。その声は、壊れたレンガからなる廃墟と化した家にいちばん近い木造の小屋から聞こえてくる。運転手は粉々になった壁を登って、小屋の鍵を開けた。ミスター・トマスが便所から出てきた。羽織った灰色の大きな毛布には菓子のかけらが付着している。彼はすすり泣き混じりの悲鳴をあげた。「わしの家」彼は言った。「わしの家はどこだ？」

「おれは知らんよ」運転手は言った。浴槽の残骸とかつての化粧台に彼の目が留まり、それから彼は笑い出した。どこにも何ひとつ残っていないのだ。

「よくも笑えるな」ミスター・トマスが言った。「わしの家だったんだ。わしの家なんだ」

「ごめんよ」運転手は英雄さながらの我慢をしながらそう言ったが、トラックが突然停まったこと、落ちてくるレンガのぶつかる音を思い出すと、再び笑い転げた。あの家は空襲の跡地に挟まれて、シルクハットをかぶった紳士みたいに、いかにも威風堂々立っていたと思ったら、次の瞬間には、バン、ガラガラとなって跡形もなくなった——何ひとつ残っていない。彼は言った、「ごめんよ、どうにも我慢できないんだ、ミスター・トマス。個人的な恨みなんかありはしないが、だけど、認めざるをえないだろうよ、こいつは滑稽だと」

一九五四年

特別任務　Special Duties

永富友海訳

カトリックでは、たとえ天国に入ることを認められた者でも、その前にいったん煉獄《れんごく》において霊魂が清められなければならない。煉獄において霊魂は、現世で犯した小罪に対する有限の罰の償いをおこない、浄化されるのである。煉獄での償いの期間と程度は、在世中の祈りによって軽減される。本編では、煉獄における罪の軽減を教会が認める〝免償〟という制度が揶揄《やゆ》されている。主人公フェラーロ氏の副秘書で篤信家のミス・ソーンダーズは、免償を与える教会を探して訪問し、有限の罰をすべて取り除く〝全免償〟や、一部だけ取り除かれる〝部分免償〟をフェラーロ氏のために得てくるという特別任務を課されている。一九六二年以前までは免償の効力は日数によって換算されていたので、フェラーロ氏の場合、三年間で三万六千八百九十二日分に相当する免償を得たつもりでいたのだが……。

（訳者）

フェラーロ&スミス商会のウィリアム・フェラーロは、モンタギュー・スクエアの大邸宅に住んでいた。屋敷の一棟は妻が占拠していたが、彼女は自分は病人だと信じ込んでいて、今日を最後の日と思いなして日々過ごすべしという掟を頑《かたく》なに守っていた。そのためこの十年間というものずっと、彼女の暮らす棟には、上等のワインとウイスキーを好むイエズス会もしくはドミニコ会の神父が住み着いており、彼の寝室には非常用のベルが備え付けられていた。フェラーロ氏のほうは妻に比べるともっと自立したやり方で自らの魂の救済を求めていた。彼は実務的な事柄に対するしっかりとした知識を祖父から受け継いでいた。イタリアの革命家マッチーニと一緒に亡命してきた祖父は、まさにその知識のおかげで、フェラーロ&スミスという一大事業を異国の地において創設することができたのである。神は自分の姿に似せて人間を創られた。だから今度はフェラーロ氏が神に敬意を払って、神とは至高の事業の重役であり、その事業の運営において間違いなくフェラーロ&スミス商会が関わっているはずであると考えたとしても、それはそれで筋の通らぬ話ではなかった。鎖の強さとは、そのもっとも弱い繋ぎ目の如何《いかん》によって決まるものであるから、フェラーロ氏は自分の背負っている責任をないがしろにはしなかった。

九時半に家を出て事務所に向かう前に、フェラーロ氏はしばしば妻に対する礼儀から別棟に暮らしている彼女に電話をかけたが、そんな折にも電話の向こうの声は「はい、デューズ神父です」と答えるのであった。

「妻はどんな具合でしょうか」

「昨夜はよくお休みになられましたよ」

会話はいつもほとんど同じだった。デューズ神父の前任者が、フェラーロ夫妻の関係をもっと親密なものにしようと試みた時期もあったが、結局は断念してしまった。自分のもくろみがなんとも見込み薄であること、またフェラーロ氏がまれに別棟で自分たちと晩餐を共にするときには質の悪い赤ワインしか供されず、食前のウイスキーは出ないことを悟ったからである。

フェラーロ氏は、寝室で朝食をとり妻に電話をかけたあと、まるでエデンの園を歩まれる神のように、立派な古典作品がきちんと並べられた書斎を通り抜け、さらに個人の所蔵としてはもっとも高価な部類の美術コレクションが壁を飾っている客間を歩いていくのであった。普通であれば、ドガにせよルノワールにせよセザンヌにせよ、そのたった一枚をひとは後生大事にするものであるが、フェラーロ氏の場合は大量に買い込んだ。なんとルノワールを六枚、ドガを四枚、セザンヌを五枚所有していたのである。彼はそれらの絵に決して飽きなかった。なんとなれば、それらはまさに相当額の相続税を倹約できた証であるからだ。

この月曜日の朝はちょうど五月一日にあたっていた。春の気配は時をたがえずロンドンを訪れ、雀は舞い上がる風塵のなかでさんざめいていた。フェラーロ氏も時間には厳格であったが、厳格といっても彼の場合、季節の訪れとは違って、グリニッジ天文台の世界時と比べられるくらいの正確さであった。腹心の秘書――ホプキンソンと呼ばれている男であるが――と一緒に、彼はその日のスケジュールに目を通した。大して面倒な日程ではなかった。というのもフェラーロ氏は職責を部下に委譲することを厭《いと》わないという稀にみる優れた特性を備えていたからだ。彼の場合、部下の仕事ぶりを確認するために抜き打ちの検査を習慣的におこなっていたので、なおさら躊躇《ちゅうちょ》無く部下に仕事をまかせられたわけである。彼の期待に見合わなかった部下に災いあれ。彼の主治医までもが、競争相手である別の医者による不意打ちの診察を受けねばならないほどであった。「そうだな」と彼はホプキンソンに言った。「今日の午後は〈クリスティーズ〉に立ち寄ってマヴェリックの仕事の進み具合を見てみようか」（マヴェリックは彼に代わって絵の買い付けをおこなう代理人として雇われていた）。五月の晴れた日の午後、マヴェリックの抜き打ち検査にまさる楽しみなどあろうか？

「ミス・ソーンダーズを呼んでくれ」と彼は付け加えると、ホプキンソンでさえ手を触れることを許されていない私用のファイルを引っ張り出した。

ミス・ソーンダーズが忍び足で入ってきた。地面を這うように動いている鼠のような感じの女性だった。歳の頃三十で、髪はこれといってはっきりしない色であったが、はっとするほど澄んだ青い目を持っているせいで、別段何の特性もない顔が、どこか聖者の像に似て見えた。会社の帳簿によると、彼女は〝腹心の副秘書〟となっており、その仕事は〝特別〟任務を果たすことにあった。彼女が持っている資格もまた特別と呼ぶにふさわしかった。イングランド南部のサリー州ウォーキングにある聖ラティチューディナリア修道会では常に首席で、三年連続信心特別賞をとり、賞品としてバーンズ・オーツ&ウォシュバーン社発行の、開くと三枚続きになっているマリア様の小さな聖像画――フローレンティン革の装丁で、内側に青い絹地が張ってある――をもらっていた。彼女にはまた〝聖母マリアの子〟として長きにわたり無給の奉仕活動に努めたという経歴もあった。

「ミス・ソーンダーズ」とフェラーロ氏は言った。「六月に受けられる免償についての報告書が見当たらないんだが」

「私がここに持っています。昨夜は聖エセルドレーダ教会で〝全免償〟を受けるため、キリストの苦難を表わす十四の像の前で順次祈りをおこなう〝十字架の道行〟をおこなっておりましたので、家に戻りますのが遅くなってしまいました」

そう言うと、彼女はフェラーロ氏の机の上にタイプで打ったリストを置いた。リストの最初の欄には日付が、二番目の欄には免償を受ける教会や巡礼地が、そして三番目の欄には、煉獄で与えられる有限の罪が免除される日数が赤いインクで書き込まれていた。フェラーロ氏はそのリストに注意深く目を通した。

「私の感じでは、ミス・ソーンダーズ」と彼は言った。「君は短い日数の免償を得るのに時間をかけすぎてるんじゃないかね。ここで六十日、あそこで五十日といった具合に。こういったやり方は時間の浪費じゃないと言い切れるかい？　一度に三百日の免償を受ければ、短い免償の何回分にも当たるんだよ。今気づいたんだが、五月に受ける免償の日数の見積もりは四月分よりも少ないし、六月分の見積もりは、ほとんど三月分と同じくらいまで落ち込んでるじゃないか。五回の全免償で千五百六十五日か。四月は非常によくやったね。このペースを維持してもらいたいものだな」

「四月は免償には絶好の月なのです。復活祭がありますから。五月は聖母マリアの月だという点だけしか当てにできませんわ。六月は大した成果は望めません。聖体祝日のときをのぞけば。ご存知でしょうが、ケンブリッジシャーに小さなポーランドの教会がありまして……」

「ミス・ソーンダーズ、我々はみな日々年老いていくのでね。それを肝に銘じておいてくださいよ。ぐずぐずしている場合じゃないんだ。私は君を大いに信頼しているのだからね。仕事がこんなに忙しくなければ、私も少しは自分で免償を受けに行くのだが。免償が受けられる条件を満たしているか、十分注意を払ってくれたまえよ」

「もちろんわかっております」

「大罪を犯したりして神に背いたりしていないだろうね。いつもちゃんと魂を神聖にして、〝恩恵の状態〟にいるように気をつけて下さいよ」

ミス・ソーンダーズは目を伏せた。「私の場合、それは大して難しいことではありませんもの、フェラーロさん」

「君の今日の予定はどうなってるんだね？」

「お手元のリストに書いてありますわ」

「ああ、そうだったね。キャノン・ウッドの聖プラクステッド教会か。かなり遠いな。たった六十日の免償を受けるために午後を丸々つぶさなければならんのか」

「今日免償を受けられるのはそこだけなんです。もちろん大聖堂に行けばいつでも全免償が受けられますが。でも同じ月の間に繰り返し同じ教会で免償を受けないという方針でいらっしゃると理解しておりますので」

「それが唯一、私の妙なこだわりなんだがね」とフェラーロ氏は言った。「もちろん教会がそのように教えているというわけではないんだが」

「フェラーロさん、ときには同じ場所で受けてみられるようなおつもりはございませんの？　ご家族の、いえ奥様のために」

「ミス・ソーンダーズ、われわれはまず自分の魂の救済を心がけるようにと教えられているのだよ。妻は妻で自分の免償について考えているさ。なにしろイエズス会の神父さんという立派な相談役がいるのだから。私は私の魂の救済のために君を雇っているのだよ」

「ではキャノン・ウッドの教会に行くということで構いませんのね」

「今日はそれしかできないというのなら仕方ないだろう。ただ時間をかけすぎないようにしてくれたまえ」

「もちろんですわ、フェラーロさん。主禱文一回と天使祝詞十回を唱えるロザリオ一連のお祈りをするだけです」

ロンドンのシティ区のとあるレストランで早めの昼食――簡単な食事の終わりにスティルトン・チーズとすばらしくおいしいポート・ワインが一杯出された――を終えると、フェラーロ氏は〈クリスティーズ〉に立ち寄った。代理買い付け人のマヴェリックはたしかにそこにいたので彼はそれで満足し、マヴェリックから購入を勧められていたボナールとモネの絵をいちいち持ってこさせて見るまでもなかった。晴れて暖かい日だったが、トラファルガー広場のほうから騒がしい音が聞こえてきた。それでフェラーロ氏は今日がメーデーであることを思い出した。ネクタイもつけず、汚い字を一面に書きなぐった気の滅入るような旗を担いだ男たちが列を組んで練り歩く様子には、陽の光や公園の木々の下の早咲きの花にどこかそぐわないものがあった。祝日らしい祝日を過ごしてみたいという欲望が突然フェラーロ氏を襲い、彼はもう少しのところで運転手に向かってリッチモンド・パークに行ってくれと命じるところだった。しかし彼は可能なかぎり仕事に娯楽を兼ねさせたいと考えるたちであったので、そこでふと、今からキャノン・ウッドに車で遠出をしたら、ちょうどミス・ソーンダーズも昼休みから戻って午後の仕事に取り掛かるくらいの時間に居合わせることができるのではないだろうか、と思いついた。

キャノン・ウッドは、由緒ある旧家の所領のまわりにしばしば建てられる類の新興住宅地のひとつだった。所領は公園となり、屋敷のほうは、アメリカ独立戦争の頃、当時の英国の首相であったノース卿に仕えていた、さして重要ではないある閣僚の邸宅として以前は知られていたが今では地元の博物館に様変わりし、かつては百エーカーもの原野であった風の吹きすさぶ小さな丘陵の頂には新しく街路が開かれていて、道沿いには、金属製の籠に大きな石炭の塊をひとつ入れてショーウィンドーの飾りにしているチャリントン石炭販売所、チェーン店のホーム＆コロニアル・ストア、オデオン映画館、大きな英国国教会などが並んでいた。フェラーロ氏は運転手に言って、ローマ・カトリック教会への道順を尋ねさせた。

「この辺にはローマ・カトリック教会はありませんよ」と巡査は答えた。

「聖プラクステッド教会ですよ」

「そんな教会はないですね」

フェラーロ氏は聖書に出てくる人物のように、腸がゆるむのを感じた。

「キャノン・ウッドの聖プラクステッド教会ですよ」

「ないですね」と巡査は言った。フェラーロ氏は車でゆっくりとシティに戻っていった。ミス・ソーンダーズの抜き打ち検査をおこなったのはこれが初めてだった。過去に三回の信心賞をとったという経歴のために、すっかり彼女を信用してしまっていたのである。今、帰路に着く途中で、彼はヒトラーがイエズス会士に教育を受けたということを思い出していたが、それでも絶望的なまでに希望にしがみついていた。

事務所に戻ると彼は引き出しの鍵を開けて、私用の特別書類を綴じたファイルを取り出した。キャノンベリーをキャノン・ウッドと間違えていたのだろうか？　だが彼は間違えてはいなかった。すると突然、この三年間にミス・ソーンダーズは一体どのくらい彼のことを裏切っていたのだろうという恐ろしい疑いが頭をよぎった。（彼女を雇い入れたのは、三年前に彼がひどい肺炎を患ったあとのことで、不眠症に苦しんでいた長い回復期にそうしようと思いついたのだ）。これまで受けたと思っていた免償は、実はひとつとして受けていなかったのか？　そんなことは信じられなかった。あのトータルで三万六千八百九十二日という膨大な免償の日数のうち、いくらかは有効であるはずだ。しかし実際に何日有効であるのか知っているのはミス・ソーンダーズだけだった。それにしても彼女は勤務時間に一体何をしていたのだろう――あの何時間にもわたる巡礼の時間を。一度などウォルシンガムで週末をそっくり費やしていたではないか。

彼はベルを鳴らしてホプキンソンを呼んだ。部屋に入ってきたホプキンソンは雇い主の顔があまりにも蒼白であるので、思わず聞かずにはいられなかった。「フェラーロさん、お加減は大丈夫なのですか？」

「ひどいショックを受けたんだよ。ミス・ソーンダーズがどこに住んでいるか教えてくれないか？」

「病気の母親と一緒に、ウエストボーン・グローブの近くに住んでいますが」

「正確な住所をたのむ」

フェラーロ氏はベイズウォーターの荒れ果てた廃墟のようなところに車を乗りつけた。大邸宅が小ホテルになっていたり、あるいはちょうどうまい具合に爆撃を受けて駐車場に変わったりしていた。その後ろにあるテラスでは、いかがわしい女たちが手すりに寄りかかり、流しの楽団が通りの角のむこうで耳障りな音をたてながら演奏していた。フェラーロ氏は目当ての家を見つけたが、車から降りて自分で呼び鈴を鳴らしに行く気にはなれなかった。ダイムラーのなかにうずくまるようにして腰をおろしたまま、何かが起こるのを待っていた。ミス・ソーンダーズが上の階の窓辺に姿を現わしたのは、彼があまりにも熱心に注視していたせいだろうか、それともまったくの偶然か、あるいは天罰か？　フェラーロ氏は最初、窓をもう少し開けようとしている彼女が、それでは着ている意味がないだろうという程度の衣服しか身につけていないのは、この暖かい陽気のせいだと思った。しかしそのとき一本の腕が彼女の腰を抱き、若い男の顔が窓の下の通りを見下ろすと、いかにも慣れた様子の手がカーテンを引いた。免償の条件すらきちんと守られていなかったことが、いまやフェラーロ氏の目にも明らかだった。

その夜モンタギュー・スクエアの屋敷の入口の階段を登っていくフェラーロ氏を彼の友人が見かけたとしたなら、彼の老け込みぶりにさぞかし驚いたに違いない。それはまるで、煉獄で受けることになっている罪のうち、この三年かけて得た免償によって軽減されたと彼が思っていた三万六千八百九十二日分に相当する罪を、今日の長い午後の間に一気に身に引き受けてしまったかのようであった。別棟のほうはカーテンが引かれ、灯りが点いていた。今頃きっとデューズ神父が夜のウイスキーの一杯目をついでいるところだろう。フェラーロ氏は呼び鈴を鳴らさず、静かに屋敷の中に入った。厚いカーペットが流砂のように彼の足音をのみこんだ。彼は部屋の灯りを点けなかった。各部屋に備えてある赤いシェードつきのランプだけが彼のためにすでに点《とも》されていて、その灯りを頼りに彼は歩いていった。客間に飾られている絵は、彼に相続税のことを思い出させた。ドガの描いた大きなお尻が、浴槽のうえで炸裂《さくれつ》した原子爆弾のように平らにひしゃげていた。フェラーロ氏は書斎に入った。革装丁の古典作品は、彼に死んだ作者たちを思い起こさせた。椅子に腰をおろすと胸にかすかな痛みが走り、以前罹《かか》った両側肺炎の記憶がよみがえった。ミス・ソーンダーズを雇い入れた時から数えると、もう三年も彼は死に近づいているのだ。随分時間が経ってから、彼は祈りのときにやるような格好に指を堅く組み合わせた。フェラーロ氏の場合、それは決断のしるしだった。最悪の事態は終わった。時はまた再び彼の前に長く延びていた。彼は思った。「明日こそ、本当に信頼のおける秘書を雇い入れる準備にとりかかるとしよう」

一九五四年

ブルーフィルム　The Blue Film

田口俊樹訳

世は純愛ばやりである。ま、いいけど。でも、おじさんの心だってたまには揺れるんである。ただ、揺れても普通転ぶわけにはいかない。純愛一路というわけにはいかない。若いうちの真面目はいいけれど、三十過ぎた真面目は傍《はた》迷惑なだけだ、というのは大島渚監督の名言だが、これは色恋にもあてはまる。そう言えば、恋は遠い日の花火ではない、なんていうウィスキーの宣伝文句がちょっとまえにあったが――これはこれで、大人を酔わせるものを売るのにはなかなかうまい宣伝文句だと思うけれど――でも、やはり普通のおじさんの恋は遠きにあって思うもの、遠きにあればこそ悲しくもまた美しいのである。これを敗北主義と言うなかれ。小品ながら、そのあたりの人間事情がこの作品にはぎゅっと凝縮されている。それも最後の一行に。さすが酸いも甘いも嚙み分けた(たぶん)人間通のグリーンならでは。読んで訳してしびれました。

(訳者)

「ほかの人たちは愉しんでる」とミセス・カーターは言った。

「まあ」と彼女の夫は答えた。「おれたちも見たじゃないか……」

「横になってるブッダにエメラルド・ブッダ、川に浮かんでる市場をね」とミセス・カーターは言った。「見たら、夕食を食べて、すぐに寝に帰った」

「ゆうべは〝イヴ亭〟にも行ったじゃないか……」

「わたしと一緒じゃなかったら」とミセス・カーターは言った。「あなたはきっと見つけてるはずよ……わかるでしょ、わたしの言いたいこと、つまりもっと面白い場所を」

確かに、とミスター・カーターはコーヒーカップの縁越しに妻を見やって思った。

彼女がコーヒースプーンを使うのに合わせて、夫人の腕輪が軽やかな音を立てた。夫人は生活に満足している女性が最も美しくなる年齢にすでに達していた。それでいて不満の皺も表われていた。そんな妻の首を見ると、ミスター・カーターはどうしても七面鳥の首にくくりつけたひもを解くときの面倒を思い出してしまい、これはおれが悪いのか、と思うのだった。それとも、本人が悪いのか——あるいは、これは彼女の先天的な欠陥なのか。腺異常とか、遺伝的なものとか。悲しいことに、男は若い頃には女の不感症的な徴候を魅力と見誤りがちなものだ。

「アヘンを吸いにいくって約束したじゃないの」とミセス・カーターは言った。

「ここじゃ駄目だよ、ダーリン。それはサイゴンに行ってからだ。ここでは〝社会的〟に認められていない」

「あなたってずいぶん保守的なのね」

「ここには日雇い人足が行くような相当汚いところしかない。きみなんかが行ったらめだってしまう。みんなにじろじろ見られるぞ」彼はそこで取って置きの切り札を出した。「ゴキブリがうじゃうじゃいるだろうし」

「あなたと一緒じゃなきゃ、わたしのほうもきっともっと面白い場所に連れていってもらえてるでしょうに」

ミスター・カーターは期待を込めて言ってみた。「日本人のストリッパーというのはどうかな……」その手の話はもうミセス・カーターは聞き飽きていた。「ブラをつけた醜い女たち」彼のほうもさすがに腹が立ってきた。妻と旅行をするのにかかった費用のことを思わずにはいられなかった。普段はひとりで出かけることが多く、その罪滅ぼしの旅行ではあったが。しかし、性的にあまり求めたくない女と一緒にいることほど心躍らぬこともない。彼は努めて心を静め、コーヒーを飲んだ。カップのへりに嚙みつきたくなった。

「コーヒー、こぼしてるわよ」とミセス・カーターは言った。

「しまった」彼はいきなり立ち上がった。「わかった。何か考えよう。ここにいてくれ」そう言って、テーブルの上に身を乗り出した。「びっくりするなよ。きみが言い出したことなんだからな」

「びっくりするのはたいていわたしのほうじゃないと思うんだけど」とミセス・カーターは薄い笑みを浮かべて言った。

カーターはホテルを出ると、ニュー・ロードのほうに向かった。脇に少年がまとわりついてきた。「若い女の子？」

「女は自分のがいる」とカーターはむっつりと言った。

「だったら、男の子？」

「ノー・サンキューだ」

「フランス映画は？」

カーターは立ち止まった。「いくらだ？」

ふたりはくすんだ色の通りの角に立って、しばらく値段の交渉をした。タクシーやらガイドやら映画そのものやらで、八ポンド近くになった。が、それだけの値打ちはあるとカーターは思った。これで〝面白いところ、面白いところ〟と言いどおしの妻の口を永遠にふさぐことができるなら。彼は夫人を連れに戻った。

けっこう遠くまで連れていかれ、運河に架かる橋のそば――なんのにおいか判然としないにおいが漂っている薄汚い小路《こうじ》でタクシーが停まると、ガイドが言った。「ついてきてください」

ミセス・カーターがカーターの腕に手を置いて言った。「大丈夫よね？」

「そんなこと、なんでおれにわかる？」彼は妻に触れられ、身をこわばらせて言った。

彼らは明かりのないところを五十ヤードばかり歩いて、竹垣のまえで立ち止まった。ガイドが何度かノックし、中に通された。見れば木造の小屋で、はいったところは小さな土間になっていた。何かが――たぶん人間――薄暗い蚊帳の中でうずくまっていた。そこの主人がふたりを空気のよどんだ小さな部屋に案内した。そこには椅子が二脚置かれ、国王の肖像が飾られていた。スクリーンの大きさは全紙ふたつ折りの本程度のものだった。

最初の一本は、ふたりのブロンド女の手によって年配の男が回春するというもので、やたらとつまらなかった。女の髪型から察すると、どうやら一九二〇年代の後半につくられたもののようだった。フィルムが回転して音を立てて止まったときには、カーターと夫人は同じ決まり悪さを共有していた。

「あんまりいい部類じゃないね」とカーターはいっぱしの通《つう》みたいな口を利いた。

「これがブルーフィルムというやつなのね」とミセス・カーターは言った。「汚いだけで、全然興奮しない」

二本目が始まった。

二本目にはほとんどストーリーがなかった。若い男──時代がかった帽子を目深《まぶか》にかぶっているので顔は見えなかった──が通りで女を拾って、（女のほうは釣鐘形の帽子をかぶっていて、それが料理にかぶせる蓋みたいに彼女を隠していた）ただ女の部屋に行く。演じているふたりはともに若く、こっちのほうにはいくらか心惹かれ、興奮させられるところがあった。女が帽子を取ったところで、カーターは思った。見覚えがある。四分の一世紀以上も埋もれていた記憶が甦った。電話の上にのっている人形、ダブルベッドのそばの壁に飾られている当時のピンナップガールの写真。女は服を脱ぐと、とても丁寧にたたんだ。そして、まえかがみになってベッドを直した。カメラにも男にも体をさらして。男はずっとカメラから顔をそむけていた。女はそのあと男に手を貸して今度は男に服を脱がさせた。カーターが思い出したのはそのときだった――女のその悪戯《いたずら》っぽい仕種《しぐさ》。それは男の肩の痣《あざ》でより確かなものとなった。

ミセス・カーターが椅子の上で体をもぞもぞさせて言った。「ああいう役者はどこで見つけてくるのかしら」声がかすれていた。

「娼婦だよ」と彼は言った。「なんかお粗末すぎないか？　帰りたければもう帰ってもいいけど」と彼は妻を促したものの、その実、男が顔をもっとはっきりとそむけるのを待っていた。ベッドの上で膝をついた女が男の腰に腕をまわした――どう見ても二十《はたち》を超えているようには見えなかった。いや、と彼は思い直した。二十一だ。

「もうちょっといましょうよ」とミセス・カーターは言った。「お金はもう払ってしまったんだから」そう言って、乾いて熱くなった手を彼の膝に置いた。

「これよりもっとましなところもあると思うけど」

「いいから」

若い男は仰向けに寝そべり、女はしばらく男のそばを離れた。一瞬、男がふとカメラのほうを見た。ミセス・カーターの手が彼の膝の上で震えた。「あらま、なんてこと」と彼女は言った。「あなたじゃないの」

「昔のおれだ」とカーターは言った。「三十年前のことなんだから」女がベッドに戻ってきた。

「いやらしい」とミセス・カーターは言った。

「そういう記憶としては残ってないな」とカーターは言った。

「あとでこれを見て、さぞ愉しかったことでしょうよ、ふたりとも」

「今初めて見た」

「どうしてこんなことをしたの？　もうあなたの顔を見られない。恥ずかしすぎる」

「だから、帰ろうって言ったじゃないか」

「お金をもらったの？」

「彼女はね。五十ポンド。ひどく金に困ってたんだ」

「あなたはただで愉しんだ」

「ああ」

「こんなこと、知ってたら、あなたとは絶対に結婚しなかった。絶対に」

「きみがぼくと結婚したのはこれよりずっとあとのことだ」

「どうしてこんなことをしたのか、あなた、まだ答えてくれてない。言いわけできることは何もないの？」彼女はそこでことばを切った。彼には彼女がしっかり見ているのがわかった。身をまえに乗り出し、四分の一世紀以上もまえのクライマックスの熱にすっかり心を奪われていた。

カーターは言った。「こういう形でしか彼女を助けられなかったんだ。こんな映画に出るのは彼女も初めてだった。それには相手が要《い》った」

「相手」

「おれは彼女を愛してた」

「淫売を愛するなんて、そんなことは誰にもできないことよ」

「いや、できるさ。そこのところは誤解しないでもらいたいね」

「列に並んで順番を待っても」

「いやな言い方をするね」とカーターは言った。

「で、彼女はどうなったの？」

「消えてしまった。彼女たちはいつも消えちまうのさ」

女が若い男の上に身を乗り出して明かりを消し、そこで映画は終わった。「来週、新しいのがはいります」とシャム人の主人は言うと、深くお辞儀をした。ふたりはガイドのあとについて、暗い小路をタクシーのところまで戻った。

タクシーに乗ると、ミセス・カーターが言った。「あの女の名前は？」

「覚えてないな」嘘をついておくのが一番簡単だった。

ニュー・ロードにはいったところで、夫人がまた苦い沈黙を破って言った。「どうしてあんなことをする気に……？　下劣きわまりないことじゃないの。誰か知ってる人に見られたら——お仕事関係の人にでも——どうするの？」

「ああいうものを見ても人はそのことを話したりはあまりしないものだ。だいたいあの頃はまだ仕事なんかしてなかったし」

「気になったこともないの？」

「そんなふうに思ったことはこの三十年で一度もないね」

「あの女とは知り合ってどれくらいだったの？」

「たぶん一年ぐらいだったんじゃないかな」

「まだ生きてたら、それはもう不細工になってるでしょうね。だって三十年前でもあの程度なんだから」

「おれには可愛く思えた」とカーターは言った。

ふたりは無言で階上《うえ》にあがった。彼はバスルームに直行してドアに鍵をかけた。蚊が大きな水差しと明かりのまわりに集まっていた。服を脱ぎながら、彼は小さな鏡に映っている自分をちらっと見た。三十年という歳月は彼に少しもやさしくなかった。自らの肥満と年齢を感じて、彼は思った。彼女はどうかもう死んでいますように、と。どうか、神さま、彼女はもうこの世にいませんように、と声に出して祈った。バスルームを出ると、侮蔑がまた始まるはずだった。

が、彼が部屋に戻ると、ミセス・カーターは鏡のまえに立っていた。半分肌をあらわにして。剝き出しになった彼女のか細い脚は彼に、魚を待ちかまえている青サギを思い出させた。彼女は彼のそばまでやってくると、腕を彼にまわした。彼の肩にあたって腕輪が鳴った。「あなたがどれほどハンサムだったかずっと忘れてた」と彼女は言った。

「すまんね。人というのは変わるもんでね」

彼女は乾いて熱く、その欲望は執拗だった。「もっと、もっと」と言いつづけ、最後に、傷ついて怒っている鳥のような声をあげた。あとで彼女は言った。「あれからもう何年も経ってるのよね」三十分ぐらいはたっぷり彼の横で興奮して話しつづけた。暗がりの中、カーターは無言でじっと横たわっていた。孤独感と罪悪感が離れなかった。

自分が愛したただひとりの女を裏切ってしまったような気がしてならなかった。

一九五四年

説明のヒント

The Hint of an Explanation

三川基好訳

〝カトリック作家〟としてのグリーンが前面に打ち出された作品である。それにしても、うまい。ローマカトリック教徒の男性から〝わたし〟が話を聞くという構成だが、はじめに〝わたし〟は不可知論者だと明言している。おそらく読者の大多数が同じような宗教観を持っているのではないだろうか。つまり、読者も〝わたし〟と同じ気持ちで、真に幸福そうなようすをしたカトリック教徒の語る不思議な話に耳を傾け、最後の瞬間に胸をつかれる経験をすることになる。見るべきものを見ることができる者には、意外なできごとがヒントとなって真の信仰への道が開けるなどと説明されても、不可知論者どころかただの不信心者の訳者には馬耳東風だったろうが、この物語を読み終えたときには少々考えさせられた。

一九四八年の作ということで、第二次大戦は終結したものの、すでに冷戦が始まっている時代背景が冒頭に示されている。中世以来の歴史を刻む町だったのだが、第二次大戦で破壊されてしまったフランスのジゾールがちらりと登場するのも、戦争の記憶が生々しかった時代を感じさせる演出だ。

（訳者）

この新たに得られた一種の平和の中、十二月末の夜に汽車で旅をするのはうんざりするような経験だった。わたしも同室の乗客も、コンパートメントひとつをふたりで占領できているのだから運がいいと思うべきだったのだろうが。たとえ暖房が故障していたり、ペニンアルプスを行く汽車がひんぱんに通るトンネルの中で車内灯が消えてしまったり、トンネルの中でなくても照明が暗すぎて本を読もうとすると目が疲れてしまったり、食堂車がついていないから気分転換のしようもないということがあるにしても。同じ停車駅の同じ売店で買った同じぱさぱさの菓子パンを、同じようにあごを動かして咀嚼《そしやく》していたときに、わたしとその乗客は話をはじめた。それまでわたしたちはコンパートメントの両端に離れてすわり、ふたりともコートの襟にあごを埋め、かろうじて判読できる活字に顔を近づけていた。だが、わたしが食べ残したパンを座席の下にほうり投げると彼と目が合い、彼は本を下に置いたのだった。

ベッドウェルの乗換駅まで半分ほどのところにいたる頃には、わたしたちは実に多岐にわたる話題について論じ合っていた。まずは今食べていたパンのこと、天気のことから始まり、政治の話になって――政府のこと、外交問題、原子爆弾などなど――当然の流れとして最後は神について話していた。とはいえふたりとも興奮したり相手を非難したりはしなかった。わたしのすぐ向かい側に席を移した彼は少し身を乗り出していて、わたしと膝を接しそうになっていた。とても誠実な人物に見えて、どんなに考え方がちがっていても彼と口論するなど考えられなかった。実際わたしと彼とでは考え方がおおいにちがっていたのだが。

すぐに気づいたが、彼はローマカトリック教徒だった。つまり、なんと言ったらいいのか、万能にして偏在する神の存在を信じている人物だった。それに対してわたしは不可知論者としてひとくくりにされるタイプの人間だ。わたしも直観的に（ただしその直観を自分で信じてはいない。それは子供っぽい経験や欲求に基づいた錯覚にすぎないかもしれないから）ある種の神の存在は意識しているし、ときにはジャングルに仕掛けられた豹の罠のようにわたしたちの足をとらえる極端な偶然に出会うと、つい神を信じたくなったりもする。しかし頭で考える限り、自分が創造したものを〝自由意志〟などというとほうもないものにゆだねてしまう神などという概念には憤りを覚えるほどだ。気がつくとわたしは同室の客にこうした考えを述べていて、相手はそれを静かに敬意のある態度で聞いてくれていた。いっさい口をはさもうとせず、カトリック信者と話をしていてしばしばお目にかかるいらだった表情や、こちらを知的に見下すようなようすはまったく見せなかった。通過駅の照明の光が飛びこんで、それまでコンパートメントの天井の電球の光からは陰になっていた彼の顔が浮かびあがり、わたしはそこに突然認めた――何をだ？　とにかくあまりに強い印象を受けて話を中断したほどだった。時が十年分逆戻りし、わたしはあの大規模で無益な争いの向こう側にあった小さな町、ノルマンディーのジゾールに引き戻された。ほんの一瞬だったが、またあの大昔の城壁の上を歩きながら家々の灰色の屋根を眺めているような気がした。なぜかは知らず数多くの家の中からある一軒の石造りの家が目に留まったのだった。窓ガラスに中年の男が顔を押しつけていた（たぶんあの顔の主はもうこの世には存在しないと思う。それどころか、たぶん中世からの記憶が生きつづけていたあの町自体が瓦礫《がれき》と化してしまったのだと思う）。心底驚いて自分にこう言ったのをおぼえている――あの男は幸せだ。完全な幸福を手に入れている。わたしは同じコンパートメントに乗っている乗客の顔を見た。だが彼の顔はすでに闇に沈んでいた。わたしはおずおずと言った。「神が――かりに神が存在するとして――こんなことが行なわれているのを許しているのかと考えると。つまり、肉体的な苦痛のことだけではなく、社会的腐敗だとか、子供たちまで堕落して……」

彼は言った。「わたしたち人間の視野はとても限られています」それはがっかりするほど陳腐な答えだった。そんなわたしの思いに彼は気づいたのだろう（それはまるでわたしたちの思考が、わたしたちと同じように寒さに縮こまって身を寄せ合っているかのようだった）。彼はこう言葉を継いだ。「もちろん答えは得られません。得られるのはヒントだけで……」そのとき列車がまたトンネルに飛びこんで、轟音に声がかき消された。そしてまた明かりが消えた。それまでで一番長いトンネルだった。暗い中でゆられていると、寒さがいっそうつのるようで、まるで冷たい霧に包まれているような気がした（五感のひとつが――視覚が――奪われると、ほかの感覚がより鋭敏になるからだろう）。列車が夜の闇の中に出て、電球がふたたびともったので見ると、わたしの話し相手は座席の背に寄りかかっていた。

彼の最後の言葉をくり返して、尋ねた。「ヒント？」

「いやあ、活字にすると、あるいは口にしただけでも、とてもつまらない言葉に思えますがね」コートを着たまま身をふるわせて、彼は言った。「それに、見るべきものが見えない人に言ってもなんの意味も持たないものです。科学的な証拠ではないのですから——というより、どんな証拠でもない。それは、なぜか意図したとおりに展開しないものごとのことです。つまり行為者の意図どおりには、あるいは行為者の背後にあるものの意図どおりには」

「背後にあるもの？」

「悪魔という言葉はあまりに人格化されているので」わたしは思わず前に乗り出していた。彼の言葉をひと言も聞き逃したくなかった。わたしは人の説得にはいつでも耳を傾ける人間なのだ。ほんとうだ——神様がご存じだ。彼は言った。「言葉で表現できるものには限界がありますからね。ただ、〝あのもの〟については、わたしはときどき憐憫《れんびん》の情を覚えてしまいますよ。いつも必ず最適な武器を選んで敵に立ち向かうのに、結局はその武器は自分の胸に突き刺さる結果になるのですから。ときには〝あのもの〟がとても——無力な存在に思える。先ほどあなたは子供たちの堕落ということを言いましたね。それを聞いてわたしの子供のときのできごとを思い出しました。この話をするのは——ひとりを除いて——あなたがはじめてなのですが、たぶんあなたとはなんのしがらみもないから話す気になったのでしょうね。別に長い話ではないし、今の話と少しは関係があると思うのです」

わたしは言った。「ぜひ聞かせてください」

「あまり多くの意味を期待されても困りますよ。ただわたしにとってはある種のヒントだったということです。それだけのこと。ヒントです」

彼はゆっくりと話しながら窓のほうに顔を向けた。とはいえ流れ去る窓外の景色はほとんど見えなかったはずだ。ときどき信号や家の窓の光、小さな通過駅が窓をかすめるだけだ。じっくりと言葉を選びながら彼は言った。「子供の頃、ミサの手伝いをさせられていました。小さな教会でした。わたしが育った場所にカトリック教徒はほんのわずかしか住んでいなかったので。イーストアングリアの市場町で、まわりはたいらな泥灰質の野原と溝が——たくさんの溝がある土地でした。カトリック教徒は全部で五十人もいなかったでしょう。そしてなぜかその町では伝統的にカトリックは憎悪の対象になっていました。十六世紀にプロテスタントの殉教者が火あぶりになったことがあって、たぶんそのことに端を発していたのだと思います。水曜日ごとに肉の市が立つ場所の近くに、刑が行なわれた場所を示す石が置いてありました。わたしは自分たちが憎まれていることにはうすうす感づいている程度でした。もっとも学校での自分のニックネームがポーピイ・マーティンなのはローマ法王《ポープ》と関係あることだというのはわかっていました。それから父がその町に移り住んだときに、町民クラブへの加入を拒否されそうになったという話は聞いていました。

わたしは毎週日曜日にはサープリス（儀式で聖職者などが着る白衣）を着てミサの手伝いをしなければならなかった。いやでたまりませんでした。わたしはどんなものであれ晴れ着のようなものを着せられるのが大嫌いだったのと（考えてみればおかしな話ですが）、いつ儀式の手順をとりちがえて滑稽《こっけい》なことをしてしまうのではないかと常に恐れていたからです。わたしたちの教会のミサは国教会とはちがう時間に行なわれました。ですからミサが終わって、エリートにはほど遠い少人数の集団が粗末な教会から出ていくと、ほかの町民全員がその前を通って自分たちのちゃんとした教会に向かっていくところに——わたしはずっと彼らのがちゃんとした教会なのだと思っていました——出くわしました。彼らの視線にさらされて歩いていかなければならないのです。相手は無関心だったり、こちらを見下していたり、からかうような態度だったりしました。小さな町では宗教がどれほどの重みを持っているか——社交に関するだけでも——あなたには想像がつかないでしょうね。

そんな中にある男がいました。町で二軒のパン屋のうちの一軒の主《あるじ》です。うちがパンを買っていなかったほうの店の。カトリック教徒で彼の店から買っている人はいなかったと思います。彼は自由思想家（教会の権威を無視して宗教上の問題を自分で判断する態度の人）と目されていたので。そんなおかしなレッテルを貼られて気の毒に。実は彼ほど自由にものを考えられない人間はいなかったのです。彼はみずからの憎悪の念にからめとられていました。わたしたちに対する憎悪の。見た目がとても醜かった。片方の目は角膜が濁ってしまっていて、頭はカブのような形で、てっぺんが禿げていた。ずっと独り者だった。つまりパンを焼くことと、わたしたちを憎むこと以外にはなんの関心もない男のようでした。ただわたしもこの歳になってみると、彼の中には何か別のものもあったのではないかという気がしてきましたが。ある種の密かな愛があったのではないかとね。町はずれを散歩していたりすると、いきなり彼が現われることがありました。特に日曜日にひとりで歩いていると。まるで溝の中から飛び出してきたようで、服に白い泥灰をつけているところは、彼の仕事着についた小麦粉を連想させました。手に棒を持っていて、それで生け垣を突いていました。そしてことさら機嫌の悪いときには、うしろから突然奇妙な言葉を投げかけてきて、それは外国語のように聞こえたものです。もちろん今ではどういう意味の言葉だったかわかっていますよ。あるときひとりの子供の証言がきっかけで警察が彼の家を捜索したことがありましたが、何も発見されず、ただ彼の憎悪がいっそう増しただけでした。名前をブラッカーといって、わたしにとってもたいへん恐ろしい存在でした。

　彼はどうやらわたしの父親を特別憎んでいたようです。理由はわかりませんが。父はミッドランド銀行の頭取をしていたので、銀行との間で何かトラブルがあったのかもしれません。父はとても慎重な人で、一生お金のことを心配して過ごしました――自分のお金と顧客のお金の両方について。今ブラッカーのことを思い出すと、高い窓のない壁にはさまれた路地を歩いてくる彼の姿が目に浮かびます。路地の突き当たりには小さな十歳の少年が――わたしが――立っている。これは象徴的なイメージなのか、それとも実際にそんなふうに彼と出会ったことがあったのか、それはわかりません。ただ彼と会うことがどんどん多くなっていった時期がありました。今、あなたは子供の堕落ということをおっしゃいましたが、この哀れな男は自分が憎んでいるすべてのもの――わたしの父、カトリック教徒、彼らが信じることをやめようとしない神――に対する復讐のためにわたしを堕落させる計画を立てたのです。それは恐ろしくも巧妙な計画でした。

　はじめて彼から親しげに話しかけられたときのことをおぼえています。彼の店の前を精一杯早足で通りすぎようとしていると、身分の低い召使いのようにことさらへりくだった調子でわたしに呼びかけてくる声が聞こえました。〝デイヴィッド坊ちゃま〟そう言っていました。〝デイヴィッド坊ちゃま〟わたしは急いでそのまま通りすぎてきました。ところがその次に同じ場所を歩いていると、彼は店の戸口に立っていました（きっと見張っていたのでしょう）。わたしたちがチェルシーバンと呼んでいた渦巻きになった菓子パンを手に持っていました。受け取りたくなかったのですが、無理矢理わたされてしまい、そうなると店の奥に見せたいものがあるから入ってくれと言われて断わることができなくなってしまいました。

電動の鉄道模型でした——その頃はとても珍しいものでした。その動かし方をわたしに教えると言い張ったのです。わたしにスイッチを操作させ、列車を動かしたり止めたりさせました。そしていつでも来て、これでゲームをして遊んでいいからと言いました。そう、彼は〝ゲーム〟という言葉を使って、それを何やら秘密めかしたものに思わせました。実際わたしはそのことを家族には話しませんでした。そして学校が休みの時期だったので、週に二度くらい、小さな列車を動かしたいという欲求に負けると、見られていないかと通りの左右を見まわしてから彼の店に飛びこんだのでした」

わたしたちの乗っているもっと大きな、もっと汚い列車がトンネルに入り、天井の電気が消えた。暗い中にだまってすわっているわたしたちは、轟音のために耳が蠟《ろう》でふさがれたような気がした。トンネルを出ても話はすぐに始まらず、わたしが先をうながさなければならなかった。

「確かに巧みな誘惑ですな」わたしは言った。

「彼の計画はけっして単純なものではありませんでした」彼は言った。「けっして粗雑なものでもなかった。かわいそうに、その男の心は愛よりも憎しみで成り立っていたのです。しかし信じていないものを憎むことができますか？　それなのに自由思想家と目されていた。これはとんでもない矛盾です。それほどまでに心を束縛されていながら自由とは。その学校の休みの期間中、彼の憎悪は日ごとにつのっていったのでしょう。しかし彼は自制心は失わなかった。じっとチャンスを待っていました。たぶん〝あのもの〟が彼に意志の力と知力を与えたのでしょう。あと一週間で休みが終わるという頃になってはじめて、彼は自分の心を強くとらえていることについて、わたしに話をしました。

床に膝をついて二両の客車を連結しようとしていると、うしろから彼の声がしたのです。〝もうここで遊べなくなってしまいますね、デイヴィッド坊ちゃま。学校が始まってしまうから〟わたしの返事を予期して言ったことではありませんでした。次のひと言はなおさらでした。〝これを自分のものにすればいいんだ。家で遊べるように〟。こうして実にさりげなく巧妙に種を蒔いたのです。もしかしたら……という期待感を子供の心に植えつけたのです。その頃にはわたしは毎日彼の家に行っていました。学校が始まってしまう前に一度でも多く遊びたかったからです。それにたぶん、わたしはブラッカーに少し慣れてきていたのだと思います。あの濁った目にも、カブの形の頭にも、気味の悪いへりくだった態度にも。ローマ法王が自分のことを〝神の召使いに仕える召使い〟と呼ぶのはご存じでしょう。わたしはときどきブラッカーもまた召使いに仕える召使いだったのではないかと思います。主人が誰なのかは言うまでもないでしょう。

その翌日、鉄道模型で遊んでいるわたしを戸口から見ながら、彼は宗教の話を始めました。わたしでさえ見抜けたほどの見え透いた口調で、自分がいかにカトリック教徒を尊敬しているかと言いました。自分もあのように強い信仰を持てたらと思うのだけれど、なにしろ自分はパン職人だからと。その〝パン職人〟という言葉を彼は生物学者というような調子で言いました。その間も小さな列車はOゲージのレールの上をぐるぐる走りつづけています。そして〝わたしだってどのカトリック教徒にも負けないくらい坊ちゃまが口にするものを上手に作れるんですよ〟と言うと、店に出ていきました。わたしにはどういう意味なのかさっぱりわかりませんでした。しばらくして戻ってきた彼は手に小さな薄いパンを持っていました。〝さあ、食べてみてくださいよ〟口に入れると、わたしたちがミサで使う聖餐用のホスチアと同じ作り方のパンだとわかりました。形がわずかにちがっていましたが、それ以外はまったく同じでした。わたしはなぜかうしろめたい気がして恐怖を覚えました。〝どうです？〟彼は言いました。〝どこかちがいがありますか？〟

〝ちがい？〟わたしは言いました。

〝教会で食べるのと何もちがいはないでしょう？〟

わたしは憮然《ぶぜん》として言いました。〝これは聖別されていないじゃない〟

彼は言いました。〝顕微鏡で見比べたら、何かちがうところがみつかると思いますか？〟わずか十歳のわたしでも、この問いには答えることができました。〝偶有性《アクシデント》は変化しないから〟アクシデントと言おうとして舌がもつれそうになったのは、怪我や死をもたらす事故《アクシデント》を連想してしまったからでした。

ブラッカーは急に熱を帯びた口調で言いました。〝一度でいいから聖別されたパンを味わってみたいものだ――自分で確かめたい……〟

奇妙に思われるでしょうが、わたしはそのときはじめて化体《かたい》（聖餐のパンとワインがキリストの肉と血の実体に変化すること）ということを真に理解しました。それまでは丸暗記でした。生まれてからずっと吹きこまれていた考えでした。ミサで行なわれていることは、わたしにとっては『ガリア戦記』の文章におとらず無味乾燥なものでした。学校の運動場でさせられることと同じ、ただのくり返しにすぎませんでした。ところがこのとき突然、このことを真剣に受けとめている人間がいることを実感させられたのです。神父と同じように真剣に考えている。ちがうのは神父は数に入らないということで、彼らは仕事なのだから真剣に考えて当然なのです。わたしはそれまでにもまして強い恐怖を覚えました。

彼は言いました。〝どうせたわごとにきまっているんだが、でもぜひとも自分の舌で確かめたい〟

〝カトリック教徒ならできるのに〟わたしは子供っぽい単純なことを言いました。すると彼はひとつ目の巨人キュークロープスのように、いいほうの目でわたしをじっと見つめました。〝坊ちゃまはミサの手伝いをしているんでしょう？　だったらひとつ持ち出すのは簡単なことだ。それをしてくれたら、お礼に何をすると思います？　パンを持ってきてくれたら、この模型をそっくりあげますよ。もちろん聖別されたパンをだけれど。必ず聖別されていなければいけない〟

〝箱に入っているのなら持ってきてあげられるけれど〟わたしは言った。彼はパン職人として教会で使っているパンに関心を持っているのだと思ったからです。どんなパンなのだろうと。

〝いや、いや〟彼は言いました。〝あんたたちの神様がどんな味がするのかを知りたいんだから〟

〝そんなこと、できない〟

〝この模型がすっかり自分のものになるのに？　自分ひとりだけのものに。うちの人にはぜんぜん怪しまれないよ。きれいに包んで、中にお父さん宛のカードを入れておくから――うちの銀行の頭取さんの息子さんへ、利用者からの感謝の印に。お父さんだってそれを見たら大喜びさ〟

おとなの目から見たらたいしたものには思えませんが、小さい頃のことを思い出してみてください。床に敷くレールがすっかりそろっているのですよ。まっすぐなレールにカーブしたレール。小さな駅にはポーターと乗客がいて、トンネルや、歩道橋や、踏切や、信号機に、線路の端にはもちろん車止め。そして何よりも転車台。転車台を見ると渇望のあまり涙が出てきました。一番のお気に入りだったので。それはとても醜くて、実用的で、本物に見えた。わたしは弱々しい声で言いました。〝どうしたらいいか、わからない〟

彼がどれほど丹念に下準備をしていたかを考えると驚いてしまいます。教会の入り口のあたりから何度かミサのようすを観察したにちがいありません。あのような小さな町では彼が自分で聖餐式に出席するわけにはいかなかった。そこにいる人全員に正体を知られているのですから。彼はわたしにこう言いました。〝パンを口に入れられたら、それを舌の下に隠すんだ。神父はまず最初にあんたともうひとりの男の子の口にパンを入れるだろう。そのすぐあとで、あんたはカーテンのうしろに出ていったことがあった。例の小さな瓶を持ってくるのを忘れていて〟

〝祭壇用瓶《クルーエット》（聖餐のワインを入れる小瓶）〟わたしは言いました。

〝塩胡椒入れみたいなね〟彼は楽しそうににやりと笑いました。わたしはといえば――そう、鉄道の模型を見て、学校が始まったらもうここに来てこれで遊ぶことはできないのだと考えていました。わたしは言いました。〝持ってきたら、それをただ食べるだけなんでしょう？〟

〝ああ、もちろん〟彼は答えました。〝ただ食べるだけ〟

なぜかその日はもう鉄道模型で遊びたいという気はなくなりました。立ちあがってドアのほうへ行こうとしたのですが、彼に襟をつかんで引き留められました。〝これはあんたとおれとの間の秘密だよ。明日は日曜日だ。午後になったらここに来て、持ってきたものを封筒に入れて郵便受けにほうりこめばいい。そうすれば月曜にはこの模型が家に届けられる〟

〝明日はだめ〟わたしは必死で訴えました。

〝明日の日曜でなければだめだ〟彼は言いました。〝明日が唯一のチャンスだ〟そして〝いつまでもふたりだけの秘密にしておかなければならないぞ。もし誰かに知られたら、模型を取りあげられるうえに、おれに何をされるかわからないからな。刻《きざ》んでやるぞ。日曜日に散歩していると、おれがいきなり現われることがあるのは知っているだろう。おれのような男を避けて通ることはできないんだ。どこから現われるかわからないぞ。自分の家の中にいるから安全とも限らないんだ。おれは家の者が眠っている間に忍びこむことができるんだから〟彼はわたしを引っ張って店に出ていき、引き出しを開けました。そこには奇妙な形の鍵と、折りたたみ式の剃刀が入っていました。〝これはどんな錠でも開けられるマスターキー。それから、こっちは――人を切り刻むナイフだ〟それから粉だらけのぽっちゃりした指でわたしの頬を叩いて言いました。〝心配ないって、おれたちは仲間なんだから〟

　その日曜のミサのことは今もはっきり頭に残っています。つい先週のことのように、細かい点まですっかり記憶にとどまっています。告解が始まった瞬間から聖餐式にいたるまで、わたしにとってはこの上なく重要なミサでした。同じくらい重要なミサといったら、あと一回しかなかったでしょう。いや、同じとは言えないかもしれない。あのときは、同じようなミサは二度とないとわかっていたので。まるで臨終の秘蹟のように思いながら、手伝いをしているもうひとりの少年と一緒に祭壇の前にひざまずいていると、神父が口にパンを入れてくれました。

　わたしはその恐ろしい行為を――わたしたちにとってはとても恐ろしい行為なのです――教会の入り口近くでブラッカーが見張っているのに気づいたときから、実行するつもりでいたのだと思います。彼は日曜日の正装に身を固めていましたが、どうしても職業と無縁ではいられないことを示すかのように、頬に白いタルカムパウダーがついていて、まるで小麦粉のようでした。きっとあの剃刀で髭を剃ったあとではたいたのでしょう。彼は終始わたしをじっと見ていました。たぶん恐怖――ほんとうの意味がよくわからない、〝刻んでやる〟という言葉に対する恐怖――と、わたし自身の欲望が一緒になって、わたしは彼に言われたとおりのことをしたのだと思います。

　わたしの相棒の少年はさっと立ちあがり、聖餐式皿（パンをこぼさないように信者のあごの下に置く皿）を持ってキャリー神父の前に立ち、他の信者たちがひざまずいている祭壇との仕切りの柵のほうに進んでいきました。わたしは聖体を舌の下に入れました。舌に火ぶくれができたような気がしました。わたしも立ちあがり、わざと忘れてきたクルーエットをとりにいくためにカーテンの奥に入りました。そして隠し場所はないかと見まわして、椅子の上に《ユニヴァース》紙があるのに気づき、口から出した聖体を新聞の間にはさみました。新聞紙にしみが広がりました。わたしは思いました。キャリー神父が新聞をここに置いたのは何か目的があってのことで、あとで自分が聖体を取りにくる前に神父がみつけてしまうだろうと。そうしたらどんな罰を受けるのだろうと考えると、自分のしたことの重大さがようやく理解できました。人殺しなどというのは些細な罪で、それに対しては相応の罰が用意されているが、自分がした行為に対してはどんな罰がふさわしいのかを考えることもできないほどではないか。聖体を新聞の間からとろうとしましたが、くっついてしまっていました。もう必死で、新聞紙ごと破りとり、ポケットに突っこみました。クルーエットを持ってカーテンの前に出ると、ブラッカーと目が合いました。彼はわたしをそそのかすようににやりとしましたが、同時に不幸そうな顔もしました――はい、まちがいないと思います。彼は不幸な顔をしました。それはあのかわいそうな男がずっと堕落を拒む者を探し求めていて、またもみつけ損ねたからだったのでしょうか？

その日のことはほかにはあまりおぼえていません。ショックとおののきで頭がしびれたようになっていた上に、日曜日ならではの家族の忙しい活動に呑みこまれていたからでしょう。田舎町の日曜日は親戚の集まりの日です。家族全員が顔を合わせ、そこへずっと会っていなかった叔父やいとこが、誰かの車の後部席に窮屈な思いをして乗せてもらってやってきたりするのです。そのときもそんな一団が現われて、ブラッカーのことは一時的に頭の隅に追いやられていたのだと思います。ルーシーという叔母がいて、大きな、うつろな笑い声を立てる人で、その人がいると家中が録音した笑い声のような機械的な騒々しさで満たされたものです。おまけに、たとえそうしたくても、ひとりで外に出してはもらえませんでした。六時になってルーシー叔母さんたちが引きあげ、静けさが戻ったときには、もう遅くてブラッカーのところに行くわけにはいかず、八時になったらわたしは床に就かなければなりませんでした。

たぶんわたしはポケットに入れてあったもののことを半分忘れていたのだと思います。ポケットの中身を空けていて、ねじれた新聞紙の切れ端が出てきたとき、いっぺんにミサのことを、わたしのほうに身をかがめている神父のことを、そしてブラッカーのにんまりと笑った顔を思い出しました。わたしはベッドの横の椅子にそれを置いて、眠ろうとしました。しかし窓辺でゆれるカーテンや、家具のきしむ音、煙突に吹きこむ風の音に悩まされ、そばの椅子の上に神がいるということに悩まされました。

聖体はわたしにとっては常に――そう、まさに聖体でした。少し前に言いましたが、わたしはそれまで信仰について頭で理解していました。ところが突然、外の道路から口笛が聞こえると、こっそりと、しかし訳知りの態度で吹かれる口笛を聞いたとたんに、自分のそばの椅子の上に置かれているものには無限の価値があることを理解したのです。人が心の平安のすべてをかけても守ろうとするもの、捨てられたり虐待された子供のように激しい憎しみにさらされていたがゆえに、とことん愛情を注ごうという気になるものなのだと。今のはおとなの言葉で説明したのですが、このときは十歳の子供がおびえてベッドに横たわり、道路から聞こえてくる口笛を、ブラッカーの口笛を聞いていたのです。しかし彼も、今わたしが言ったのと同じことをはっきりと認識していたと思います。わたしが言った〝あのもの〟とは、こういう意味だったのです。それがなんであるかはともかく、それは神を相手に考え得る限りの武器を手にして闘い、必ず、どこでも、うまくいったかと思った瞬間に敗北するのです。わたしの場合は成功まちがいないとブラッカー同様に思ったでしょうが。でも、あの哀れな男がその後どうなったのかを考えれば、誰でも自分の武器が自分の胸に向けられてしまったのだということを理解すると思いますよ。

わたしはとうとう口笛を聞いているのに耐えられなくなって、ベッドから出ました。

カーテンを少し開いてみると、彼は窓の真下にいました。月の光を顔に浴びて、ブラッカーが立っていました。わたしが下に手をのばせば、彼はその手に触れることができたでしょう。わたしを見あげ、悪くない片方の目を欲望に輝かせていました。もう一歩で成功というところまでこぎ着けたために、彼の執念は狂気に近いものにまで深まってしまったのです。やむにやまれぬ気持ちで、わたしの家まで来たのでした。わたしに向かってささやきました。〝デイヴィッド、どこにある？〟

わたしはさっと顔を引っこめました。〝よこせ〟彼は言いました。〝早く。朝になったら模型をやるから〟

〝帰って〟わたしは言いましたが、恐怖のあまりほとんど声が出ませんでした。

〝おまえを切り刻むぞ。何度もな〟

〝ううん、そんなことはできない〟わたしは言い、椅子のところに行ってあれを――神を――手に取りました。安全に保てる場所はひとつしかありませんでした。新聞紙から引きはがすことができなかったので、そのまま呑みこみました。新聞紙はスモモのように喉につかえましたが、水差しの水で呑みくだしました。それから窓辺に戻り、ブラッカーを見おろしました。彼は前の卑屈な態度に戻っていました。〝おれが何をしたっていうんです、デイヴィッド坊ちゃま？　何を騒いでいるんですか？　ただのパン一切れでしょう〟そんなふうに必死でわたしを見あげてかき口説くのを見ると、子供ながらに彼はほんとうにそう思って、ほんとうにそれほどまでに欲しがっているのだろうかと考えてしまいました。

〝呑みこんじゃった〟わたしは言いました。

〝呑みこんだ？〟

〝そうだよ〟わたしは言いました。〝もう帰ってよ〟次に起きたことは、今考えると、彼がわたしを堕落させようとしたことや、わたしが考えなしにしてしまったことよりもいっそう恐ろしいことに思えます。彼は泣き出したのです。いいほうの目から涙が斜めに流れ出し、肩をふるわせていました。顔がまだ一瞬見えていましたが、やがてうなだれ、歩み去りました。カブのような形の頭をふりながら、闇の中へと。今考えると、あれはあたかも〝あのもの〟が敗北を嘆いて泣いているようでした。絶望のあまりの涙をブラッカーの目から流していたのだと」

列車は黒い竈《かまど》のようなベッドウェル乗換駅に近づいた。ポイントで次々に線路が切り替わっていった。火花が散り、信号機が赤に変わり、高い煙突が夜空にそびえていた。止まっている機関車から蒸気が立ちのぼっていた。寒い冬の旅は半分終わり、あとは国を横断する鈍行列車を待つだけだった。わたしは言った。「おもしろいお話でした。わたしだったらブラッカーに欲しがっているものをやってしまったでしょうが。でも、もらってどうするつもりだったのでしょう?」

「まず最初に」同乗の客は言った。「顕微鏡で調べただろうと、わたしは本気で信じていますよ。ほかにもいろいろするつもりで計画を立てていたでしょうが」

「それで、ヒントとは?」わたしは言った。「その意味がまだよくわかりませんが」

「うーん、なんというか」彼はあいまいに言った。「あれはわたしにとっては奇妙な出発点になったのですよ。あのできごとが。今になって考えると」その返事の意味もよくわからなかったが、そのとき棚から鞄をおろそうと立ちあがった彼のコートが開き、神父の服の襟があらわになった。

わたしは言った。「ブラッカーにはおおいに恩があると思っているのでしょう?」

「はい」彼は答えた。「なにしろ、こんなに幸せな人生ですので」

一九四八年

ばかしあい　When Greek Meets Greek

永富友海訳

原題の'When Greek Meets Greek'は'then comes the tug of war'と続き、「両雄相会えば激闘が起こる」の意味。この短篇では激闘というよりもむしろふたりの老人の矮小なばかしあいといったほうが適切だろう。タイトルと内容のギャップも、グリーンの露悪趣味に適っているかもしれない。ふたりの老詐欺師の騙しあいは、やがてそれぞれの姪と息子の結託により、老人対若者のばかしあいへと移行する。伝記によれば、父親が校長を務めていたパブリック・スクールでの学生時代は、グリーンにとって苦渋に満ちたものであった。この短篇ではフェニック氏が架空の学寮をでっちあげるという設定になっているが、そうした発想が生まれた背後には、パブリック・スクールでの寮生活や、オックスフォードの学寮システムに対するグリーンの鬱屈した思いがあるように思われる。

（訳者）

1

　夜になって薬剤師は店を閉め、アパートの上の階の住人たちと一緒に使っている玄関ホールの裏口からホールに入り、錠剤の入った進物用の小さな箱を抱えて階段をふた続き半登った。箱には彼の住所と名前、オックスフォード、ニュー・エンド・ストリート十四番地、プリスケットという判が押してあった。彼は薄い口ひげをはやし、他人にみられることを恐れているようなおどおどした目つきの中年男だった。勤務外でも丈の長い白衣を着用しており、まるで白衣には王の礼服同様、それを身につけている者を敵から守ってくれる力があるとでも言わんばかりだった。白衣を着ているかぎり、即決裁判を受けて死刑に処される危険性は免れることができるというわけである。

階段を登りきった踊り場には窓がひとつあった。窓の外ではオックスフォードが春の夕暮れのなかにひろがっていた。夥《おびただ》しい数の自転車がきーきーと不機嫌そうな音をたて、ガス工場、刑務所、パン屋や菓子屋のむこうには、紙製のひだ飾りのような灰色の尖塔が見えた。「文学士ニコラス・フェニック」という札のついたドアのところまでくると、薬剤師はベルを三回短く鳴らした。

ドアを開けた男は少なくとも六十代にはさしかかっており、雪のように白い髪と赤ん坊のようなピンク色の肌の持ち主だった。黒味がかった紫色のビロードのタキシードを着て、幅広の黒いリボンでゆわえた眼鏡を首からつるしていた。彼はがさつともとれるような調子で言った。「ああ、プリスケットか。はいれよ、プリスケット。たった今ドアを閉めて、少しの間面会謝絶にしたところだ……」

「錠剤をまた少し持ってきました」

「プリスケット、実に貴重な男だな、君は。君が学位を持っていてくれさえすれば——なに、薬剤師協会からの認定で十分だったんだが——そうすればセント・アンブローズ学寮の住み込み医に任命したんだがな」

「学寮のほうはどんな具合ですか？」

「ちょっと談話室にまで付き合ってくれ。そうすればどんな具合かすっかりわかるだろう」

フェニック氏はレインコートがごちゃごちゃと壁にかかっている狭くて暗い通路を先に立って歩いて行った。プリスケット氏は不安げにレインコートからレインコートへと手探りで進んでいったが、女ものの靴を一足、蹴飛ばしてしまった。「いずれはうちの学寮も建てねばならん」とフェニック氏は言うと、眼鏡を手にとって、談話室の壁をへこませんばかりの大仰で自信たっぷりな身振りをした。談話室といっても、アパートの女家主のテーブルクロスがかかった小さな丸テーブルがひとつ、やけに光沢のある椅子が三、四脚、『法律必携』が一冊入ったガラス扉つき本棚しかなかったのだが。「姪のエリザベスだ」とフェニック氏は言った。「こちらは私の医学顧問」

細面の綺麗な顔をした非常に若い娘がタイプライターの向こうから気のない会釈をした。「このエリザベスを訓練して」とフェニック氏は言った。「会計責任者の役をやらせようと思っているんだ。学長と会計責任者を兼任している重圧のせいで胃の調子がめちゃめちゃだ。錠剤をこっちに……ありがとう」

プリスケット氏はへいこらしながら言った。「学寮のことはどう思われますか、ミス・フェニック？」

「私の苗字はクロスよ」とその娘は言った。「なかなかいい考えだと思うわ。叔父さんがそんなこと思いついたなんて驚きよね」

「ある意味あれは――いくぶんかは私の思いつきだったんですが」

「それならもっと驚きね」その娘はきっぱりと言い切った。

プリスケット氏はまるで法廷で嘆願でもしているかのように白い上着の前で両手を組み合わせてこう続けた。「実は叔父さんに申し上げたんですよ。オックスフォードの学寮はどれもみな軍に接収されてしまって大学の教師たちはやることがないのだから、通信教育を始めるべきではないかと」

「学寮特製のオーディット・エールを一杯どうかね、プリスケット」とフェニック氏が誘った。彼は戸棚から茶色いエールを一瓶取り出して、泡を立てながらふたつのグラスに注いだ。

「言うまでもないことですが」とプリスケット氏は言い訳がましく付け加えた。「こういったことすべて――つまり談話室とかセント・アンブローズ学寮とかのことですが、すべてが私の思いつきというわけではありません」

「姪はな」とフェニック氏は言った。「段取りをどうつけたかはほとんど知っとらんのだ」彼は落ちつかなげにいろんなものに触りながら、部屋のなかを歩き回っていた。その様子は、年老いた猛禽が自分の巣を構成しているげんなりするような材料を検分している風でもあった。

娘ははきはきと言った。「あたしが見るところでは、叔父さんはオックスフォード大学セント・アンブローズ学寮という名を騙《かた》った詐欺を働いてるのよ」

「詐欺なもんか、おまえ。宣伝広告の言い回しには随分と注意を払ったんだぞ」彼はその広告の文句を暗記していた。テーブルのうえで『法律必携』を開き、すべての言い回しを丹念にチェックしたのだから。瓶入りのブラウン・エールのせいで少ししゃがれてしまった声で、彼は朗々とその文句を暗唱してみせた。「戦時下の事情により諸君のオックスフォード進学が妨げられている。セント・アンブローズ学寮――あのトム・ブラウンが所属していた由緒ある――は、ここに伝統との大いなる訣別を告げることにした。戦時中に限り、諸君はどこにいようとも通信教育を受けることができる。大英帝国防衛の為、アイスランドの冷たき岩塊のうえ、あるいはリビアの灼熱の砂漠、もしくはアメリカのとある町の目抜き通り、はたまたデボンシャーの掘っ立て小屋にいたとしても……」

「やり過ぎよ」と彼の姪は言った。「叔父さんはいつだってそうなのよ。そんな宣伝文句じゃちっとも教養の香りがしないわ。おめでたいカモでもなきゃ、ひっかかったりしないわよ」

「おめでたいカモなんてわんさかいるさ」とフェニック氏は言った。

「いいわ、続けて」

「それじゃ、その箇所は飛ばそう。『学位証書は通常三年間の学問修得後に授与するところを、三学期修了の時点で授与することとする』」ここで彼は説明を加えた。「こうすれば金の回収率がよくなるんだよ。このご時世じゃ、暢気《のんき》に金が入ってくるのを待っておれんからな。『かのトム・ブラウンのいた由緒ある学寮で真のオックスフォード教育を受けられるべし。授業料、寄宿費、その他詳細については、会計責任者まで書面にて問い合わせられたし』」

「で、こんなことを勝手にしても、オックスフォード大学は阻止できないって叔父さんは言うつもり？」

「誰がどこで学寮を始めようが、自由じゃないか」とフェニック氏は威厳をもって答えた。「私はセント・アンブローズがオックスフォード大学所属の学寮だなどと、一度たりとも言っとらんよ」

「でも寄宿費は？　寄宿費っていうのは食費と部屋代のことを言うのよ」

「この場合はだ」とフェニック氏は言った。「寄宿費ったってほんの名ばかりのものさ。この由緒ある会社、ではなくて学寮の帳簿に永久に名前を刻んでもらうためのな」

「じゃあ指導はどうするの？」

「ここにいるプリスケットが科学の講師だ。わしは歴史と古典を担当する。それでお前がだな、経済学あたりをなんとかやってくれないもんかと思っとるんだが……」

「経済学なんて、あたしまるっきり素人よ」

「試験はもちろん相当簡単なものにしなけりゃならん。教師の能力の範囲内でということになるとな（ここには素晴らしい公共図書館もある）。それともうひとつ、学位証書がもらえない場合には、諸費用は返却する」

「ということはつまり……」

「誰も落第しないってことですよ」プリスケット氏は怯えと興奮が入り混じり、息もつかずに言った。

「それで、実際に成果は上がってるの？」

「私はただ、われわれ三人のために少なくとも年六百ポンドは入るというはっきりとした見通しがたつまで待ったうえで、お前に電報を打ったのだよ。そしたら今日、予想以上にうまく事が運んでだな、ドライヴァー卿から手紙が来たのさ。ご子息をセント・アンブローズ校に入学させようとしておられる」

「でもどうしてここにこれるの？」

「お国のために出征中だからさ。ドライヴァー家は代々軍人の一族なんだ。貴族名鑑で調べてみたよ」

「どうお思いになります？」とプリスケット氏は不安と喜びが混じり合った様子で尋ねた。

「馬鹿な話だと思うわ。それで叔父さん、オックスフォードご自慢のボート・レースの手配はもうやったの？」

「そうら、プリスケット」とフェニック氏はエールのはいったグラスを掲げながら誇らしげに言った。「姪は情報通だって言っただろ」

2

家主のおかみさんが階段を登ってくる足音が聞こえるや否や、白髪交じりの頭を剃りあげたその年配の男は、濡れた茶葉を葉蘭の根のまわりにならべ始めた。おかみさんがドアを開けたとき、男は指で軽く押して茶葉をぺたぺた貼り付けていた。「きれいな葉蘭じゃないですか、ねえ」

　しかし、おかみさんの気持ちはすぐにはやわらぎそうになかった。彼にはそのことがわかっていた。彼女は手にした一通の手紙を彼にむかって振りながら言った。「ちょいと、このドライヴァー卿だのなんだのって、一体何のことです？」

「俺の名前だよ。ロード・ジョージ・サンガーっていうのとおんなじで、ロードは立派な洗礼名さ」

「それじゃあ、どうしてこの手紙にはロード・ドライヴァー様って書いてないんですかね。ロードを卿の意味で使ってますけど」

「知らないからだよ。単にわかってないだけさ」

「うちではいかがわしいことは御免ですよ。これまでずっと真っ正直にやってきたんだから」

「宛名につける敬称を、〝閣下〟にするのか〝様〟でいいのかわからなかったから、書かずにほっておいたんだろ」

「この手紙はオックスフォードのセント・アンブローズ学寮から来てるんですよ。そういうところの人なら知ってるはずでしょ」

「そりゃ、ここの住所がいいせいじゃないか。なんたって郵便番号がW1だもんな。

それに紳士ってもんはみんな厩《うまや》にすむもんだからな」彼は冗談まじりに言うと、気のない様子で手紙をとろうとしたが、おかみさんはひったくられないように手紙を持っている手をさっと動かした。

「あんたみたいなひとがなんでまたオックスフォードの学寮に手紙を書くことがあるんです？」

「おかみさん」と彼は大げさに威厳を見せながら言った。「俺はこれまでちょっとばかし運がなかったかもしれない。いやまったく不運だったといってもいいさ。刑務所に何年かぶち込まれてたこともあるしな。でも今は俺にだって娑婆《しゃば》の人間としての権利はあるよ」

「それにあんたには刑務所に入れられてる息子がいるものね」

「刑務所じゃないよ、おかみさん。ボースタル少年院は刑務所なんかとはぜんぜん違う施設だよ。まあそうだな——言ってみりゃ学寮みたいなもんさ」

「セント・アンブローズ学寮みたいな？」

「それに比べりゃちょっとばかし格は落ちるがな」

この男は彼女の手に余った。つまるところ、彼女の手に負える相手ではないのだ。スクラブズ刑務所に初めて入れられる以前の彼は、あちこちの屋敷で下男として働き、ときには執事まで務めたこともあった。眉の吊り上げ方はチャールズ・マンヴィル卿を見習い、変わり者の貴族に見えるような衣服の着こなし方を身につけ、さらには銀のスプーンをことのほか好むベレン卿からは、物をくすねる上手いやり方まで習得したといった具合である。

「なあ、おかみさん、その手紙をこっちにくださいよ」と言うと、彼は相手の様子をうかがうように、おそるおそる手をのばした。彼女が彼の扱いに自信がもてないのと同様、彼のほうでもおかみさんに対しては及び腰のところがあった。彼らの遣り合いには終わりがなく、どちらも相手を負かすにはいたらなかった。争いは勝ちが決まらないまま果てしなく続き、そのためふたりはつねにびくびくしていた。それが今回は彼が勝利をおさめた。彼女はドアをぴしゃりと音をたてて閉めると出ていった。その瞬間、彼はものすごい勢いで、葉蘭に向かって下品な音を小さくたてた。それから眼鏡をかけると、手紙を読み始めた。

彼の息子はオックスフォード大学のセント・アンブローズ学寮への入学を許可された。学長ののたくったような飾り文字の署名の上に書かれているこの素晴らしい事実が、彼の目をとらえて離さなかった。自分の名前が卿を意味するロードであったという偶然をこれほどありがたいと思ったことは、未だかつてなかった。学長は手紙のなかで次のように記していた。「ご子息のセント・アンブローズ学寮における前途に親しく接する機会に恵まれましたことは、我々の大いなる喜びとするところであります。昨今の時節柄、貴家のごとき名門の軍人一族のご子息をお迎えいたしますことを、誉《ほまれ》に思う所存にございます」これを読んだドライヴァーは、おもしろがる気持ちと、心から誇らしく思う気持ちの入り混じった奇妙な感情を覚えた。奴らを上手く騙してやるぞ、と彼は思った。と同時に、息子がオックスフォードに入学すると思うと、彼の胸はチョッキの下で膨らむのであった。

しかし厄介なことがふたつあった。と言ってもすでにこの段階までできている以上、たいした問題と呼べるほどのものでもなかったのだが。授業料を前払いするのが、どうやら昔ながらのオックスフォードの慣習のようであったし、さらには試験をどうするかという問題があった。息子が自分で受けにくるわけにはいかなかった。ボースタル少年院はそんなことを許可しないだろうし、息子はこの先半年間は少年院から出られないのだ。それにそもそもこの計画の意義は、出所祝いのプレゼントとして息子がオックスフォードの学位を受け取るという点にあるのだ。だがチェスのゲームで常に何手も先を読んでいる名手のように、彼はこれらの障害を乗り越える方法をすでに思いついていた。

授業料の問題ははったりを利かせるだけでなんとかなるはずだ、と彼は確信していた。なんといっても貴族は信用借りができるのだから。もし学位を授与されたあとで何か悶着が起こったら、俺のことを訴えるなりなんなりすればいいだろう、とでも言ってやればいい。オックスフォードの学寮たるもの、前科者に一杯食わされたなどと世間に向けて公表したいわけがない。だが試験のほうはどうしたもんか。抜け目のなさそうな奇妙な笑みが、彼の口元にぴくぴくと浮かんだ。五年前に自分が入っていたスクラブズ刑務所と、そこでおやじさんと呼ばれていたサイモン・ミラン神父のことを思い出したのだ。神父は短期囚だった。スクラブズ刑務所の囚人はみなそうで、三年以上服役する者はいなかった。貴族のように上品な長身痩軀《そうく》のその神父のことを、彼は今思い出した。鉄灰色の髪と細面の顔はまるで弁護士のようにも見えたが、内側は過剰な愛のせいでぼけがきていた。考えてみれば、刑務所というところは大学に負けず劣らぬ知識の宝庫なのだ。医者もいれば、財務家や聖職者もいた。どこに行けばミラン氏に会えるか、彼にはわかっていた。ミラン氏はユーストン・スクエア近くの寄宿舎で雇われており、二、三杯おごれば大抵のことはやってくれるだろう。見事な試験答案もきっと書いてくれるはずだ。ドライヴァーはその思いつきに有頂天になってひとり言を言った。「今でも聞こえるようだよ、ラテン語で看守に話しかけるあいつの声がな」

3

オックスフォードは秋だった。キャンディやケーキを買おうと長い列を作っている人々はしきりに咳き込んでおり、川から立ち上る霧が、防毒マスクの携帯を忘れている者はいないかと目を光らせている案内係を通り越して、映画館のなかに滲みこんでいった。数人の大学生が疎開者の群れの間を縫うようにして歩いていた。若い男性はいつもばたばたと急いでいるようだった。軍隊に召集されるまでのほんの短期間にやらなければならないことが山ほどあるからだ。怪しげな詐欺師まがいの奴らには不正に入手できるものがたくさんあって利益をあげているというのに、若い娘が夫を見つける機会はめったにないんだから、とエリザベス・クロスは思った。オックスフォードでは昔からある配偶者探しという誑《たぶら》かしが、ウッドバインのような紙巻タバコ、タフィーやトマトの闇市でのいんちき取引に押しのけられてしまったのだ。

去年の春、彼女はセント・アンブローズ学寮のことをしばし冗談扱いにしていたが、実際にお金が入ってくるのを目の当たりにすると、この件が単なる笑い話ですむとは思えなくなってきた。それからの数週間、彼女はひどく憂鬱だったが、そのうち自分たちのやっていることは、この戦時下において横行している不正行為のなかではもっとも罪のないものだとわかってきた。自分たちは食料省のように配給を削減しているわけでもなければ、情報省のように偽の情報を流して信頼を損なっているわけでもない。叔父は所得税を納めていたし、ある程度は受講生に教育を授けてもいるのだ。まんまとひっかかったおめでたいカモたちも、学位証書を受け取る頃には、これまで知らなかったことをいくつか学んでいるだろう。

しかしだからと言って、それが若い娘が夫を見つける助けになるというものでもなかった。

彼女は本当であれば答案の添削をしていなければならなかったのだが、その答案の束を抱えて憂鬱そうにマチネーから出てきた。まんまとひっかけた「学生」たちのなかで、いくらかなりとも知能があると見えるのはひとりきりしかおらず、それがドライヴァー卿の息子であった。答案は「イングランドの某所」からロンドン経由で父親が転送してきた。彼女は歴史の問題で危うく正体を見破られそうになったことが何度かあったし、叔父はといえば、錆びついたラテン語を総動員して悪戦苦闘を続けていた。

　彼女が家に戻ると、なんともいえない空気が漂っていた。プリスケット氏は白衣を着て椅子の端に腰掛け、叔父は気の抜けたビールを飲んでいるところだった。事が上手く運ばないときには、彼は決して新しいビールを開けなかった。酒は楽しく飲むのが一番だと思っているからだ。ふたりは黙ったまま、彼女のほうをじっと見ていた。プリスケット氏の沈黙は陰気で、一方叔父のほうは何かに心を奪われてうわの空といった様子だった。何か問題が起こったんだわ。オックスフォードの大学当局がまた何か言ってきたってことはないはずだけど。もう随分前に叔父さんにはかまわなくなってたもの。弁護士から手紙がきたり、喧嘩腰の会見があったりしたけど、フェニック氏が言うところの「地方教育の独占」を主張しようとする大学側の動きはもうおさまっていたはずよ。

「こんばんは」エリザベスは言った。プリスケット氏がフェニック氏のほうを見やると、フェニック氏は顔をしかめた。

「プリスケット氏の錠剤が底をついちゃったの？」

　プリスケット氏は顔をしかめた。

「わたし考えてたんだけど」とエリザベスは言った。「もう三学期目にさしかかってるんだから、給料をあげてもらいたいわ」

　プリスケット氏はフェニック氏に目を据えたまま、はっと鋭く息をのんだ。

「週あたり三ポンド増やしてほしいの」

　フェニック氏はテーブルから立ちあがると、自分が飲んでいた濃い色のエールの表面を睨《にら》みつけた。不機嫌そうにしかめた眉のあたりがぐっと前に突き出ていた。薬剤師は椅子を床に擦りながら少し後ろに引いた。とその時、フェニック氏が口を開いた。

「われわれは夢と同じものから出来ている」と言うと、小さなしゃっくりをした。

「腎臓の調子が悪いのね」

「ささやかな一生をしめくくるのは眠りだ。そしてあの雲をいただく高い塔……」

「引用を間違えてるわ」

「空気のなかに溶けてしまった、希薄な空気のなかに」

「国語の答案を添削してたのね」

「ちょっと考えさせてくれ。しかも深く素早く考えねばならん。さもないと答案はもう送られてこなくなるかもしれん」とフェニック氏は言った。

「何か問題でも起こったの？」

「私は心の底ではずっと平等を唱える共和主義者だったのだ。世襲貴族なんぞがどうして必要なのか、私にはわからんよ」

「『縛り首にせよ』ね」とエリザベスは言った。

「このドライヴァー卿の奴にしてもだ。ただ単に貴族に生まれ合わせただけ……」

「支払いを拒否してるの？」

「そうじゃない。ああいった奴らは、信用借りをするのが当然のことだと思っとるんだ。あいつが信用を持っとるのは結構なことだよ。だが、あいつは明日、息子の学寮を見にくると手紙に書いてよこしたのだ。老いぼれでうすのろ馬鹿の、腑抜け野郎が」とフェニック氏は毒づいた。

「遅かれ早かれ厄介なことに巻き込まれるだろうと思ってたわ」

「そいつはまた女が言いそうな味気ない言いぐさだな」

「ちょっと頭を働かせればすむことじゃない」

フェニック氏は真鍮で出来た灰皿を手に取ると、またそれを注意深く戻した。

「頭を使って考えさえすれば、とても簡単なことよ」

「考える？」

プリスケット氏は椅子の脚をこすった。

「あたしがタクシーで彼を駅に出迎えるわ。で、――そうね、ベイリオール学寮にでも連れて行くとしましょう。まっすぐ中庭に連れていくから、叔父さんはそこにいてちょうだい。学寮長公舎からちょうど出てきたところだっていうふりをしてね」

「奴はベイリオール学寮だって気づくだろう」

「いいえ、そんなことないわ。だってオックスフォード大学のことを知ってるひとが、息子をセント・アンブローズなんかに入れるような馬鹿な真似はするはずがないじゃない」

「そりゃそうだ。ああいった軍人の一門ってのは、そういうことには疎かったりするからな」

「叔父さんはとっても忙しいってことにしてね。評議会かなにかがあるってことで。ホールとチャペルと図書館を大急ぎでささっとまわって、学寮長公舎の前でわたしに引き継いでちょうだい。わたしがお昼御飯を食べに彼を学寮の外に連れ出して、駅でちゃんと汽車に乗るところまで見送るから。簡単なことじゃない」

　フェニック氏は重々しい調子で言った。「ときどきわしはお前のことをおそろしい娘だと思うことがあるよ。まったくおそろしい。お前にとっちゃ、どんなことでもお茶の子さいさいだな」

「あたし思うんだけど、こんな世の中で叔父さんの考えてるようなゲームをするとなると、きっちりとやらなきゃね」とエリザベスは言った。「もちろん叔父さんが計画を変えるっていうんなら、ハムレットやキャピュレット家の使用人も言ってるみたいにさっさと尼寺へ行くなり壁にはりついてるなりすればいいわ。でもここまできたからには、わたしにはやるべきゲームはひとつっきりしかないけどね」

4

ことは実際あっけないくらいにすらすらと運んだ。駅の改札口で、ドライヴァーのほうがエリザベスを見つけた。エリザベスのほうでドライヴァーに気づかなかったのは、彼が予想していた人物像と違ったからである。彼の何かがひっかかった。それは彼の服装でもなければ、どうやら一向に使う様子のない片眼鏡でもなかった。そういったことではなくて、もっと微妙な何かだった。彼はまるで彼女のことをこわがっているかのようで、彼女の提案するプランにいそいそと同意した。「ご面倒をおかけするつもりはないんですよ。面倒は一切ね。学寮長がお忙しいことはわかっておりますので」昼食は自分たちふたりで街に出てとることになっているのだと彼女が説明すると、彼はほっとしたようにすら見えた。「この懐かしい建物のレンガを見るだけでいいんです」と彼は言った。「どうもおセンチなことで、どうか気になさらんでください」

「オックスフォードをお出になられたのですか？」

「いやいや、ドライヴァー家はその、知性のほうはずっとおろそかにしておりまして」

「あら、でも兵隊さんにも頭が必要なのでしょう？」

彼は彼女のほうを鋭く見やると、声の調子を変えて答えた。「槍騎兵連隊では、そのように考えておりました」そのあと、片眼鏡をくるくるまわしながら彼女と並んでタクシーのところまでぶらぶらと歩いていったが、駅からタクシーへと移動する途中ずっと彼は黙ったきりで、時折目立たないようにちらちらと横目で彼女のほうを盗み見ては値踏みをし、これならよしと満足げな様子だった。

「それじゃあ、これがセント・アンブローズ学寮というわけですか」門衛詰所の脇にさしかかろうとしたときに彼がはしゃいだ声をあげたので、彼女は彼をせきたてるようにして最初の中庭を抜け、学寮長公舎に向かった。公舎の上がり段には、文学士のガウンを腕にかけたフェニック氏が、庭園に置かれている彫像のようにじっとポーズをとったままの姿勢で立っていた。「叔父です。学長を務めております」とエリザベスは紹介した。

「魅力的な娘さんですな、姪御さんは」フェニック氏とふたりきりになるや否や、ドライヴァーはこう言った。ドライヴァーとしてはちょっと雑談でもするくらいのつもりでしかなかったのだが、話し始めるとすぐこの老獪なふたりのひん曲がった心は波長が合い始めた。

「家庭を大事にする娘でしてな」フェニック氏は言った。「我が学寮の有名な楡《にれ》の木です」と空の方へ片手を振りながら続けた。「セント・アンブローズのミヤマガラス《ルークス》ですよ」

「詐欺師《クルックス》ですと？」ドライヴァーはびっくりして叫んだ。

「ミヤマガラスですよ、楡の木に棲みついている。我が偉大なる現代詩人のひとりが詩を書いております。〝セント・アンブローズの楡の木よ、おお、セント・アンブローズの楡の木よ〟と、それから〝風雨にも鳴くセント・アンブローズのミヤマガラス〟という詩ですがね」

「美しいですな、実に美しい」

「なかなかうまい言い回しですよ」

「詩ではなくて、姪御さんのことを言っとるんですが」

「ああ、そうですな。ホールはこちらですよ。階段を登った先です。あのトム・ブラウンが何度も歩いたところですよ」

「誰です、トム・ブラウンとは？」

「かの偉大なるトム・ブラウンですよ、ラグビー校の名だたる学生のひとりの」それから彼は考え深げにこう付け加えた。「姪はよき妻に、そして母になることでしょう」

「尻軽娘は一生連れ添うには向かないと、若者もわかってきたようですな」

意見の一致したふたりは階段を登りきったところで足を止めた。彼らは目の見えない老いぼれサメのように互いの匂いを嗅ぎあっていた。どちらのサメも強欲で、水の動きから自分のそばにあるとわかるものは、きっとおいしい肉に違いないと信じているのである。

「あの娘を勝ち取った男は誰でも誇らしく思うはずですよ」とフェニック氏は言った。

「パーティを開いたときなども、女主人としての役を見事に務め上げることでしょう」

「私と倅《せがれ》は」とドライヴァー卿は言った。「結婚というものについて真剣に話し合ったことがありましてな。倅はかなり古風な考えを持っとります。あれはよい夫になるでしょう……」

ふたりはホールのなかに入り、フェニック氏が先に立って肖像画を紹介していった。「我々の創設者です」と彼は言うと、後ろ髪の長い鬘をかぶった人物を指し示した。その肖像画を選んだのは意図的であった。面差しにどこか自分と似ているところがあると思ったからである。スウィンバーンの肖像画の前までくると、彼は少しためらった。だがセント・アンブローズに対する誇りが警戒心を凌いだ。「偉大なる詩人スウィンバーンです」と彼は言った。「我々は彼を退学処分にしたのです」

「大学から追い出したのですか？」

「そうです。不品行のせいでね」

「そういったことについて厳格でいらっしゃるのは、喜ばしいことです」

「ええ、ご令息はセント・アンブローズにいらっしゃれば間違いはありません」

「嬉しいかぎりです」とドライヴァーは答えると、十九世紀の神学者の肖像画をじろじろと眺め始めた。「見事な筆づかいですな」と彼は言った。「ところで宗教のことですが――私は宗教を信じております。家族の基盤となるものですから」そして急に彼は秘密を打ち明けるような口調になった。「うちの倅とおたくの姪御さんは一度会ってみるべきですな」

フェニック氏の顔に嬉しそうな表情がよぎった。「まったくですな」

「倅が及第しましたら……」

「もちろん及第なさいますとも」とフェニック氏は言った。

「一、二週間もすると倅は休暇をもらえることになっております。あれが自分で学位授与式にうかがえばよろしいのでは？」

「そうですな、それにはちょっと差支えがありまして」

「そうするのがしきたりではないのですか？」

「通信教育の学生の場合は違うのですよ。副学長がちょっとした差をつけたがりましてな……。ですがドライヴァー卿、これほど名門の卒業生ですから、私が代表としてロンドンに出向きまして、ご令息に学位を授与するということにすればいかがでしょうか」

「私は倅に学寮を見せたいのです」

「もっと時代がよくなりましたらお見せいたしますよ。今は学寮の大半が閉鎖中です。大学に華々しさが戻ったところで、ご令息には初の訪問を願いたいものです。今回は私と姪にお宅を訪問させていただきたく思います」

「私どもは非常に地味な暮らしをしておりますもので」

「財政的にお困りだからというわけではないのでしょう？」

「ええもちろん、そういうわけでは決してありません」

「それはよかった。ではそろそろ姪のところに参りましょうか」

5

いつの場合でも、鉄道の駅で出迎えるほうが都合がよいらしい。旅行に備えてかなりの量のオーディットゥ・エールを飲んできたフェニック氏はこの偶然の符合に思い至らなかったが、エリザベスは気づいていた。学寮のほうは最近期待通りの成果を上げておらず、それはひとつにはフェニック氏の怠慢によるものであった。最近の彼の話しぶりからすると、どうもこの学寮のことを何か他の目的のためのひとつの手段にすぎないとみなしている節があった。何か他の目的というのが一体何なのか、エリザベスにはわからなかったのだが。彼は口を開けばトライヴァー卿と彼の息子のフレデリックのこと、そして貴族の責任について話していた。彼の共和主義擁護はすっかり鳴りを潜めてしまった。フレデリックのことを「あの子」と呼び、古典語の成績には満点をつけた。「ラテン語とギリシャ語が軍人気風と折り合うなんて、そうあるもんじゃない」と彼は言った。「非凡な子だよ」

「経済学はそれほど得意じゃないみたいだけど」エリザベスは言った。

「軍人にそんなに学問を強要してはいかん」

パディントン駅ではドライヴァー卿が人ごみのなかからしきりに手を振っていた。彼は真新しい服を一そろい身につけていた——このために一体何枚の衣料配給券を無駄に使い果たしたかと思うとぞっとする。彼の背後には、頰に傷のある、不機嫌そうな口元をした非常に若い青年が控えていた。フェニック氏はせわしげに近寄っていった。彼は黒のレインコートをケープのように肩にはおり、手に帽子を持って、赤帽たちの間から威厳のある白髪をのぞかせていた。

「倅のフレデリックです」と、ドライヴァー卿は紹介した。青年は不機嫌そうな様子のまま帽子をとったが、またすぐかぶってしまった。軍隊では髪をとても短く刈っていた。

「セント・アンブローズ学寮は新たな卒業生を送り出すことを喜びに思います」とフェニック氏は言った。

フレデリックは何やらうなった。

学位の授与はマウント・ロイヤルの個室で執りおこなわれた。宅は爆撃を受けましたので、とドライヴァー卿は説明した。時限爆弾でした、と彼は付け加えたが、最近は空襲が絶えてなかったので、この付け足しはかなり必要なものであった。ドライヴァー卿がここでの授与式に満足しているのであれば、フェニック氏としても異論があるはずがなかった。彼は文学士のガウンと角帽と聖書をスーツケースに入れて持参し、読書用のテーブルとソファとラジエーターの間に立って、ささやかながらも非常に堂々とした儀式を執りおこない、ラテン語の式辞を読み上げ、フレデリックの頭をとんとんと聖書で軽くたたいた。学位証書はアングロカトリック派の会社に頼み、高い値段を払って二色刷りにしてもらった。その場に居合わせた者のなかで居心地の悪い思いをしていたのはエリザベスただひとりだった。世の中にこんなおめでたい馬鹿がふたりもいるなんてこと本当にあるのかしら？　ひょっとしたら馬鹿は四人ではないのだろうかという胸苦しい思いがわきあがってくるのはどうしたことだろう？

茶色い瓶ビールを飲みながらの軽い昼食をとりながら、「言わせていただきますと、このビールも我々の学寮のオーディット・エールに負けないくらいおいしいじゃないですか」とフェニック氏はにこやかに笑った。食事がすむと、学寮長とドライヴァー卿はあれやこれやと苦心して、若いふたりが一緒に外出するように仕向けた。「わたしたちはちょっと話があるんだよ」とフェニック氏が言うと、ドライヴァー卿もさりげなくにおわせた。「フレデリック、お前ここ一年ほど映画はご無沙汰なんじゃないか？」結局ふたりの若者は、爆撃を受けて荒れ果てたオックスフォード・ストリートに追い出されることになり、一方老人たちは上機嫌でベルを鳴らしてウイスキーを注文した。

「どういうつもりかしら？」とエリザベスが言った。

彼はハンサムだった。彼の頰の傷とむっつりした感じが、彼女には好ましく思えた。彼の目にはあふれんばかりの知性と意志がみなぎっていた。一度彼は帽子をとって頭をかいた。するとまた彼の短い髪が、エリザベスの目にとまった。彼はどう見ても軍人というタイプではなかった。それに彼の着ている洋服は、父親の服と同様、新しい既製品のようだった。休暇中に着る服を何か持ってないのかしら？

「どうやらあのふたりは結婚式を企んでるみたいね」と彼女は言った。

彼の目は嬉しそうに輝いた。「それもいいね」彼は言った。

「だったらあなたはC．O．から休暇の許可をとらなきゃならないわね」

「C．O．って何？」彼はびっくりして聞き返したが、その様子は質問に対する準備が事前にできておらず不意を突かれた子供のようで、多少おびえているようにも見えた。彼女は彼を注意深く眺めながら、そもそもの初めから変だと感じていたことをすべて思い返していた。

「じゃあ、あなたは一年間映画を観てないのね」と彼女は言った。

「従軍中だったからね」

「慰問会の出し物すら見てないの？」

「ああ、それは別だよ」

「そんな生活って、まるで刑務所なみじゃない」

彼は力なくにやっと笑い、歩く速度を速めていったので、まるで彼女が彼をどんどん追い詰めているかのような格好でハイド・パークの門をくぐることになった。

「白状しなさいよ」と彼女は言った。「あなたのお父さんはドライヴァー卿なんかじゃないんでしょ」

「いや、そんなことはないよ」

「わたしの叔父も学寮長なんかじゃないのよ」

「なんだって？」と言うと彼は笑い出した。それは感じのよい笑い声だった。信用できる笑いではなかったが、こっちも一緒に笑って、こんなむちゃくちゃな世の中なんだから何がどうなっても知ったことかといった気持ちにさせられるような笑い方だった。「僕はボースタル少年院から出てきたばかりなんだ」と彼は言った。「君はどうなのさ？」

「わたしはまだ拘置所に入れられたことはないわ」

彼は言った。「君は信じないかもしれないけど、今日のあの学位授与式とかいうやつ、あれって僕は嘘臭いと思ったよ。もちろん親父はすっかり鵜呑みにしてたけどさ」

「叔父もあなたのこと信用しちゃったみたい。わたしのほうはそこまでは信用できなかったけど……」

「とにかく結婚式はなしだね。ちょっと残念だけどな」

「わたしはまだ自由の身よ」

「そういうことなら」と彼は言った。「話し合いの余地はあるじゃないか」そしてふたりはハイド・パークの淡い秋の日射しのなかで、その問題について――あらゆる角度から――話し合ったのである。彼らのまわりでは、もっと大掛かりないかさま行為がいたるところでおこなわれていた。政府省庁の役人たちが小型の書類鞄をさげて行き過ぎた。あれやこれやの統制官たちは、自動車のエンジン音をたてながら走り去っていき、また広告板に描かれているような大きくて無表情な顔をした男たちが、カーキ色の服に緋色の襟章をつけてドーチェスター・ホテルから出てくると、パーク・レーンを断固たる足取りで大またに歩み去っていった。世間の標準と照らし合わせると、この若いふたり——たかだかボースタル少年院から出てきた青年と、どこから来たというほどもない娘——服地屋の売り子をしたり、二軒一続きの普通の家に住んでいたりした——のたくらむ詐欺など、とるに足りないものであったし、また悪意と呼べるほどのものでもなかった。「親父は何百ポンドかのへそくりを隠してるはずだ。間違いないよ」とフレデリックは言った。「学寮長の姪を嫁にもらえるということになれば、財産贈与をしてくれるはずさ」

「うちの叔父だって五百ポンドくらい持っててもおかしくないわ。ドライヴァー卿の令息に全額渡るようにしてくれるでしょうよ」

「僕たちがこの学寮の仕事を引き継ごう。資本が少しあれば、この事業を成功させられるはずさ。今の状態じゃ、ほんのはした金程度の儲けにしかならないだろ」

彼らは二ペンスのお金を節約して公園のベンチに腰掛けているうちに、これといった理由もないまま恋に落ち、自分たちならきっとうまく出し抜けるはずのあのふたりの狡猾な老人を、ではいかにしてペテンにかけるかという計画を練っていた。それからふたりはホテルに戻り、エリザベスは部屋に入るや否やこう宣言した。「フレデリックとわたしは結婚したいと思ってるの」それを聞いたふたりの間抜けな老人の顔は、こんなにも事がすらすらと上手く運んだ嬉しさで同時にぱっと明るくなったかと思うと、今度は警戒心でやや翳《かげ》り、互いに横目でちらちら見合っているので、その様子を目にしたエリザベスはもう少しでふたりを気の毒に思うところであった。「これはまたなんという驚きでしょうな」とドライヴァー卿が言うと、学寮長は「おやおや、若い者たちは素早いもんですな」と答えた。

一晩中、このふたりの老人は財産贈与をどうするかという相談を続け、一方若者のほうは幸せそうに隅っこに引っ込んで、老人たちの巧みなやりとりをじっと見守りながら、この世はつねに若者に向けて開かれているのだと、心の中でこっそり面白がっていたのである。

一九四一年

働く人々　Men at Work

加賀山卓朗訳

一九四〇年から四一年にかけてのロンドン大空襲では、ナチス・ドイツの爆撃で、約三万人の市民が亡くなり、五万人以上が負傷、三百五十万戸以上の家屋が破壊された。

当時の不安に満ちた世相を背景として、作者の投影とも思われる作家と、高級官吏の妻の情事の顚末《てんまつ》を描いたグリーンの代表作のひとつが『情事の終り』である。深い文学的な情趣に加え、ミステリ的な妙味もある名作だが、同じ空襲下のロンドンを舞台としながら、この「働く人々」は、時代を問わず、いずこも同じ官僚主義を描いたコミカルな味わいの一篇。一九四〇年に嘱託として情報省に勤務した経験をもとに書かれた。

（訳者）

リチャード・スケイトは役所を二時間ほど留守にし、前夜の空襲のあとで自分の家がまだ建っているか確かめにいった。彼は中年に差しかかり、蒼白く痩せて、ひもじそうな顔をしていた。これまでの人生は鼻先をやっと水面から出しておくことで精一杯。夜間学校で教え、いくつかの小さなパブリック・スクールで英語の臨時教師として働き、そのあいだに小さな家と妻を手に入れた。子供もひとりできたが、画才のある早熟な娘で、早くも父親を蔑《さげす》んでいる。彼らは田舎に住んでいた。ロンドンが空襲を受けたせいで、家は彼から切り離され、計り知れないほど遠くにあった。彼は週に二度、あわただしく訪問するだけだ。今のスケイトにとって、世界のすべては役所だった。温かみのない高層庁舎には、複雑なエレベーターと、客船のように長い廊下と、湯が出たためしがなく、爪ブラシが聖書のように鎖でつながれた洗面室が備わっている。集中暖房が大西洋の真ん中のように暑く息苦しいにおいをこもらせるが、廊下だけは別だ。爆風でガラスが割れないように窓がつねに開けられているので、寒風がヒューヒューと吹き込んでいた。布にくるまってデッキチェアに丸まった人たちがいるのではないかと錯覚するほどだ。使送係が配給のスープのように回覧を運んでいる。スケイトは地下の折り畳みベッドで寝泊まりし、十時になると朝食に顔を出していた。囚人のようなここ数週間の生活で、炭坑で働く小馬のような面相となり、眼の退化した地中生物の雰囲気を漂わせていた。情報省総務部は、職員が日に数時間、戸外で過ごすことを理に適っていると考え、その旨の回覧を出していた。職員のなかにはこれ幸いと〈王の紋章〉《キングズ・アームズ》亭にまで足を伸ばす者もいたが、スケイトは酒を飲まない。

　万事そんな調子なのにもかかわらず、彼は幸せだった。門のところで身分証を見せ、古代アイスランドの風習の研究家である国防市民軍の兵士に会釈しながら、幸せだった。鼻先が水面のかなり上まで出ていたからだ。定職に就き、しかもそれが公務員だ。昔の夢は劇作家になることだった（セント・ジョンズ・ウッド（リージェンツ・パーク北西の地域）の日曜公演で一度彼の戯曲が上演されたことがあり、中央登録簿には劇作家として名が残っている）が、ロンドンの劇場がほとんど閉鎖された今、人の成功を眼にして、嘲笑《あざわら》われているように感じることはなくなった。

暗い自分の部屋のドアを開けた。急場しのぎで、廊下にベニヤ板を立てて作られている。まるで何かの菌類のように、省内の人員が途方もない数に膨れ上がっているからだった。古い部が日々新しい課を生み、その芽が分かれてまた部となり、また課を生むというふうに、増殖を繰り返していた。広大な大学校舎の五百ほどの部屋ではすでに足りなくなって、廊下の角が部屋に変えられたり、一夜にして廊下がなくなったりしていた。

「どうでした？」と助手が訊いた。母親のように彼の世話を焼く、胸の豊かな若い女性だ。彼がやつれて見えるときにはコーヒーを運んでくるし、電話にも出てくれる。

「ああ、ありがとう。まだ建ってたよ。窓ガラスが一枚なくなってたが、それだけだ」

「ミスター・サヴェッジというかたから電話がありました」

「ほう？　どんな用件だった」

「空軍に入ったから、軍服姿を見せたいとおっしゃってました」

「相変わらずだな」とスケイトは言った。「昔から勇ましいところがある」

電話が鳴った。ミス・マナーズは敵につかみかかるように受話器を取った。

「はい」と彼女は言った。「はい、R・Sは戻ってきました。H・Gからです」と彼女はスケイトに説明した。若い職員はみなイニシャルで呼び合う。ファーストネームとミスターの中庸《ちゆうよう》を行く社交上の妥協だ。そのおかげで、電話の会話が暗号電報のようにわかりにくくなった。

「やあ、グレイヴズ。ああ、まだ建ってたよ。出版委員会には出る？　実は議題が何もないんだ。何かでっち上げられないかな」そしてミス・マナーズに言った。「グレイヴズが委員会に誰が出るのか知りたがってる」

ミス・マナーズは受話器を受け取って、てきぱきと名を挙げた。「R・K、D・H、F・L。それからB・Lは遅れて来るそうです。わかりました、R・Sに申し伝えておきます。ではまた」彼女はスケイトに言った。「H・Gは、どうして進捗報告を議題にしないんだとおっしゃってました」

「どうせ冷やかすつもりだ」スケイトはしおれて言った。「まるで進捗があったようなことを言う」

「お茶をお持ちしますね」とミス・マナーズは言った。抽斗《ひきだし》の鍵を開け、スケイトのティースプーンを取り出した。開戦後数カ月で一気に六千個がなくなってから、省内でティースプーンは支給されなくなった。持ち歩けるものはすべて鍵をかけて保管することがますます必要になっている。防空待避所の毛布まで消えてなくなる始末だ。ドイツ軍の飛行機の残骸と同じように、この建物は盗掘人の餌食になっている。そのうち、焼夷弾で黒焦げになり、国防市民軍が撃ったライフルの銃痕が残る、重くむき出しのポートランド石（イングランド南西部のポートランド島産出の建築用石灰岩）しかなくなるだろうことは、容易に想像できる。

「困った、困った」とスケイトは言った。「議題をなんとかしなきゃ」とはいえ、かすり傷ほどしか心配していなかった。すべては巨大な影の片隅で進められるゲームだ。宣伝活動は暇つぶし、仕事は有益だからではなく、仕事自体のために――何かに従事するために――おこなわれる。彼はうんざりした顔で、議題に〝インド問題〟と書き込んだ。

部屋を出ると、礼服を着た老人たちが短く異様な列をなして歩いてきたので、廊下の端によけて見送った。権標（大学総長の権威を表わす金飾り）捧持者に先導され――ひとりがくしゃみをした――別の時代の儀式を恭《うやうや》しく執りおこなう幽霊のように、総長室に向かっている。かつて彼らはこの宮殿の王だった。彼らを収容するためにこの巨大な建物が作られた。しかし今、役人たちは、その行列が煙ほどの実体しか持たないかのように、あいだをいくらでも横切っていく。出版委員会が開かれている会議室にスケイトが達するはるかまえから、耳慣れた声が聞こえてきた。「われわれに必要なのは、かつてない規模の大宣伝活動だ……」もちろん、戦争に本腰を入れているキングの声だった。腹の底に溜めていたものが、まるで欲望のようにときどきこうやって爆発する。キングはかつて広告会社に勤めていたので、定期的に何かを売らなければという焦燥感に駆られるのだ。〈オヴァルティン（牛乳に溶かして飲む麦芽粉末）〉や〈口臭（洗口液リステリンの販売キャンペーン）〉や〈マスタード・クラブ（大人気を博したコールマン社製マスタードの販売キャンペーン）〉の記憶がつねにはけ口を求めていて、ある日突然、周囲を圧する迫力で戦争を売り込みはじめる。大蔵省と政府刊行物発行所は、いつも彼の偉大なる計画が立ち消えになるよう取り計らっていた。一度、誰かが休暇を取っていたせいで、キングの宣伝活動が本当に実施されたことがあった。肉類の配給が一シリング（二十グラムあまり）まで下がったときのことだ。ロンドンじゅうの掲示板に〝羊肉に不平を言うな。野菜の何が悪い〟というキングの素っ気ない文句が掲げられた。議会で粗野な労働党議員が質問に立ち、そのポスターは二万ポンドの経費をかけて撤去された。事務次官が辞職し、首相が大臣をかばい、大臣が部下をかばい（「わが省は軍の一翼を担っていると考えております」）、キングは辞職を求められて、そうする代わりに情報省出版局をまかされ、より高い給料をもらうことになった。ここでは大した悪さもできないだろうと考えられている。

スケイトは会議室にすっと入り、ナプキンを置いていくメイドのように控えめな態度で、出席者に議題を配ってまわった。キングのことばに耳を傾けようとは思わなかった。戦争の意義について本格的に説明した一連のパンフレットを、無料で六百万の人々に配るといったようなことだ。「みんなに自由とは何かを知らせるんだ。民主主義だと」とキングは言った。「長い単語を使っちゃだめだ」

ヒルが言った。「しかし発行所が……」ヒルのか細い声はいつも変わらぬ理性の声だ。〝消極的な活動が積極的な結果をもたらすこともある〟という公式見解を生み出し、情報省の存在を守ったのは彼だと言われていた。

スケイトの議題にはこう書かれていた。

一、前回の議事録より
二、ドイツの労働事情に関するウェールズ語のパンフレット
三、ウィルキンソンの女子国防軍訪問に図らうべき便宜
四、ボーンのパンフレット案への反論
五、食肉販売委員会のリーフレットに対する提案
六、インド問題

なかなかよくできていると思った。

「もちろん」とキングは続けた。「詳細はこれから検討する必要がある。まずきちんと書ける人間を選ばなければならない。プリーストリ（一八九四〜一九八四年。イギリスの作家、劇作家）か、彼と同等のレベルの人間だ。明らかに効果があることを示せば、金の心配をする必要はないと思う。調べて報告してもらえるかな、スケイト？」

スケイトは同意した。実のところどういう内容なのかわからないが、それは重要ではない。いくつか回覧をやり取りするうちに、キングの熱も冷めてくる。この広大な建物のなかにいる別の人間に回覧を送り、返事をもらうには、少なくとも二十四時間かかる。緊急時には一週間に三つの回覧が出まわることもある。外界の時間はまったく別のペースで進んでいた。スケイトは、フランスの戦争努力に関するパンフレット案を誰が書くべきかという回覧を思い出した。結局何も決まらないままそれがまわっているあいだに、ドイツ軍が国境を侵し、ソンム川を越え、パリを占領して、コンピエーニュで停戦協定を結んでいた。

委員会はいつものように一時間続いた。スケイトにとって、宗教部や帝国部といった、ほかの部の人々と話し合うのはいつも愉《たの》しかった。ときにこれと見込んだ別の人間を参加させることもあった。それによって、書物、作家、芸術家、演劇、映画などあらゆることについて、多岐にわたる興味深い議論が展開される。実際、議題にはあまり意味がない。そんなものは最後の瞬間にいくらでもひねり出せた。

この日、参加者はみな上機嫌だった。ここ一週間、何も悪い知らせがなく、今の事務次官が、情報省は目立った動きをするべきでないという方針を打ち出していたので、近い将来、省が粛清にさらされる怖れもなくなった。その方針はまた、職員みんなの仕事をやりやすくした。ウィルキンソンに依頼した仕事の件でも、みんなにどこかのんびりした雰囲気が漂っていた。ウィルキンソンは巷間《こうかん》人気の高い小説家で、女性にいいところを見せたいと女子国防軍を特別に取材する許可を申し出た。が、軍当局はそれを拒んだ。理由は誰にもわからない。十分間、あれこれ議論が交わされた。スケイトがウィルキンソンは下手な作家だと思うと言うと、キングが反対した。そこから一般的な文学論が展開した。このまえの戦争でガリポリ作戦（第一次世界大戦でイギリス軍がトルコ軍と戦って、十万以上の死傷者を出した）に加わった帝国部のルイスは、不機嫌そうに居眠りをしていた。

彼は話題がボーンのパンフレットに移ったときに眼を覚ました。ボーンは大英帝国に関するパンフレットの執筆を依頼されていた。五万部が公開の会合で無料配布されることになっていた。しかしいざ活字になってみると、分別に欠ける表現が多々あることに専門家が気づいた。インドがカナダの酪農用家畜という牛の呼び方に異議を唱え、オーストラリアがボタニー湾（オーストラリア南東部の元流刑植民地）に触れた文に反対した。カナダ当局は、ウルフ将軍（イギリスの軍人で、一七五九年にケベックを攻略した）について書くと、フランス系カナダ人の反感を買うことはまちがいないと主張し、ニュージーランド当局は、オーストラリアの果樹園が必要以上に取り上げられていると不満を表明した。そうこうするうちに公開会合はすべて終了し、結局パンフレットを配る機会がなくなった。それならニューヨークの万国博覧会に送ったらどうだと誰かが提案したが、今度はアメリカ部が独立戦争に関する記述をいくつか削除するよう求め、そこを削っているうちに万国博覧会は終わってしまった。そして今、やたらと加筆訂正されたパンフレットに対して、ボーン本人が承認しないとの抗議文を送ってきた。

「別の人間と契約する手もある」とスケイトは提案した。しかしそれには追加の支払いが必要で、大蔵省が許可するわけがないとヒルが言った。

「これはどうだ、スケイト」とキングが言った。「きみは文学畑の人間だ。ボーンに手紙を書いて、うまくなだめるというのは」

ラウンズがかすかにワインのにおいを漂わせながら、あわてて入ってきた。「遅れてすまん。会食の約束があったもので。ところでニュースを見たか？」

「いや」

「また昼間から空襲だ。ナチスの戦闘機五十機が撃ち落とされた。やつらは大変な勢いで攻めてきてる。うちも十五機やられた」

「ボーンのパンフレットをぜひとも配らなければ」とヒルが言った。

スケイトは自分でも驚くほど乱暴な口調で言った。「そんなことしたら、こっちの情勢がわかっちまう」そして裏切りを咎められた男のように、急に畏れ入って椅子に腰を落とした。

「おい」とヒルは言った。「うろたえちゃだめだよ、スケイト。大臣のことばを思い出すんだ。〝何が起ころうと仕事をやり遂げるのがわれわれの責務だ〟って言ってたろう」

「わかった。悪気はなかったんだ」

ボーンのパンフレットについてなんら結論を出さないまま、議論は食肉販売のリーフレットの件に移った。これには誰も興味を持っていなかったので、スケイトが対応をまかされ、あとで報告することになった。「彼らと話してくれ、スケイト」とキングが言った。「それがいい。きみはこの手のことに詳しいから。プリーストリに頼んでもいいけれど」と曖昧に言い添え、議事録の常連である〝インド問題〟を見て、考え込むように眉根を寄せた。「今週、どうしても議論する必要があるかな」と彼は言った。「ここにインドについてわかる人間は誰もいない。来週、ローレンスを呼ぼう」

「ローレンスはいいやつだ」とラウンズが言った。「昔、『牧師の歓び』などというきわどい小説を書いたこともあるくらいで」

「じゃあ彼を呼ぶことで決まりだな」とキングは言った。

出版委員会は次週まで閉会となった。会議室はあくる朝まで使われないので、スケイトは爆風でガラスが割れないように大きな窓をすべて開けた。蒼白い広大な夜空に、細く白い線が何本か、燐光《りんこう》を放つカタツムリの通り道のように浮かび上がり、仕事を終えた男たちが帰途についたことを物語っていた。

一九四〇年

能なしのメイリング　Alas, Poor Maling

三川基好訳

これはまた荒唐無稽というか、どこからこんなアイディアを得たのだろうと思うような小品だ。何しろ声帯模写をする腹というのだから。一見ただただ突飛な話に思えるが、冒頭に一九四〇年九月三日のできごと、つまり対独戦開始の一周年の日だと書かれている。開戦間もない、まだまだドイツ軍が優勢な時期で、連合軍が撤退を余儀なくされたダンケルクの戦いから三、四ヵ月しか経っていない。毎日のようにドイツ軍の空襲を受ける中で、なんとか闘志をかき立て、正気を保つための、防壁としてのユーモア精神の発露と見るべきだろう。ここに描かれているのは、実は空襲の悪夢の体験なのだ。原題の Alas, Poor Maling の〝なんと哀れな〟という言葉は、戦時下の国民全体に向けられたものなのかもしれない。

（訳者）

かわいそうな、人畜無害の、能なしのメイリング！　あなたにはメイリングと彼の腹鳴《ふくめい》を笑わないでいただきたい。というのも、彼が診てもらった医者は必ず笑ったからだ。あの一九四〇年九月三日の悲しむべき大事件の話を聞いたあとでも、彼らは笑ったことだろう。この日、〈シムコックス〉と〈ハイズ・ニュープリント〉のふたつの印刷会社の合併成立が、彼の腹鳴のせいで予定より二十四時間遅れになってしまい、おかげで両社の計画は頓挫《とんざ》してしまったのだ。メイリングはかねてより勤め先の〈シムコックス〉を自分の命より大事に思っていた。仕事に満足して、誠心誠意、力いっぱい働いていたが、役員秘書以上の地位を望みはしなかった。ところがその二十四時間の遅れが、会社の存続にとって致命的な打撃となったのだ。その理由についてはここでは詳述しないほうがいいだろう。わが国の所得税法に関する微妙な問題を含んでいるからだ。その日を境に彼はすっかり姿を消した。わたしが思うに、傷心をかかえたままどこかの田舎の小さな印刷所に勤めて、死期が訪れるのを待っているのだろう。ああ、かわいそうなメイリング！

彼のかかえる症状を腹鳴と呼ぶのは医者だけだ。ふつうはたんに〝お腹ゴロゴロ〟という。ただの軽い消化不良にすぎないと思うのだが、メイリングの場合、ちょっと変わった現象となった。彼がくり返し、半円形の老眼鏡のレンズ越しに悲しげに下を見ながら訴えたところによれば、〝耳〟を持っているのだそうだ。いろいろな物音を驚くほど正確に聞き取って、食事のあとで再現するのだという。地方の印刷業者の一行をもてなし、ピカデリー・ホテルで開かれたお茶の会での気まずい経験を、わたしはありありとおぼえている。戦争が始まる前の年で、メイリングはクイーンズ・ホールで開かれたオーケストラのコンサートを聴いた帰りだった（そこのコンサートに彼は二度と行かなかった）。茶会の会場にどこか遠くからダンスオーケストラの演奏する〝ランベス・ウォーク〟（一九三八年にはあの曲がうんざりするほど演奏され、あの悪ふざけと、うわべだけの陽気さと、〝オイ！〟というかけ声にいらいらさせられたものだ）が聞こえてきた。ダンスがとだえてありがたい静寂が訪れ、印刷業者たちがトーストしたティーケーキの残骸を前に満足そうにすわっていると、そこに――ホテルのどこかから、かすかながらはっきり、悲壮かつ朗々と――ブラームスのコンチェルトの冒頭が聞こえてきたのだった。スコットランド人の音楽好きの印刷業者が、うっとりして言った。「おお、なんとみごとな演奏」ところが音楽は急にやんでしまった。もしやと思い、わたしはメイリングを見た。彼の顔はビーツのように真っ赤だった。だが、スコットランド人ががっかりしたことに、ダンスオーケストラが〝ブーンプス・ア・デイジー〟を演奏しはじめたので、ことの真相は誰にも知られなかった。そしてメイリングがすわっていたあたりから、先ほどの〝ランベス・ウォーク〟のメロディがかすかに聞こえてきていることには、わたし以外誰も気づかなかったと思う。

十時を過ぎ、印刷業者たちがタクシーにぎゅうぎゅう詰めになってユーストン駅に向かったあとになって、メイリングはわたしに自分の腹のことを話した。「まるで説明がつかないんだが」彼は言った。「オウムみたいなんだ。でたらめに音をおぼえるようで」そして涙声になって言った。「もう食事も楽しめないよ。あとで何が起こるかわからないんだから。今日の午後なんか、まだいいほうだったんだ。ときにはすごく大きな音が出ることがあって」彼はやるせない表情で考えこんだ。「子供の頃はブラスバンドが好きだったのだけれど……」

「医者には行ったのか？」

「わかってもらえないんだ。ただの消化不良で心配ないというだけで。心配ないが聞いてあきれるよ！　でも、医者のところではこいつ、いつもおとなしくしているんだ」彼は自分の腹のことを、何やらやっかいな動物のことのように話していた。悲しげに自分のにぎりこぶしを見つめていたが、やがて言った。「今じゃ聞いたことのない音がしてくると心配で心配で。どうなることかとね。というのは、ある種の音にはまったく無反応なのだけれど、別の音は……なんというか、ひどく気に入ってしまうことがあるんだ。一度聞いただけでね。去年、ピカデリー通りで工事をしてたときは、削岩ドリルの音をおぼえてしまって、夕飯のあとでひとしきり聞かされたよ」

わたしは考えもなしに言った。「消化薬を飲んでみたら？」すると、今でもおぼえているが――彼と会ったのはそれが最後だった――彼の顔には絶望の表情が浮かんだ。もうこの世に自分の悩みを理解してくれる者はいないと思い知ったようだった。

彼と会ったのがそれが最後になったのは、戦争が始まったおかげでわたしは印刷業界からつまみ出されて、ほかのありとあらゆる雑多な仕事をさせられる身になったからだった。だから、かわいそうなメイリングの心を打ち破った奇妙な役員会の話は人づてに聞いただけだ。

ドイツのイギリスに対する、新聞の言うところの電撃戦が一週間ほど続いていて、ロンドンのわたしたちは一日に五回も六回も空襲警報を聞かされていた。しかし開戦一年目の九月三日は朝から比較的静かだった。だが大方の見方によれば、ヒットラーは開戦一年の記念にと大規模な攻撃を仕掛けてきそうだった。そんなわけで〈シムコックス〉と〈ハイズ〉の幹部が合同で開いた会議にははじめからやや緊張した雰囲気がみなぎっていた。

会議が行なわれたのはフェッター街の〈シムコックス〉の社屋の二階の、古い、昔から散らかりほうだいの小さな部屋だった。そこにある丸テーブルは創始者ジョシュア・シムコックスの時代にまでさかのぼるもので、印刷工場を描いた鉄の浮き彫りには一八七五年という年号が刻まれていた。そしてガラスの扉のついた大きな書棚には、なぜか場違いな聖書が一冊だけ置いてあり、それ以外には活字に関する文献が一冊あるだけだった。サー・ジョシュア・シムコックス老人は椅子にすわっていた。彼の雪のように白い髪と、青白く、ぽっちゃりとした、いかにも非国教徒といった顔はご想像がつくことだろう。ウェズビー・ハイズも出席していた。そしてほかに六名の役員が、細面《ほそおもて》の顔に思慮深い表情を浮かべ、黒い上着をきちんと着こんですわっていたが、全員が少々緊張気味だった。新しい所得税法の適用をまぬがれたければ、すばやく行動する必要があったのだ。メイリングはと見れば、ノートの上に身をかがめ、必要があればいつでも参考意見が述べられるようにと張りつめた表情で控えていた。

提案書を読みあげている途中で一度中断があった。病弱なウェズビー・ハイズが、隣の部屋のタイプライターの音が神経にさわると苦情を申し立てたのだ。メイリングは顔を赤らめ、部屋を出ていった。するとタイプライターの音がやんだということは、彼は消化剤を飲んだのだろう。ハイズはじれていた。「早く」彼は言った。「早くしてくれ。一晩中こんなことをしているわけにはいかんぞ」だが、まさにそうなったのだった。

提案書の読みあげがすむと、サー・ジョシュア・シムコックスがヨークシャーなまり丸出しで丹念に説明をはじめた。自分たちの動機はまさに愛国心に根ざすもので、税金逃れをしようなどという気は毛頭ない。むしろ自分たちは国家の戦争遂行に協力したいのだ。さらに国の活力と経済の……彼は言った。「プディングの味を知るには、それを食べてみなければ……」すると、その瞬間、空襲警報が鳴りはじめた。今申しあげたように、この日は大規模な空襲が予期されていた。ぐずぐずしている場合ではなかった。死んでしまっては税金逃れをしたくてもできない。役員たちは書類をかき集め、一目散に地下室に避難した。

ひとりメイリングを除いて。そう、彼は真実を知っていた。プディングという言葉が聞こえて、寝た子を起こしてしまったのだと思う。もちろん彼は正直に打ち明けるべきだった。しかし、考えてもみていただきたい。ベストに白いあて布をつけた老紳士たちが、威厳も何もかなぐり捨て、恐怖に顔をゆがめて一目散に逃げ出したあとで、そんなことを打ち明ける勇気が、あなたにはあるというのか？　わたしだったら、メイリングがしたのとまったく同じことをしたと思う。つまりサー・ジョシュアのあとについて地下室に入っていき、今度ばかりは自分の腹がすべきことをして今の失態を埋め合わせることを必死で願ったのだ。だが、そうはならなかった。〈シムコックス〉と〈ハイズ〉の合同役員会の出席者は、地下室に十二時間こもって過ごした。メイリングも一緒にそこにいた。無言で。なんとも間尺《ましやく》の合わないことに、メイリングの腹は空襲警報の音をみごとにまねたのに、なぜか警報解除の音はおぼえていなかったのだ。

一九四〇年

弁護側の言い分

The Case for the Defence

高橋和久訳

アイデンティティというと難しそうだが、自分が自分であると思うのは、思い出される昨日の自分が今日の自分とつながっていると感じられるからで、深酒をして昨夜の記憶がさだかでなくなったときには、それがふと不安になりもする。不安は怖いから、鏡で顔を見ると、これまで見知った顔と同じなので、やはり自分なのだと得心したことにする。そうやってこともなく過ぎていくので、よく眠れる。顔が同じだと、それは同一の人間であるに違いないと他人について認識するのもきっと同じ理由であるに違いない。そうでなくなったときには眠れない混乱が待っていて、ここでの訳知り顔の語り手が最後に「分からない」と連発するのもそのせいかもしれない。それにしても法廷で立派な証人になるのは難しい。まずその立場に得意になってはいけないし、少しばかり生まれた土地の訛りを響かせないといけないらしいから。

（訳者）

その殺人事件の裁判はわたしにとって前代未聞の奇怪なものだった。「ペッカム殺人事件」という名で新聞の見出しを飾った事件である。もっとも、撲殺された老婦人の見つかったノースウッド・ストリートは、厳密に言えばペッカム地区に含まれていなかった。状況証拠が問題となるような事件の場合には、陪審員の不安が――誤った評決を出したことがあるだけに――無音を売り物にした家具用キャスターのように法廷を静まり返らせているのが感じられるものだが、これはそのような事件ではなかった。そう、この殺人犯は死体といっしょに見つけられたと言っていいほどなのだ。検事が起訴事実の冒頭陳述を行なったときには、被告席にいる男に有罪を覆せる余地などまったくあるまい、と法廷にいただれもが信じた。

その男は粗野で頑丈な身体つきをして、出目を充血させていた。全身の筋肉が太腿に集まっているようだった。そう、一筋縄ではいかないしたたか者だった。一度見たらとてもすぐには忘れられないしたたか者と言ったらいいだろうか――そしてそれが重要な点だった。というのも、検事はその男を忘れていない証人を四人、喚問することにしたからである。彼がノースウッド・ストリートにある赤い家から足早に立ち去るのを目にした人々だった。時計がちょうど午前二時を打ったときのことだった。

ノースウッド・ストリート一五番地に住むミセス・サーモンは寝つかれないでいた。扉の閉まるカチリという音を耳にした彼女は、自分の家の門が閉まったのだと思った。そこで窓辺に寄ると、アダムズ（それが被告人の名前だった）がミセス・パーカーの家の階段に立っている姿が目にとまった。ちょうど家から出てきたところで、手袋をはめていた。彼は手にハンマーを持っていたが、それを表門のわきのローレルの茂みのなかに捨てるのを彼女は目撃した。しかし立ち去る前に彼は顔を上げて見た――彼女の部屋の窓を。他人から見られているときに、それを知らせるあの不吉な本能に動かされて、彼は街灯の光のなかに浮かぶ顔を彼女の視線にすっかり晒《さら》したのだった――その目はぞっとするようなすさまじい恐怖に覆われ、振り上げられた鞭がいつ振り下ろされるかとおののいている動物の目さながら。わたしは後にミセス・サーモンと話したが、あの驚くべき判決が下されてからは、当然ながら彼女自身の方が恐怖を感じていた。想像するに、証人全員も同じ思いだっただろう――ヘンリー・マクドゥーグルがそうだった。彼は夜遅くベンフリートから車で帰宅する途中、ノースウッド・ストリートの角であやうくアダムズを轢きそうになった。アダムズが道路の真ん中を茫然自失の態で歩いていたのだった。歳のいったミスター・ホィーラーにしても変わりはなかった。彼はミセス・パーカーの隣人で、一二番地の住人だったが、紙みたいに薄っぺらな家の壁を通って響いてきた物音――椅子の倒れるような音だったという――で目が覚めて起き上がると、ミセス・サーモンとまったく同様に窓の外を眺め、アダムズの後姿と、振り返ったときのあの突き出た目を見たのだった。ローレル・アヴェニューでアダムズはさらに別の人間に目撃されていた――彼の運は尽き果てたのだ。白昼に犯行に及んだも同然だった。

「忖度《そんたく》するに」と検事が言った、「弁護側は人違いであると主張するはずです。アダムズの妻は、十四日金曜日の午前二時には彼がいっしょにいたと申し述べるでしょう。しかしながら、検事側証人の目撃談をお聞きになり、被告の人相をしっかり確認なされば、人違いの可能性などとてもお認めになりはしないだろうと思います」

一巻の終わり、後は絞首刑が待っているだけ、そう言っても構わなかった。

死体を発見した警察官と検死を行なった医師による正式の証言が終わると、ミセス・サーモンが呼び出された。声の調子に少しばかりスコットランド訛りを響かせ、正直で注意深く、優しさあふれる表情をした彼女は理想的な証人だった。

検事はゆっくりと話を引き出すのだった。彼女は少しもためらわずに話した。そこには悪意のかけらもなく、緋色の服に身を包んだ裁判官が自分のことばに耳を傾け、記者たちがそれを書き取っているなか、こうして中央刑事裁判所の法廷に立っていることでいい気になっている気配は微塵もなかった。そうです、それから下に降りて警察に電話をしました、と彼女は言った。

「それで、法廷にその男はいますか？」

彼女は被告席に着いている大男をまっすぐ見やった。その男は狆《ちん》のような目に何の感情も浮かべず、彼女をじっと見返した。

「はい」彼女は言った、「あそこにおります」

「確かですか？」

彼女は明快に答えた、「間違えようがございません」

それほどすべてがいとも簡単なことだった。

「ご苦労でした、ミセス・サーモン」

弁護人が反対尋問に立った。わたしのように殺人事件の裁判を何度も報道した人間であれば、弁護人がどんな方針を取るかについて、あらかじめ見当がつこうというもの。そして実際その通りだった、ある点までは。

「さてミセス・サーモン、あなたの証言がひとりの男の生殺与奪の権を握っているかもしれないということをお忘れにならないように」

「けっして忘れてはおりません」

「視力はたしかですか？」

「これまで眼鏡を必要としたことはございません」

「五十五歳におなりですね？」

「五十六です」

「それであなたが見た男は道の向こう側にいたわけですね？」

「そうです」

「しかも時刻は午前二時。驚くべき目の持主ということになりますね、ミセス・サーモン？」

「いいえ。月明かりの下でしたし、それに、あの男が顔を上げたとき、街灯の光が顔を照らしたのです」

「それで、この被告がご自分の見た男であることは、まったく疑問の余地がないというわけですね？」

わたしは弁護人の狙いがどこにあるのか分からなかった。返された次のような答以外に、どんな返答が期待できたというのだ。

「少しの疑問もございません。忘れるような顔ではありませんもの」

弁護人は少しの間、法廷を見回し、それからおもむろに言った、「ミセス・サーモン、この法廷にいる人たちをもう一度よくご覧になっていただけませんか？　いや、被告人ではありません。どうぞお立ちください、ミスター・アダムズ」見れば法廷の後方で立ち上がった男は、がっしりと太った体軀と筋骨隆々たる両脚の持主で飛び出た目をしている――被告席の男と生き写しの男だった。服装まで同じ、ぴったりした青いスーツにストライプのネクタイという姿。

「さあ、よくお考えください、ミセス・サーモン。ミセス・パーカーの庭にハンマーを捨てるところを見たという男は被告人で、こちらの人物――被告人の双子の兄ですが――ではない、と今でも断言できますか？」

もちろんできるはずもなかった。彼女は一方から他方へと目を移し、一言もことばを発しなかった。

一方には被告人席で脚を組んで座っている巨漢の人でなし、もう一方には法廷の後ろで立ち上がった男。両方ともがミセス・サーモンを見つめている。彼女は首を振った。

そうして裁判の終わりがやってきた。自分の見たのは被告人であると証言しようという目撃者はひとりもいなかった。彼の兄のほうは？　兄にもアリバイがあった——妻といっしょにいたのだ。

そうして被告人は証拠不十分で釈放された。しかしはたして——もし兄ではなく彼が殺人を犯したとして——彼が罰を受けたのかどうか、わたしには分からない。あの奇怪な一日は奇怪な結末を迎えた。わたしはミセス・サーモンについて法廷を出たが、ふたりとも群衆に巻き込まれて身動きが取れなくなってしまった。言うまでもなく、双子を待ち構えて人が群がっていたのだ。警察がかれらを排除しようとしたが、道路を車が通れるように確保するのが精一杯。後になって聞いたところでは、警察はその双子を裏道から帰そうとしたのだが、双子のほうが承知しなかった。その一方が——どちらだか分からない——「おれは釈放されたんじゃないのか」と言い、ふたりして正面玄関から威勢よく外へ出た。そこでそれが起こったのだ。わたしはほんの二メートルも離れていなかったのだけれども、どうしてそういうことになったのか分からない。群衆が動いて、ともかく双子の一方が押し出された道路は近づいてくるバスのすぐ前だった。
彼はウサギのようにキーと悲鳴をあげ、それで終わり。ミセス・パーカーそっくりに頭蓋を粉々にされて彼は死んだ。天罰だろうか？　それが分かれば、と思う。もうひとりのアダムズは死体のわきから立ち上がり、ミセス・サーモンをまっすぐ見やった。彼は泣いていた。しかし彼が殺人犯なのか、それとも潔白なのかは、だれも金輪際知りえないだろう。それにしても、もしあなたがミセス・サーモンだったら、夜眠れますか？

一九三九年

エッジウェア通り

A Little Place off the Edgware Road

三川基好訳

無理に分類することはないが、これは〝奇妙な味〟というジャンルに属する作品だろう。初期の無声映画を上映している、がらがらに空いた映画館の暗がりで起こる、奇妙で恐ろしいできごと。それは主人公の青年の劣等感と性的抑圧がもたらしたものともとれるが、執筆年も作中の年代設定も、ともに一九三九年の対独戦前夜ということを考えると、迫り来る戦争への不安がその背景にあることがうかがえる。いや、その不安そのものが描かれているというべきかもしれない。そう考えると、冒頭にハイドパークの近くに立つアキレス像が登場するのが意味深く、これはかつてイギリスがナポレオンとの戦争に勝ったときに、敵の大砲を集めて融かして作ったものだからだ。実際にこの像を見て、次の戦争でもなんとか勝利を得たいと願った人たちがいたことだろう。また青年が叫ぶ、自分は狂気に陥ったりしない、正気を保ってやるぞという言葉も、当時のイギリス国民の覚悟を代弁するものだったのかもしれない。

（訳者）

夏の小雨の中、クレイヴンはアキレス像の前を通りすぎていった。まだほんの灯点《ひとも》し頃なのに、マーブルアーチまでの道路の端には車がびっしりととめられ、中から鋭い、欲深そうな顔がのぞいていた。通りかかるものがあればなんでもつかまえて、お楽しみといこうと手ぐすねひいて待っている。クレイヴンはレインコートの襟にあごをうずめ、その脇を苦々しい思いで歩いた。今日はどうも日がよくない。

ハイドパークへの道すがら、彼は久しぶりに欲情を覚えた。だが愛を得るには金が要る。貧乏人はただ欲望をいだくだけだ。愛を得るには上等のスーツと、車と、まともな界隈のアパートか、あるいは高級ホテルの部屋が必要だ。セロファンで包んでやらなければならないのだ。彼はレインコートの下のよれよれのネクタイと袖のすり切れた上着を常に意識していた。何かいやなものでも持ち運ぶかのように自分の体を動かしていた（大英博物館の図書閲覧室で過ごしていたときには、幸福感を味わえる瞬間もあったが、今では自分の体に意識が呼び戻されてしまった）。今の彼の心をゆり動かすものといえば、公園のベンチの上でした汚らわしい行為の記憶だけだった。肉体ははかなくも滅びるなどと言われるが、クレイヴンにとってはそんなことはまったくどうでもよかった。肉体はしぶとく生きつづけるものだ。今も、きらきら輝く雨の中を公園の演壇のほうへ歩いていくと、黒いスーツを着た小男が〝肉体は復活する〟と書いた横断幕を持って立っていた。これまでに三回見て、そのたびにふるえながら目をさました夢のことを、彼は思い出した。夢の中で彼は、世界中の墓地をひとつにした、暗い巨大な洞穴のようなところにいた。墓はすべて地下でつながっていた。地球は死者のための空間によって中身がくりぬかれたようになっていた。そしてその夢を見るたびに、あらためて恐ろしい事実を突きつけられた。葬られた死体は腐っていなかった。ウジもわかず、分解もしていない。世界中の地面の下に死者たちがごろごろ横たわっていて、いずれは疣《いぼ》や腫れ物や発疹のある体のまま復活を遂げようとしている。夢からさめた彼は、ベッドに横になったまま――〝大きな喜び（ルカ伝二章十節）〟とともに――肉体は必ず腐敗するのだと思って安心したものだった。

彼は急ぎ足でエッジウェア通りを歩いていった。近衛兵《このえへい》がふたり連れで出歩いていた。やたらに体の大きな、頭の弱い、けもののような連中が、いも虫のような脚をぴっちりしたズボンで包んでいる。彼は近衛兵が大嫌いだった。そしてそんな自分の感情を忌まわしく思っていた。嫉妬心ゆえのものなのは明白だったからだ。彼らはひとり残らず自分よりはるかに立派な肉体に恵まれている。消化不良を起こした胃がうずいた。自分はきっと口臭がする。確かめたいが、こんなこと、誰にきける？　ときどき彼は体のあちこちにこっそり香水をつけることがあり、それは彼のもっとも恥ずかしい秘密だった。忘れ去りたいと思っているこの体なのに、それがまた復活すると信じろと言うのか？　たまに夜、祈りを捧げることがあって（信仰心のかけらが、木の実にもぐり込んだ虫のように彼の胸のうちにひそんでいた）、そんなとき彼はどうか、、、自分の肉体だけは復活しませんようにと念じるのだった。

エッジウェア通りの界隈について、彼は隅々まで知り尽くしていた。気分によっては疲れるまであたりを歩きまわることがあって、たばこ屋の〈サーモン・アンド・グラックスタイン〉や軽食堂〈A．B．C．〉のショウウィンドウに映る自分の姿を目をすがめて見たりしていた。だからカルパー通りの閉鎖された劇場の外に貼ってあったポスターにはすぐに気がついた。そういうことも珍しくはなかった。ときどき〈バークリーズ・バンク演劇協会〉がこの場所を借りて夜の興行を行なうことがあるからだ。あるいはぱっとしない映画の試写会が開かれることもあった。この劇場は一九二〇年にある楽天家が建てたものだった。ロンドンの劇場街から一マイルも離れたところだという不利な点は地価の安さで十分に相殺《そうさい》されると、のんきなことを考えたのだった。だが、どの芝居の興行も成功せず、間もなくここはネズミの穴とクモの巣だらけの場所になってしまった。座席の椅子の張り替えは一度もされず、ここで行なわれることといえば、アマチュア演劇の上演や映画の試写会といった、そのときだけの、興行とは呼べないようなものばかりだった。

クレイヴンは足を止めてポスターを読んだ。一九三九年の今にいたっても、まだ楽天家というものは存在するらしい。底抜けの楽観主義者でもなければ、ここを〝無声映画の殿堂〟などというものに仕立てて金が稼げるとは考えないだろう。第一シーズンは〝黎明期の作品群〟ということだった（なんという高尚な言葉遣い）。これでは第二シーズンは開催されずじまいにきまっている。しかし入場料は安かった。疲れていることだし、雨宿り代わりに一シリングなら出しても損はないだろう。クレイヴンは入場券を買い、暗い館内に入っていった。

真っ暗闇で、ピアノがメンデルスゾーンを思わせる単調なメロディをポロンポロンと奏でていた。彼は通路際の席に腰をおろした。するとたんに、まわりにほとんど人がいないことが気配でわかった。ああ、やはり次のシーズンはなしだ。スクリーンではトーガのようなものをまとった大柄な女が、両手をしぼるような仕種《しぐさ》をしていたが、次に奇妙なぎくしゃくした動きでソファに近づいていった。ソファにすわると、顔にかかる乱れた黒髪の間から、牧羊犬のような目でぼんやりと遠くを見つめた。その姿はときどき画面を埋める黒い点や、白い光や、ただのゆれ動く筋になってしまうことがあった。字幕が出た。〝愛するアウグストゥスに裏切られたポンピリアは、みずからの手で悩み深き人生を終わりにしようとする〞

クレイヴンはようやく暗がりに目が慣れてきた。空席が並んでいるのがぼんやりと見えた。客は全部で二十人もいなかった。顔を寄せ合ってささやいているカップルが何組かと、彼のようなひとりぼっちの男たちが何人かだった。男たちはまるで制服のように、同じような安物のレインコートを着てすわっていた。彼らが死体を並べたように等間隔ですわっているのを見て、クレイヴンの妄想がよみがえってきた。歯の痛みのように彼にとりついた恐怖が。みじめな気持ちで彼は思った――自分は頭がおかしくなるんだ。こんなふうに感じる人間は自分以外にはいないだろう。がら空きの劇場を見ただけで、復活を待つ死者たちが並ぶ巨大な墓所を連想してしまうのだから。

〝情熱の虜《とりこ》となったアウグストゥスは、もっとワインをと叫ぶ〟

ゲルマンふうの顔立ちの大柄な中年の俳優が、肘枕をついて横たわり、シフトドレスをまとった大柄の女性の体に腕をまわしていた。ピアノがいきなり場違いなメンデルスゾーンの《春の歌》を奏で、画面が消化不良でも起こしたかのようにちらついた。暗がりを手探りでやってきて、クレイヴンの膝をこすって前を通った者がいた。小男だった。もじゃもじゃのあごひげが口元をかすめて、クレイヴンはぞっとした。すると新参の客は大きくため息をついて、彼の隣の席に腰をおろした。一方スクリーンではめざましいテンポでことが展開していて、ポンピリアはすでに短剣でみずからの胸を刺して——見ていなかったのでクレイヴンの想像だったが——豊満な体を横たえていて、まわりでは奴隷たちが嘆き悲しんでいた。

クレイヴンの耳元で低い、息をひそめた声がした。「どうしたんだ？　あの女、寝ているのか？」

「いや、死んだんだよ」

「殺されたのか？」急に興味津々という声になって、男は言った。

「ちがうと思うよ。自分で刺したんだ」

誰も〝静かにしろ〟という者はいなかった。熱心に映画を見ている客はひとりもいないので、話し声も気にならないのだった。誰もが興味なさそうに、がらがらの客席にだらりとすわっていた。

映画はまだまだ先があった。子供たちの運命も語らなければならないようだった。話は次の世代につながっていくのだろうか？　しかし隣の席の大きなあごひげの小さな男は、ポンピリアの死にしか関心がないようだった。ちょうどその瞬間に館内に入ってきたために、その部分に注意を引きつけられてしまったのだろう。クレイヴンの耳に〝偶然〟という言葉が二回聞こえた。そして男は、低い、息を切らしたような声で独り言を言いつづけた。「考えてみれば、馬鹿みたいだよな」彼は言った。「血がぜんぜん出ていない」クレイヴンは聞いていなかった。膝の間に両手をはさみ、それまでにも何度も味わった感覚を覚えていた。自分が発狂しそうだという感覚を。しっかりしなければ。休暇をとって、医者に診てもらおう（もしかすると何か悪い病気に感染しているのかもしれない）。気がつくと、隣の席のひげ男が彼に話しかけてきていた。「えっ？」いらだたしげに彼は言った。「何？」

「思っているよりずっとたくさん血が出るんだよ」

「なんの話だ？」

男が言葉を発すると、湿った吐息がクレイヴンの顔にかかった。言語障害があるのか、妙にごぼごぼというような音が声にまざっていた。男は言った。「人《マン》を殺すと……」

「男《マン》じゃない。女だよ」クレイヴンはうるさそうに言った。

「そんなことは関係ない」

「そもそも、この映画は殺人とは関係ないんだよ」

「それもどうでもいい」暗がりで馬鹿馬鹿しい無意味な議論をしているようだった。

「おれにはわかるんだ」ひげの小男はさも自慢らしく言った。

「わかるって、何が？」

「こういうことがさ」男ははぐらかすように言った。

クレイヴンは向き直って、男をはっきりと見ようとした。こいつ、頭がおかしいのか？　いずれ自分もこうなるぞという警告だろうか？　映画館で見知らぬ相手にわけのわからないことをぺらぺらしゃべるようになる？　暗がりに目をこらしながら、彼は思った。いやだ、とんでもない。自分は正気でいるぞ。正気を保ってみせるぞ。小さな黒っぽい輪郭しか見てとれなかった。男はまた独り言を言っていた。「おしゃべり。むだなおしゃべり。五十ポンドの金のためだということになるのだろう。だけど、そんなんじゃない。もっともっといろんな理由があったんだ。だけど人はいつも最初に目についた理由に飛びついてしまう。背後を見ようとしないんだ。三十年間の積み重ねだったのに。単純なやつらめ」男はまた息を切らしたような声で、しかし自信たっぷりに言った。やはり頭がおかしいんだ。それがわかるということは、自分は正気なのだ。この相手と比べたら、ずっと正気だ。公園で信仰を説いている男や、エッジウェア通りを歩いている近衛兵ほど正気ではないかもしれないが、この男よりは正気だ。その考えはピアノの調べに乗って届いた激励のメッセージのようだった。

するとと男はまたクレイヴンのほうを向いて、息を吐きかけながら言った。「自殺したと言ったな？　でも、どうして自殺だとわかるんだ？　誰がナイフを持っていたかというだけのことじゃないんだぞ」男は突然親しげにクレイヴンの手に手を重ねた。その手は湿って、べとべとしていた。ある可能性に気づくと、彼は恐怖におののいて言った。「いったいなんの話だ？」

「おれにはわかっている」小男は言った。「おれのような立場の人間にはすべてがわかるんだ」

「立場って？」べとつく相手の手を感じながら、クレイヴンは言った。そして自分は妄想をいだいているのだろうかと考えた。いろいろ説明はつくではないか。これだって糖蜜かもしれない。

「言ってみれば、かなり絶望的な立場だろうな」ときどき男の喉元で声が消えてしまうようだった。スクリーンではわけのわからないことが起きていた。こういう初期の映画は、一瞬でも目を離すとストーリーがどんどん進んでしまって……ただ、俳優たちの動きはゆっくりで、ぎくしゃくしていた。寝間着姿の若い女性がローマの百人隊長の腕の中で泣いているようだった。クレイヴンはふたりのどちらにも見おぼえがなかった。〝死など恐れないわ、ルキウス――あなたの腕の中にいられれば〟

小男はクスクス笑った――何やらわけしり顔といったようすだった。また独り言を言いはじめた。相手は手をどけてくれたが、さわられていたところがべとべとしていた。それさえなければ、そんな男は無視していられたのだろうが。男は座席の前を手探りしていた。頭が絶えず横にかしいでしまって、まるで発育障害の子供のようだった。彼はまるで関係のないことをはっきりした口調で言った。「ベイズウォーター事件」

「なんのことだったかな？」クレイヴンは言った。公園の手前で見たポスターにその言葉があった。

「えっ？」

「事件がどうしたって？」

「カレン・ミューズで起きたことなのに、ベイズウォーター事件だなんて、強引だよな（ベイズウォーターはロンドンの高級住宅地）」急に小男は咳きこんだ。顔をクレイヴンのほうに向けて、彼の顔に向かって咳をした。まるで何かの仕返しをされたようだった。男は言った。「どこだろう。おれの傘」男は腰をあげていた。

「傘なんて持っていなかったよ」

「おれの傘」男はまた言った。「おれの——」そこで声が出なくなってしまったようだった。クレイヴンの膝をかすめて、出ていった。

　クレイヴンは男が去るにまかせていたが、彼が出口にだらりとさがったほこりっぽいカーテンのところまで行かないうちに、スクリーンが真っ白になった。フィルムが切れたのだった。すぐに埃のたまったシャンデリアのスイッチが入れられた。その明かりでクレイヴンは自分の手の汚れを見た。妄想ではなかった。事実だった。彼は頭がおかしくなったのではなかった。頭のおかしい男の隣にすわっていたのだ。あいつはどこかのミューズ（路地や中庭に面した厩）で——なんという名前だったか。コロン、コリン……クレイヴンははじかれたように立ちあがり、出口に向かった。黒いカーテンが口元をかすめた。だが遅かった。男の姿はなく、外の道は三方に分かれていた。どれかの道を選んであとを追うかわりに、彼は公衆電話を選んで、自分が妙に理性的な行動をしていると思いながら、警察に電話した。

二分も待たされずに担当の部署につながった。相手は興味を示し、親切に話を聞いてくれた。「はい、ミューズで、カレン・ミューズで殺人事件がありました。男がパン切りナイフで喉を掻き切られたのです。恐ろしい犯罪です」彼は映画館で隣に殺人犯がいたという話をしはじめた。あの男に決まっている。手に血がついていた。そしてあごひげが湿っていたということを話したときには吐き気がした。大量の返り血を浴びたにちがいない。しかし電話の向こう、スコットランドヤードの男は彼の言葉をさえぎって言った。「いえいえ」彼は言った。「殺人犯はつかまえてあります。それについては疑問の余地はなくて。ただ、死体が消えてしまったのですよ」

クレイヴンは受話器を置いた。そして声に出して言った。「どうしてぼくに起きなければならないんだ？　どうしてぼくなんだ？」彼は夢の中の恐怖の世界に逆戻りした。夕闇が迫る中の汚らしい街路は、不滅の死体が横たわる墓地と墓地をつなぐ通路だった。彼は言った。「夢だ。夢なんだ」ところが前かがみになって電話機の上の鏡をのぞきこむと、顔に霧吹きで吹きつけたように血が散っていた。彼は叫びはじめた。「狂ったりしないぞ。気が狂ったりしないぞ。ぼくは正気だ。頭がおかしくなったりしない」やがて周囲に人が集まってきて、それから警官がやってきた。

一九三九年

アクロス・ザ・ブリッジ

Across the Bridge

三川基好訳

株主からだまし取った大金を持ってイギリスを出国し、南米各地を転々と逃げまわったあげくに、アメリカとの国境に臨むメキシコの町に流れ着いた老人の末路という、いかにもグリーンらしいプロットだ。語り手が言うように、喜劇なのか悲劇なのかよくわからない、もの悲しくも滑稽な物語が、どんな秘密でも五時間もすれば町民全員の知るところとなるというちっぽけな、みすぼらしい町で展開する。まわりからすっかり浮いてしまっているイギリス人の大金持ちの犯罪者と、彼を遠巻きにして興味津々で見守っている町民、そして自身も何か事情をかかえてこんな町に滞在しつづけているらしい語り手。この三者がみごとに描かれて結末にいたるが、最後の一段落はまさにグリーンの真骨頂で、文章の持ちうる力というものを考えさせられる。おとなの文学とはこういうものか。

（訳者）

「あの人、百万長者なんですって」ルシアは言った。男は蒸し暑いメキシコの小さな公園にすわっていた。犬を足元に控えさせ、ひとりぼっちで、辛抱強くじっと何かを待っているかのようだった。まず目をひくのは犬だった。イギリス産のセッター種にとても近い犬だった。ただ尾とふさ毛の形がほんの少しおかしかった。元気のないヤシの木が彼の頭上に葉を広げていた。野外ステージのまわりはすっかり日陰になっているが、風通しが悪かった。周囲にはほんのわずかの手数料を取ってペソをドルに両替する木造の小屋が並んでいて、そこからスペイン語のラジオ放送の大きな音がもれてきていた。新聞を読んでいる彼のようすを見ると、スペイン語がまったく理解できていないのがわかった。わたしと同じで、英語に似た単語を拾って読んでいるだけだった。「一カ月前からここにいるのよ」ルシアは言った。「グアテマラとホンジュラスから追い出されてきたんですって」

この国境の町では、なんであれ五時間以上秘密にしておくことは不可能だった。ルシアがここに来て二十四時間しか経っていなかったが、彼女はすでにミスター・ジョゼフ・キャロウェイについて知りつくしていた。わたしが彼のことを知らなかったのは（わたしはここに二週間もいるのだが）、わたしもミスター・キャロウェイと同じで、土地の言葉がまったく話せないからにほかならなかった。その話を知らない者は、ここにはわたし以外にひとりもいなかった。〈ホーリング投資信託〉のことと、逃亡犯人引き渡しについての話は誰もが知っていた。この町の、木造の小屋でけちくさい商売をしている者なら誰でも、ミスター・キャロウェイにまつわる話をわたしよりずっと上手に長々と語れるだろう。ただわたしは、文字通り、終幕に立ち会うことになったのだ。町の者はみな、眼前で展開するドラマを興味津々で、同情と尊敬の念をもって見つめていた。なんといっても彼は百万長者なのだから。

蒸し暑い中、長い一日を過ごしているミスター・キャロウェイのところに、次々に靴磨きの少年がやってきた。拒否しようにも彼は言葉がわからなかったし、少年たちは彼の英語がわからないふりをした。わたしとルシアが見物していた日、彼は少なくとも五、六回は靴を磨かれていた。昼近くになると彼は広場を横切ってバー〈アントニオ〉に行き、ビールを一本飲んだ。セッターはまるでイングランドの郊外を散歩する主人にお供するように（おぼえておられるかな、彼はノーフォークにも広大な地所を保有している）、彼のうしろにくっついていった。ビールを飲み終えると、両替商の小屋の間を通り抜けてリオ・グランデ川のほとりに行き、橋の向こうのアメリカ合衆国を眺めるのが日課だった。橋は車が絶えず行き来していた。それからまた広場に戻って昼食までの時間をつぶした。彼は町で最高のホテルに泊まっていたが、そもそもこの国境の町にはいいホテルがなかった。ここに二晩以上滞在する者はいない。いいホテルがあるのは橋の向こう側だった。夜になると広場からも地上二十階のところでまたたくネオンサインが見え、それはまるでアメリカ合衆国の位置を示す灯台のようだった。

そんなしけた町で、おまえは二週間も何をしていたのかと言われるかもしれない。確かに興味をひくようなものは何もない町だった。あるものといえば湿気と塵芥《ちりあくた》と貧困だけで、川の向こうの町をずっとみすぼらしくした複製のようだった。つまり両方とも同じ位置に広場があり、同じ数の映画館があった。ただ一方のほうがもう一方よりもっときれいだった。そして、もっと高かった。もっともっと高かった。わたしはそこに、ある旅行社から紹介された男が川を渡ってくるのを待って、二、三日滞在した。その男はデトロイトからユカタン半島まで車でやってきて、信じられないほど安い値段——確か二十ドルだったと思うが——で、わたしを乗せていってくれるという話だった。それが実在の人物だったのか、それとも旅行社の楽天的な混血の社員たちが生み出した幻想だったのか、わたしにはわからない。とにかく男は現われなかったので、わたしは、もうどうでもよかったのだが、川を渡って滞在費が安いほうの側に移り、さらに待っていたのだ。ほんとうにどうでもよかった。こうして生きているのだから。そのうちデトロイトの男のことはあきらめて、国に帰るか、さらに南に進むかするだろうが、急いでものを決めようとしないほうが楽だった。ルシアはわたしとは逆の方向に向かう車を待っていたが、彼女はそんなに長く待つ必要はなかった。わたしと彼女は一緒に待ち、ミスター・キャロウェイが待っているのを見物していた——何を待っていたのか知らないが。

この話をどう扱ったらいいものか。ミスター・キャロウェイにとっては悲劇だが、彼の不正取引のせいで財産を失った株主たちの目には、まさに因果応報と映るのだろうと思う。そしてルシアとわたしにとっては、この段階では、喜劇だった。ただし彼が犬を蹴るのを見たときだけは別だったが。わたしは別に犬にことさらの思い入れがあるわけではない。人間が残酷な目にあっているのを見るくらいなら、動物が虐待されているのを見るほうがましだと思っている。しかし彼が自分の犬を蹴っているときの態度には、何か胸の悪くなるようなものがあった。実に冷ややかな悪意が感じられ、怒りにまかせて蹴っているのではなく、遠い昔にその犬がした悪さに対して今頃になって仕返しをしているような気がした。彼が犬を蹴るのは、たいてい橋から戻ってきたときだった。彼が感情に近いものをあらわにするのは、そのときだけだった。ふだんの彼は小柄で、やや堅苦しい態度の、穏やかな人物で、銀色の髪に銀色の口ひげ、金縁のめがねをかけていた。口元に金歯が一本見えるのが玉に瑕《きず》という程度だった。

ルシアは彼がグアテマラとホンジュラスから追い出されたと言ったが、それは正確ではなかった。逃亡犯人引き渡しの交渉が成立しそうなのを見て、自発的に出国して北に向かったのだった。メキシコはいまだに権力が中央に集約されていない国で、ここでなら閣僚や判事を丸めこむことはできなくても、知事を丸めこめばなんとかなりそうだった。そこで彼は国境近くに腰をすえて、次の一手を打つタイミングを計っていたのだった。この話のはじめの部分はさぞドラマティックだったのだろうと思うが、わたしはその部分は見逃してしまったし、見ていないものを想像で語ることはできない。きっと控え室で延々と待たされ、賄賂が効いたり効かなかったりして、逮捕への恐怖が高まった。そして逃亡し――金縁のめがねをかけて――精一杯行方をくらまそうとしたが、資金運用とちがって逃亡に関しては彼はしろうとだった。かくして彼はこの町に流れ着いた。わたしの目の前で、ルシアの目の前で、一日じゅう野外ステージの前にすわり、読むものといえばメキシコの新聞しかなく、することといえば川の向こうのアメリカ合衆国を眺めることしかない。そして町の者全員が彼のことを知っているとは夢にも思わずに、日に一度飼い犬を蹴っていた。もしかすると、そのセッターになりそこないの犬を見ると、ノーフォークの家屋敷を思い出させられてつらかったのかもしれない。もっとも、その犬を飼いつづけているのも故郷を思い出させてくれるからだったのだろうが。

ところが次の一幕は純然たる喜劇になった。この百万長者を国から国へと追いかけている彼の故国は、いったいどれくらいの費用をかけているのだろうと思うとため息が出た。きっとこのどたばた劇にうんざりした者がいて、気を抜いたのだろう。とにかく、彼の古い写真を持った刑事がふたり送りこまれてきた。その写真を撮ったあとで彼は銀色の口ひげをたくわえていたし、ずいぶん老けてもいた。だから刑事たちは彼を見てもわからなかった。彼らが橋を渡ってきて二時間もしないうちに、ふたりの外国人の刑事がミスター・キャロウェイを探しているということを町じゅうの者が知っていた。誰もが知っていた――スペイン語のわからないミスター・キャロウェイ以外は。彼はスペイン語がわからなかったので。その気になれば英語で彼に教えてあげることができた者はおおぜいいたが、誰もそうしなかった。悪意からではない。一種の畏《おそ》れと敬意からだ。闘牛の牛のように、人々は彼を離れたところから見守っていた。犬を連れて広場にすわっている彼を。わたしたちは観客席を埋めた見物人だった。

バー〈アントニオ〉で、わたしは刑事のひとりと一緒になった。彼は不満たらたらだった。彼はどうやら、橋を渡れば人生が変わると思っていたらしい。より色鮮やかな人生になり、より陽光に恵まれ、そして――たぶん――愛にも恵まれるだろうと。ところが来てみると、そこにあったのは、夜の間に降った雨であちこちに水たまりができているだだっ広いぬかるんだ道と、きたならしい犬と、悪臭と、寝室にはいこんでくるゴキブリだけで、豊かな愛情生活に一番近いものといえば、〈アカデミア商業学校〉の開け放したドアだけだった。つまり、その学校ではかわいらしい混血少女たちが毎日午前中タイプライターの練習にいそしんでいたのだ。パチパチパチパチ――きっと彼女たちも夢をいだいているのだろう――橋の向こうで職を得るという夢を。そしてここよりはるかに贅沢で、洗練され、おもしろおかしい生活をエンジョイする。

わたしは刑事とおしゃべりした。彼らが何者で目的は何なのかをわたしが知っていたことに、彼は驚いた。彼は言った。「このキャロウェイという男がこの町に潜伏しているという情報があったんだよ」

「どこかその辺を歩いていると思うよ」わたしは言った。

「見かけたら教えてくれないか？」

「いや、顔は知らないんだ」わたしは言った。

刑事はビールを飲み、少し考えていた。「外の広場に行って、すわっていようと思う。そのうちきっと、やつが通りかかるだろう」

わたしは自分のビールを飲み干して、急いで店を出ると、ルシアをみつけた。わたしは言った。「早くおいで、逮捕の場面が見られるよ」わたしたちはミスター・キャロウェイにはなんの同情心もいだいていなかった。彼は犬を蹴飛ばし、貧乏人の金をかすめ取った年寄りにすぎなくて、何があろうと自業自得だと思っていた。それでふたりで広場に行った。キャロウェイはそこにいるはずだった。しかし刑事がふたりとも彼の顔を見てもわからないとは予想外だった。そこにはかなりの人が詰めかけていた。町じゅうの果物売りと靴磨きが集まってきたようだった。人をかき分けて進まなければならなかった。すると広場の中央の、貧弱な木が植えられた狭苦しい庭園に隣り合って腰をおろして、ふたりの私服刑事とミスター・キャロウェイがいた。その場所がそんなに静まりかえったことはなかった。誰もが足音を忍ばせていた。私服刑事はミスター・キャロウェイを探して群衆の中を目で探っていた。そしてミスター・キャロウェイはいつものベンチにすわって、両替商の小屋の向こうのアメリカ合衆国を見ていた。

「このますますむわけないわ。そんなわけない」ルシアは言った。だが、そのままだった。それどころか、もっとあり得ないことが起きた。そのまま芝居に仕立てればいいのにと思うほどだった。わたしたちは思い切って近くまで行って、腰をおろした。その間じゅう、自分たちが笑いだしてしまうのではないかと心配だった。セッターもどきの犬は体のノミをかき落としていて、ミスター・キャロウェイはアメリカ合衆国を見つめていた。ふたりの刑事は群衆を見つめ、群衆は神妙なようすながらも満足そうに見物していた。すると刑事のひとりが立ちあがり、ミスター・キャロウェイに近づいた。これで終わりだと、わたしは思った。だが、ちがった。それが始まりだった。どういうわけか、刑事たちは彼を容疑者のリストからはずしてしまっていたのだ。刑事は言った。

「英語、話せます？」

「わたしはイギリス人だよ」ミスター・キャロウェイは言った。

それを聞いてもまだ刑事は気づかなかった。そして、おかしかったのは、ミスター・キャロウェイが俄然元気づいたことだった。きっと人から話しかけられたのは何週間ぶりかだったのだ。メキシコ人はおそれ多いと近づかなかったし――なんといっても百万長者なのだ――わたしもルシアも彼を気安く並の人間扱いする気にはなれなかった。わたしたちから見ても、彼は世界を股にかけた逃亡劇を演じている世紀の大泥棒だった。

彼は言った。「ここはひどいところですな。そうは思いませんか？」

「確かに」刑事は答えた。

「あの橋を渡ってこっちに来ようなんていう人がいるのが信じられませんよ」

「仕事でしてね」刑事は憮然《ぶぜん》として言った。「あなたもすぐ発つんでしょうね」

「ええ」ミスター・キャロウェイは答えた。

「実は期待していたんですけどね。こっちに来れば――なんというか――人生を楽しめるんじゃないかと。メキシコについてはあれこれ書かれているじゃないですか」

「人生を楽しむには」ミスター・キャロウェイは言った。彼ははっきりと明瞭に話していて、まるで株主総会で発言しているようだった。「まずあの橋の向こう側にわたらなければ」

「離れてみてはじめて自分の国のよさがわかるものですね」

「そうです」ミスター・キャロウェイは言った。「そうですとも」

はじめのうちは笑いをこらえるのがたいへんだった。だが少しすると、笑いたいという気分ではなくなってきた。あの老人は国境の橋の向こうにはありとあらゆる喜びがあると想像しているのだ。きっとあの町はロンドンとノーフォークを一緒にしたようなところで、劇場やカクテルバーがあると同時に、軽く狩猟など楽しめる場所だと。夕方には野原を散歩したりして、ついてきた犬が――あのみじめなセッターもどきだ――地面の溝をかぎまわったりする。まだ一度も橋を渡ったことがないのだろう。こちらの町とまるで同じで、道路や建物の配置までほとんど同じなのだとは知らないのだ。ただ向こうは道路が舗装してあり、ホテルが十階分高く、生活費ももっと高く、すべてのものがもう少し清潔だというだけだ。そこにはミスター・キャロウェイが人生の楽しみと呼ぶようなものは何もない――画廊も書店もなく、手にはいるのはただ《フィルム・ファン》と地元の新聞、あとは《クリック》に《フォーカス》、そしてタブロイド新聞だけだ。

「さて」ミスター・キャロウェイは言った。「昼食前の散歩の時間だ。ここの食べ物を口に入れようとしたら、まず腹を減らしませんとな。いつも今頃、橋まで歩いていくのですよ。ご一緒にいかがかな？」

刑事は首を横にふった。「せっかくですが」彼は言った。「勤務中でして。ある男を探しているのです」それを聞いて、もちろん、ミスター・キャロウェイにはわかった。彼の知る限り、人が探すような〝男〟とはこの世にただひとり、自分しかいないからだ。友人の行方を探す人や、妻の帰りを待つ夫などはまったく彼の眼中になかったのだ。人を探すといえば、目指すはたったひとり。そのように自分にかかわりのあるもの以外をすっぱりと切り捨てて考えられるがゆえに、彼は株式取引で成功を収めたのだ。株券の背後には生身の人間がいることを、彼はすっかり忘れていられた。

それを境にしばらくは彼の姿を見かけなかった。〈パリ薬局〉にアスピリンを買いにいくのも、犬を連れて橋まで散歩にいくのも、見なかった。すっかり姿を消してしまった。そして彼が姿を消すと、人は彼の噂をはじめ、それが刑事たちの耳に入った。どれほどまぬけな失態を演じたかが彼らにもわかり、ふたりは広場で隣にすわっていた男をあらためて必死で探しはじめた。そして彼らもまた姿を消した。彼らは、ミスター・キャロウェイも同じことをしていたのだが、州都に行って知事と警察長官に面会を求めたのだった。それもまた滑稽な光景だったことだろう。行った先でミスター・キャロウェイと鉢合わせし、一緒に控え室で待たされることになったのだから。きっとミスター・キャロウェイのほうが先に奥に通されただろうと思う。彼が百万長者だということは誰でも知っていたから。犯罪者が同時に大金持ちでもあり得るというのはヨーロッパならではのことだ。

それはともかく、一週間ほどして、この三人は同じ列車で戻ってきた。ミスター・キャロウェイは個室寝台車で、ふたりの刑事は普通車で。刑事たちが逃亡犯引き渡しの合意を取り付けられなかったのは明らかだった。

その頃にはルシアは出発していた。車が来て、橋を渡っていった。わたしはメキシコ側に立ち、彼女がアメリカの税関の前で車から降りるのを見ていた。何も特別な女性ではないが、アメリカの地面を踏んで立ち、わたしに手をふってから再び車に乗りこんでいった彼女は美しかった。すると突然ミスター・キャロウェイに対する同情の念がわき起こってきた。向こう側にはこちらではけっして手に入らない何かがあるような気がしてきた。そして、ふり返ると、以前と同じように犬を連れて歩いてくる彼の姿があった。

わたしは言った。「こんにちは」まるでずっと前から挨拶し合う仲であったかのように。彼は疲れ、不健康そうで、よごれていた。彼が気の毒になった。かつては人生の勝者としてありあまる富を手にし、人にかしずかれて過ごしていたのに、今、目の前にあるのは、このきたならしい、みすぼらしい町だけだ。両替屋の小屋に、籐の椅子とソファが並んでいてまるで売春宿のような見るもおぞましいちっぽけな美容院、そして野外スタンドの前の息の詰まる蒸し暑いちっぽけな庭園。

彼は暗い声で挨拶に応じた。「こんにちは」すると犬が落ちていた何かの糞のにおいをかぎはじめ、ふり返った彼は怒りもあらわに犬を蹴った。意気消沈し、絶望した表情だった。

ちょうどそのとき、ふたりの刑事を乗せたタクシーがわたしたちの前を通って橋のほうに走っていった。彼らは犬が蹴られているのを見たのだろう。彼らはわたしが思っていたより頭がよかったのかもしれない。あるいはたんに動物愛護の精神の持ち主で、善き行ないをしようと思っただけで、そのあとのことははずみで起きたにすぎないのかもしれない。しかし事実は事実で、このふたりの法の番人は、ミスター・キャロウェイの犬を誘拐することを思い立ったのだった。

ミスター・キャロウェイはタクシーを見送った。そして、言った。「あんたも向こうに行ったらどうなんだ？」

「こっちにいたほうが安上がりなんで」わたしは答えた。

「だから、一晩過ごしにさ。夜になると空に浮かびあがって見えるあの場所で食事をするとか、劇場に行くとか」

「劇場なんかありませんよ」

金歯を吸いながら、彼はいらだたしげに言った。「それはそれとして、とにかくここを離れるんだ」彼は川岸の斜面を見おろし、反対側ののぼりの斜面を目でたどった。彼は知らないが、橋の向こうでのぼり坂になっている道路の両側にあるのも、こちらと同じ両替屋だけなのだ。

わたしは言った。「あなたは、どうして行かないんですか？」

彼はあいまいに答えた。「いや――仕事があって」

わたしは言った。「たんに金の問題なんですよ。あの橋を渡らなければならないなんてことはないんです」

彼はわずかに興味を示して、言った。「スペイン語が話せないので」

「ここじゃ誰だって」わたしは言った。「英語が話せますよ」

彼は驚いた顔をした。「ほんとうか？」彼は言った。「ほんとうか？」

前にも言ったように、彼のほうでは英語で話してみようとはしなかったし、住民のほうはおそれ多くて話しかけることなどできなかった――何しろ百万長者なのだから。

彼にそのことを話して、よかったと思うべきなのか、後悔すべきなのか、自分でもよくわからない。もしわたしがあの話をしなければ、彼はまだあそこにいただろう。野外スタンドの前に腰をおろして、靴を磨かれていただろう——まだ生きて、そして苦しんでいただろう。

三日後、彼の犬が姿を消した。ばつの悪そうな顔で、小声で犬の名を呼びながら、広場のヤシの木立の間を探している彼を見た。当惑しているようだった。腹立たしげに小声で言った。「あんな犬は大嫌いだ。あの駄犬が」そしてまた犬を呼んだ。「ローヴァー、ローヴァー」そんな声では五ヤード離れたら聞こえなかった。彼は言った。「昔はセッターを育てていたんだ。あんな犬は撃ち殺したよ」思ったとおりだった。あの犬を見てノーフォークを思い出していたのだ。彼は思い出に生きていた。そしてその不完全さゆえにあの犬を憎んでいた。彼には家族も友人もいなかった。唯一の敵があの犬だったのだ。法は敵とは言えない。親しい相手でなければ真の敵とはなれないのだ。

その日の夕方、犬が橋を渡っていくのを見たと彼に話した者がいた。もちろんそれは嘘だった。そのときは知らなかったが、刑事たちがあるメキシコ人に五ペソやって、犬をさらわせたのだった。それで、その日はそれからずっと、そして次の日も、ミスター・キャロウェイは広場にすわって何度も何度も靴を磨かれていた。そして犬ならあっさり歩いていって橋を渡れるのに、どうして不滅の魂の持ち主の人間様はこんなところに足止めされて、散歩をしては、形容のしようもない代物を食べ、薬局でアスピリンを買うということをくり返しているほかないのかと考えていたのだろう。あの犬は自分が見ることができないものを見ている。あのいまいましい犬が。そう考えると腹が立った。正気を失うほど腹を立てた。この男は何カ月も耐えつづけていたことを忘れないでいただきたい。百万長者なのに、週に二ポンドの生活をしていた。金を使おうにも使い道が何もなかったのだ。じっとすわって、なんと不当なことかと考えこんでいた。ほうっておいてもいずれ彼は橋を渡ったと思うが、だが犬がそのきっかけとなった。

翌日、彼の姿が見えないことに気づいて、きっと向こう側に行ったのだと思い、わたしも橋を渡った。アメリカ側の町もこちらの町とたいして変わらないちっぽけなところだった。そこに彼がいるなら、必ずみつかると思った。わたしは好奇心に駆られていた。彼を少しは気の毒に思っていたが、ほんの少しだけだった。

まずはじめに、町に一軒だけのドラッグストアでコカコーラを飲んでいる彼をみつけた。次に映画館の外でポスターに見入っている彼を見た。一分の隙もない服装で、まるでパーティにでも行くところのようだったが、だがパーティなどどこでも開かれていなかった。三回目に町をまわって歩いていたとき、刑事たちと出会った。ふたりはドラッグストアでコーラを飲んでいた。わずかの差でミスター・キャロウェイとすれちがいになったようだった。わたしは店に入り、カウンター席についた。

「やあ」わたしは言った。「まだいたのか」急にミスター・キャロウェイのことが心配になった。このふたりと出会わないでほしいと思った。

刑事のひとりが言った。「キャロウェイはどこだ?」

「ああ」わたしは答えた。「まだあっちにいるよ」

「だけど、やつの犬はいない」刑事はそう言って笑った。もうひとりの刑事は少々ショックを受けたようだった。誰であれ、犬のことを意地悪な口調で話すのは気に入らないと思っているらしかった。そしてふたりは席を立った。表に車をとめていた。

「もう一杯どう?」わたしは言った。

「いや、けっこう。もう行かなければ」

刑事たちはわたしに顔を近づけ、ささやき声で言った。「キャロウェイはこっち側にいるんだろう」

「ちがう!」

「やつの犬はこっちだぞ」

「犬を探しにきたんだろう」もうひとりの刑事が言った。

「犬のことなんか気にしちゃいないよ」わたしは言った。するとひとりがさっきと同じようにショックを受けたような顔をした。わたしが犬を侮辱したと思ったようだった。

ミスター・キャロウェイは犬を探していたわけではないと思うが、犬のほうはしっかりと彼をみつけた。突然車の中から甲高い鳴き声がし、セッターもどきの犬が飛び出して、道路を一目散に走っていった。刑事のひとり——動物好きのほう——が、わたしたちが店のドアにたどり着く前に車に飛び乗り、犬のあとを追って走りだした。橋に続く長い道路の先にミスター・キャロウェイがいた。アメリカ側にもドラッグストアと映画館と新聞店しかないのがわかって、彼はメキシコ側を見にいったのだと思う。犬が追ってきたのに気づいて、彼は家に帰れと叫んだ。「家だ、家、家」まるでノーフォークにいるようだった。だが犬はまったくおかまいなしだった。彼に向かって突進していった。そこで彼は警察の車が来るのに気づいて、逃げ出した。そのあとは何もかもが猛スピードで起きてしまったが、こういう順番だったと思う。犬が車の真ん前で道路を横切ろうとした。ミスター・キャロウェイは叫んだ。犬にだったのか車にだったのかはわからない。とにかく、刑事は急ハンドルを切った。後日審問の席で、弱々しい声で、彼が言ったのは、犬をひくわけにはいかないと思ったというのだった。車はミスター・キャロウェイにぶつかった。金縁の眼鏡が割れ、銀色の髪が血にまみれた。誰よりも早く犬が彼に駆け寄り、なめ、鼻を鳴らし、またなめていた。見ていると、ミスター・キャロウェイは片手をあげ、犬の首に置いた。すると鼻声は馬鹿馬鹿しいほどの勝利の吠え声になった。だがミスター・キャロウェイは死んでいた。弱っていた心臓がショックに勝てなかったのだ。

「じいさん、気の毒に」刑事は言った。「ほんとうはあの犬が好きだったんだ」確かに倒れているところを見ると、犬を殴ろうとしたのではなく、なでようとしたようだった。わたしは殴ろうとしたのだと思ったが、刑事の言うとおりなのかもしれない。年老いた悪党が犬の首に手を置いたまま倒れて死んでいて、彼の百万ドルは両替屋の小屋にばらまかれたというのは、少々感動的にすぎるような気がするが、しかし一方で、人間性というものをへりくだった気持ちで見るきっかけになることだとも思う。彼は何かを求めて川を渡ってきた。もしかすると、ほんとうに犬を探しにきたのかもしれない。犬は主人の死体の向こうに立ち、雑種犬らしい愚かしい声で誇らしげに吠えていた。まるで感傷的なデザインの彫像のようだった。その犬が彼にとって、故郷の地平線に、野原に、地面の溝に一番近い存在だったのだ。滑稽で、哀れだった。だが人が死んだのだと考えると、滑稽とも言えなかった。死が喜劇を悲劇に変えるわけではないが。そして彼の最後の仕種《しぐさ》が愛情の表現だったのだとしたら、それは人間がいかに自分で自分をだますことができるかということを、絶望よりもよりいっそう恐ろしい根拠のない楽天主義におちいりがちだということを、あらためて示すできごとだったのだと思う。

一九三八年

田舎へドライブ　A Drive in the Country

古屋美登里訳

牧歌的なタイトルに似合わず、これはかなり深刻なお話です。第二次世界大戦が始まる前に書かれたこの作品には、イギリスが直面した憂鬱な暗さがたちこめています。世界恐慌で失業者が何百万人にもなり、あらゆる産業が危機を迎えた頃ですが、自動車産業だけは例外でした。それでも車を購入できるのは一部の有産階級の人々に限られていました。ここに登場する車がどのようなものか調べたのですが、はっきりと特定することはできませんでした。

車が登場して、都市と田舎は一気に近くなり、人の流れや生き方も変わりましたが、そういった時代に果敢な行動を起こすのがこの作品の女性主人公です。ただし、女性の名前には一度も言及されることなく、「彼女」で終始しています。訳すうえで、これは楽しくもあり辛くもありました。

七〇年ほど前の作品ですが、ここに描かれた男女の繋がりのあり様《よう》は現代にも通じるところがあると思うのですが、いかがでしょうか。

（訳者）

いつもの晩のように、彼女は父親が家のなかを見回って戸締まりをしている様子に耳を澄ました。父親はベルグソン貿易会社の事務長だった。ベッドに横になっている彼女は、この家はまるであの人のオフィスだわ、と思っていつも嫌悪感でいっぱいになる。同じ方針にそって運営され、同じ細心の注意を払って安全を確保されているからこそ、あの人は忠実な従僕として会計報告書を取締役に提出できるんだわ。父親は日曜日には決まってパーク・ロードにある小さな新ゴシック様式の教会に妻とふたりの娘といっしょに行き、家計簿を提出した。四人はいつも五分ほど早く教会に着き、同じ会衆席に座った。父親は大きな祈禱書を目の高さまで掲げ、調子外れの大声で賛美歌を歌った。「歓喜の歌を歌うこと」は「約束の地に向かうこと」だった——そして十全に家庭を守った証として、彼はその週の家計簿を提出した。教会から出ると、彼女は〈ブリックレイアーズ・アームズ〉の角から注意深く視線を逸らした。そこにいつも佇《たたず》んでいるフレッドは、三十分前からこのパブが開いていたので、心なしか奇妙な高揚感に包まれたような、明るい顔をしていた。

彼女は耳を澄ましていた。裏口の扉が閉められる音と、台所の窓に鍵が掛けられる音、それから、玄関の戸を確認しようとして戻っていく父親のせわしない足音が聞こえる。外に通じる扉すべてに鍵を掛けただけではない。父親は空き部屋にも、バスルームにも、トイレにも鍵を掛けた。なにかを閉め出しているのだが、それはどうやら彼の第一防御線をやすやすと突破できるものらしい。彼はベッドまで行くあいだずっと第二防御線を築いていった。

彼女は安普請《やすぶしん》の住宅の薄い壁に耳を押しつけ、隣りの部屋から聞こえてくるかすかな声に耳を澄ました。耳を澄ますうちに、ラジオのつまみを回すように次第に声がはっきりしてくる。母親の声……「料理に使うマーガリンが……」そして父親の声……「あと十五年経てばもっと楽になる……」それから、ベッドの軋《きし》む音がし、中年の男女の間で交わされる思いやりと慰めに満ちたかすかな音が聞こえた。十五年後にはこの家はあの人のものになるんだわ、そう思って彼女はうんざりした。父親はこれまで二十五ポンドを支払い、残りは月々家賃という形で支払っている。「もちろん、私はこの家を住みよくしてきた」食事に満腹すると決まって父親はこう言い、三人のうち少なくともひとりは書斎までついてくるものと思っていた。「この部屋にも電気を引いたし」そして、階下の狭いバスルームの前を通りながら「ここに暖房もつけた」と言い、最後の仕上げに「そして庭だ」と言った。天気のよい夕方ならば、食堂のフレンチ窓を開け放ち、大学構内の芝生のように手入れの行き届いた小さな芝生の絨毯を見せながら「煉瓦の山だったんだからな。ここは」と言ったことだろう。この五年間、土曜の午後と天気のよい日曜日は、狭い芝の庭とそれを囲んでいる花壇と、毎年すっぱい紅い実をつける林檎の木の手入れに使われた。

「そうだとも。私はこの家を住みよくしてきたんだ」父親は打ち込むべき釘や、引き抜くべき雑草を探しながら言った。「いまここを売らなければならなくなっても、これまで支払ってきた金額以上の金が組合から戻ってくるはずだ」それは所有意識というより、律儀さだった。組合を介して家を購入した人のなかには、家を朽ちさせるままにして出ていった者もいた。

彼女は壁に耳を押し当てていた。小柄で、怒りを抱えた、分別のない人物だ。隣りの部屋からはもうなにも聞こえてこないが、彼女の耳の奥にはまだここの所有者の声や、トントンという金槌の音、鋤が土を掘る音、暖房の蒸気の音、鍵を回す音、戸締まりの音、防柵を作る男たちのたてるこまごました音などが残っていた。彼女は裏切りを働こうとしていた。

十時を十五分過ぎた。家を出るまであと一時間だが、それほど手間はかからない。怖れることなどなにもない。妹が明晩開かれる地元のダンスパーティに着るドレスの手直しをしていたので、両親と姉はいつものように三人ブリッジを三番おこなった。勝負がすんでから彼女はやかんでお湯を沸かしてポットにお茶を作って運んだ。それから熱湯を湯たんぽに入れ、父親が鍵をかけて回っているあいだに全員のベッドに湯たんぽを置いた。まさか娘が自分の敵だとは、父親にわかるはずもなかった。

夜はまだ冷え込むので彼女はマフラーと厚いオーヴァーで身をくるんだ。今年は春の来るのが遅い、と林檎の木の蕾《つぼみ》を見ながら父親が言っていた。スーツケースに荷物は詰めこまなかった。そんなことをすれば、週末を海辺で過ごしたことやオスタンドへ一家で出かけていき、全員無事に帰ってきたことを思い出してしまう。フレッドのすてばちな精神状態に合わせたかった。今回は家に帰ってくるつもりはないのだから。彼女はそっと階段を降り、物が溢れ返っている玄関まで行き、鍵を開けた。二階は静まり返っている。彼女は外に出て戸を閉めた。

彼女はかすかな後ろめたさを感じた。外からでは玄関の戸締まりができなかったからだ。しかしそんな感情も、舗装された小径《こみち》の外れにたどり着いて左に曲がり、五年経ってもまだ半分しかできていない道路を歩き出したときに、瞬く間に消えた。住宅のあいだの空き地には、まばらに生えた草と土の山とタンポポの群れという形で、いためつけられた野原の名残りがあった。

彼女は、色褪せた写真の下に棺を収めるローマカトリック教徒の墓地の墓石に似た、小さな車庫が建ち並ぶ通りを早足で通り抜けた。冷たい夜気に触れて心が浮き立った。ベリーシャ交通標識のある交差点のところを曲がり、鎧戸の閉まった商店街に入ったときには、すっかり覚悟はできていた。戦争が始まってすぐに徴兵された新兵のようだった。こうと決めてしまえば、心が躍る未知の大冒険に身を委《ゆだ》ねることができた。

フレッドは、約束どおりに教会に向かう道の曲がり角にいた。キスをしたとき、フレッドの唇は酒の味がした。これほどふさわしい男は他にいない、と思って彼女は満ち足りた気持ちになった。街灯の明かりでフレッドの顔は明るく輝き、無謀な感じに見えた。フレッドは彼女にとって危険な冒険だった。刺激的で謎めいていた。フレッドは彼女の腕を取って建物の陰にある路地に連れていき、そこに彼女をひとり残すと、闇の空洞の奥からヘッドライトの光で彼女を淡く照らした。彼女はびっくりして声を上げた。「車を手に入れたの？」すると落ち着きのない彼の手が伸びてきて、彼女を車のほうに引き寄せた。「そうさ。気に入った？」フレッドは鎧戸《よろいど》の閉まったウィンドーの間を走り抜けながらギアをセカンドに入れ、ぎこちない手つきでトップに入れた。

彼女は「素敵だわ。遠くまでドライブしましょう」と言った。

「ああ、そうしよう」フレッドはそう言って、スピードメーターの針が震えながら時速五十五マイルを示すのを見た。

「じゃあ、仕事が見つかったのね？」

「いや、仕事なんかありはしないよ。絶滅したドードー鳥を見つけるほうがよっぽど簡単さ。いまの鳥、見た？」フレッドは鋭い口調で言って、分譲住宅の分岐点を過ぎたところでヘッドライトを全開にした。カフェ〈お立ち寄り下さい〉、靴屋〈お気に入りの映画スターが履いている靴をどうぞ〉、ネオンで白い大きな天使が照らされた葬儀屋のあいだを抜けると、突然田舎道に出た。

「鳥なんて見えなかったけど」

「いま車の前から鳥が飛んできただろ？」

「いいえ」

「ぶつかりそうになったんだ。そうなってたら見られたもんじゃなかった。人を轢いて停まらないヤツほど悪い人間はいないものな。停まったほうがいいかな？」そう言ってフレッドは計器盤の明かりを消したので、スピードメーターの針が時速六十マイルを指してもふたりにはわからなかった。

「どっちでもいいわ」彼女は無謀な夢に深入りしていた。

「今夜愛し合えるんだね？」

「ええ、もちろん」

「あそこにはもう帰らないんだろ？」

「ええ」彼女は金槌の音、掛け金の掛かる音、見回るときのスリッパの音を頭から追い払った。

「どこに向かっているか知りたい？」

「いいえ」小さくて平らな雑木林が緑色に照らされてから後ろに去っていった。一羽の兎が向きを変えて茂みのなかに消えた。フレッドが言った。「金を持ってきた？」

「半クラウン銀貨（二シリング六ペンス）だけ」

「おれのこと、愛してる？」彼女は辛抱し、こらえてきたすべてのものを彼の唇にキスをして伝えた。日曜の朝のたびに目を逸らし、夕食の食卓で非難の言葉とともに彼の名前が挙がったときも何も言わなかった。乾いた鈍い唇にすべてを注ぎ込むと、車は跳ねるように走り、彼の足はアクセルを強く踏んだ。「惨めな人生だな」とフレッドは言った。

彼女はその台詞をそっくり真似た。「惨めな人生ね」

「ポケットに酒の瓶があるんだ。一口どう？」

「いまはいらないわ」

「じゃあ、飲ませてくれ。蓋がしてあるんだ」片手を彼女の体に回し、片手でハンドルを握りながら、彼は頭をもたげた。その口に彼女は四オンス瓶からウィスキーを少し注いだ。「飲んでもかまわないよな？」

「もちろん。かまわないわよ」

「一週間の小遣いが十シリングじゃあ、どうにもならないよ。かつかつだよ。よくよく考えないといけないんだ。変化をつけるためにさ。煙草に半クラウン。ウィスキーに三シリングと六ペンス。映画に一シリング。残りの三シリングでビールが飲める。週に一度のお楽しみ。それでおしまいだ」

ウィスキーがフレッドのネクタイに滴《したた》り、狭いクーペの車内に酒の匂いが満ちた。それが彼女には嬉しかった。彼の匂いだ。「親はおれに金を渡すのが惜しいんだ。職に就くべきだと思ってる。あんな年になると、仕事を見つけられない者がいることがわからないんだよ——まったく仕事がないってことが」

「そのとおりよ。あの人たちは古いの」

「で、妹はどうしてる？」いきなりフレッドが訊いた。ぎらつく光がふたりの前を道を舐めるように進み、小さな鳥や獣が素早く逃げていった。

「明日ダンスパーティに行くらしいわ。わたしたちはどうするの？」

フレッドは何も言わなかった。思うところがあったが、それは黙っていた。

「ドライブは好きよ」

「この先にクラブがあるんだ。ロードハウスのなかに。ミックが会員にしてくれたんだけど、ミックは知ってる？」

「いいえ」

「ミックはいいやつだ。あそこでは、知り合いには深夜になるまで酒を出してくれる。ちょっと寄ってみようか。ミックに挨拶をしに。で、朝になったら——それは少しばかり酒を飲んでから決めよう」

「お金、あるの？」すでに戸も窓も閉ざして寝静まっている小さな村が、丘の麓からどんどん近づいてくる。地滑りが起きて、ふたりが走っている擦過傷《さつかしよう》ができたような平原の方へとなだらかに運ばれてくるかのようだった。ノルマン教会の低い灰色の建物、看板のない宿屋、十一時を告げている時計。「後ろを見ろよ。スーツケースがあるだろ」とフレッドが言った。

「鍵が掛かってるわ」

「鍵を忘れてきちゃってね」

「何が入っているの？」

「こまごましたものさ」彼は曖昧に言った。「質に入れれば酒代になる」

「寝るところはどうするの？」

「車があるさ。怖くないだろ？」

「ええ。怖くないわ。でも——」しかし彼女は、湿って凍てついた風、暗闇、見知らぬ場所、ウィスキーの匂い、速度を上げて走る車のことをどうやって言葉にすればいいかわからなかった。「すごいスピード。もうずいぶん遠くに来たんじゃないかしら。ここは本物の田舎ね」ふさふさした翼を広げたフクロウが耕された畑の上をかすめるように飛んでいるのが見えた。

「もっと走らないと本物の田舎には行けないな。この道を走っていっても田舎には着けないよ。もうすぐロードハウスが見えてくる」

彼女はいつの間にか、ふたりで走ってきた風の吹く暗い道を恋しく思っていた。

「クラブには寄らなくちゃならないの？　田舎までまっすぐに行きましょうよ」

彼は軽蔑した目つきで彼女を見た。これまで彼はいつも、どんな意見にも耳を傾けてきた。ある種の気象観測器のように、通り過ぎる風をいつでも察知できた。「もちろん、きみがそうしたいのなら」彼はもうクラブのことは気にしなかった。まもなくふたりはクラブの前を通り過ぎた。チューダー様式の明るく細長い建物で、人の声が聞こえ、プールにはなぜか干し草が入っていたが、それもたちまち見えなくなり、はためく光の点が視界から消えた。

「この辺りはもう田舎だな。クラブよりこっちに来る人間はひとりもいない。ふたりだけってわけさ。要するに、最後の審判の日までふたりで畑に横たわっていても誰にも気づかれやしない。とは言っても、耕しにくる人がいるかもしれない……」フレッドはアクセルから足を離し、車が自然に停まるにまかせた。畑に通じる木の門が開けっ放しになっていたので、彼は車を畑に向けた。生け垣に縁取られた畑に沿って伸びる道を、車は激しく揺れながら進み、行き止まりまで来た。彼がヘッドライトを消したので、ふたりは計器盤のかすかな明かりのなかにじっと座っていた。「静かだな」と居心地悪そうにフレッドが言った。頭上からはメンフクロウが獲物を探して飛んでいる音が聞こえ、茂みのなかになにかが飛び込むかすかな音がした。ふたりは都会の人間だった。まわりにあるものの名前がまったくわからなかった。生け垣にたくさんついている小さな蕾がなにかわからなかった。彼は、生け垣のいちばん端に植えられた暗い木々のほうに顎をしゃくって、「樫の木かな？」と言った。

「楡《にれ》かしら？」彼女がそう言うと、ふたりの唇はいつの間にか合わさっていた。その感触に彼女はぞくぞくした。もっと無謀な行為をおこなう心の準備はできていた。しかし、彼の酒臭い口から、期待していたほど興奮していないことが彼女にはなんとなくわかった。

自分の気を引き立てるように彼女は言った。「ここは素敵――知り合いがひとりもいないんですもの」

「ミックがいるけどね。この道路のずっと向こうに」

「ミックはこのこと知っているの？」

「いや、だれも知らない」

「そうだといいな、と思っていたの。この車をどうやって手に入れたの？」

彼は不自然なくらい面白がってにやりと笑った。「小遣いを貯めて買ったんだ」

「冗談はやめて。どうしたの？　だれかに借りたの？」

「ああ」そう言うとフレッドはいきなりドアを開け、「ちょっと歩こうか」と言った。

「わたしたち、田舎を歩くのは初めてね」彼女は彼の腕を取った。彼女の手に触れられて彼が緊張するのがわかった。その感じが彼女は好きだった。彼が次に何をするかまったくわからない。「わたしの父がね、あなたのこと、正気じゃないって言ったのよ。わたしはその正気じゃないところが好き。これはなにかしら」彼女は地面を足で突ついた。

「クローバーじゃないかな。わからない」店の看板や道路標識を見ても理解できない外国の街にいるのと同じだった。現実とつなぐものが何もなく、現実から孤立して暗い真空のなかをいっしょにたゆたっているような感じだった。「ヘッドライトをつけておいたほうがよかったんじゃないかしら」と彼女は言った。「これじゃあ、車に戻るときは大変ね。月も明るくないし」ふたりは車からかなり離れたところにいるようだった。車ははっきりとは見えない。

「すぐたどり着けるさ。いずれにしても、心配しなくてもいい」ふたりは生け垣の外れにある木々のところまで来た。彼は小枝を引っ張って粘りけのある蕾に触れた。

「なんだろう。橅《ぶな》かな？」

「わからないわ」

「もう少し暖かかったら、ここで野宿できるのにな。今夜くらい、そういうものすごいツキに恵まれてもいいのにと思うよ。ところが外は寒いし、雨は降りそうだし」「夏になったらまた来ましょうよ」しかし、彼は答えなかった。風向きが変わり、それで彼女にはもう興味を失ってしまったのだ。彼女にはそれがわかった。彼のポケットに固い物が入っている。それが彼女の脇に当たって痛い。彼女はポケットに手を入れた。金属の弾倉の仕切りが、吹きさらしのドライブの冷気をすべて吸い込んでいた。彼女はおそるおそる小声で尋ねた。「どうしてこんなもの持ってるの？」彼女はこれまでは彼の無謀さの程度をわきまえていた。父親が、あの男は正気じゃない、と言ったときも、わたしだけは理解しているとひそかにほくそ笑んだのだが、それは彼の狂気の程度が自分にだけはわかっていると思っていたからだ。ところがいま彼の返答を待っているうちに、彼の狂気がどんどん延び広がっていき、彼女の手の届かないところに、目の届かないところにいくのがわかった。どこでそれが終わりになるのかわからない。終わらないのかもしれない。孤独や闇の深さを知ることができないように、彼女には狂気の深さも知ることはできなかった。

「怖がらなくてもいい」と彼は言った。「今夜それをきみに見せるつもりはなかったんだ」いきなり彼は、かつてないほど優しくなった。彼女の胸に手を置いた。その指から、異常なほどの滑らかな、意味のない優しさの洪水が溢れてきた。彼は言った。「わかるだろ？　人生は惨めなものさ。おれたちにできることなどなにもないんだ」とても優しい口調だったが、彼女はこのときほどはっきりと彼の無謀さを悟ったことはなかった。彼はあらゆる風を察知したが、その風はいまや不吉な方角から吹いてきているようだった。彼の言葉の向こうからみぞれのように吹いてきた。「一ペニーも持っていないんだ。金がなければ生きていけない。おれが職に就くのを期待するなんて無駄さ」彼はもう一度言った。「仕事なんてどこにもないんだ。年々仕事口は減っている。おれより若いやつがたくさんいるからな」

「でも、わたしたちがここに来たのは――」

彼はさらに優しく、穏やかになった。「愛しあうためだよ。そうだろ？　ふたりいっしょでなければ生きていかれないいんだ。ツキがめぐってくるのを待ってぐずぐずしているなんてまったく無駄だよ。おれたちには安眠できる夜すらない」彼は掌で雨を待つようなそぶりをした。「今夜は楽しくやろう。車の中でね――それから、朝になったら――」

「だめよ、だめ」彼女はそう言って、彼から離れようとした。「わたしにはむりよ。怖いもの。わたし、そんなこと言わなかったでしょう――」

「きみはなんにもわかっちゃいない」彼は優しくかつ冷酷な口調で言った。彼女はいまようやくわかった――自分の言葉にはなんの力もなかったことに。確かに彼は彼女の言葉に従ってきたが、それを言うなら、どんなものにでも従ってきたのだ。風が吹き荒れ始めたいまとなっては、いくら話しかけても話しあっても、空に向かって紙屑を投げるに等しかった。「そりゃあ、おれもきみも神様を信じてはいないけど、ひょっとしたらいるのかもしれない。だから二人で仲良くいっしょに行こう」そして彼が嬉しそうに「これは賭けだよ」と付け加えたので、彼女は、スロットマシンにふたりの最後の一ペニーがからからと音をたてて吸い込まれていったときがたくさんあったことを思い出した。

彼は彼女をさらに近くに引き寄せると、揺るぎない自信をこめて言った。「おれたちは愛しあっている。それだけが頼りだ。おれを信じてくれ」まるで手練《てだ》れの弁士のようだ。議論のあらゆる流れを熟知している。彼女はいかなる点でも彼を論破することができなかったが、その前提――「愛しあっている」――だけは論破できそうだった。彼女は彼の利己主義からくる冷酷さに直面し、初めてその言葉に疑問を持った。

彼はもう一度言った。「いっしょに行こう」

「他の方法があるかもしれないわ……」

「どうしてそう思うんだ？」

「だって、そうじゃなかったら、そこいら中で、しょっちゅうみんながそういうことをしているはずでしょ」

「しているんだよ」彼は勝ち誇ったように言った。自分の論理が完全無欠であることを知るほうが、生きる方法を、手段を探すよりはるかに大事だとでもいうように。

「きみだって新聞を読んで知ってるはずだ」彼はとろけるように優しく囁いた。その言葉を優しく言えばあらゆる恐怖を消滅させられるとでも思っているように。「心中と呼ばれてるやつだよ。しょっちゅう心中は起きている」

「わたしにはむりよ。そんな度胸ないわ」

「きみはなにもしなくていいんだ。おれがなにもかもやるから」

彼の冷静さに彼女は戦《おのの》いた。「つまり――わたしを殺すってこと？」

「それほどにきみを愛しているってことだよ。約束する。絶対に痛い思いはさせないから」取るに足らない、つまらないゲームをするために彼女を説得しているかのような言い方だった。「おれたちは永久にいっしょだ」そして、理性的にこう付け加えた。

「もちろん、〝永久〟なんてものがあればの話だけど」彼女は突然、彼の愛が無責任さの泥沼にかすかにちらつく鬼火にすぎないことがわかったが、それと同時に、この無責任ぶりには際限がないことを、それが理性を覆い隠していることを悟った。彼女はすがるように言った。「売れるものがあるわ。あのスーツケースよ」

彼が面白そうにこちらを見ているのが彼女にはわかっていた。彼はこちらが言うことを細かに検証し、その答えを用意してきているのだ。この男は真面目に彼女の相手をしているふりをしているだけだった。「十五シリングにしかならないさ。生き延びられてもせいぜい一日だな――しかも、たいして愉快には過ごせないな」

「なかに入っているものは？」

「そうだな、それも賭けだな。三十シリングぐらいにはなるかもしれない。それでも三日くらいはもつかな。節約すれば」

「仕事に就けばなんとかなるわ」

「おれはもう何年もそうしようとしてきたけどね」

「失業手当はないの？」

「おれは失業保険に入っている労働者じゃないんだ。支配階級の一員なんだよ」

「そうよ、あなたの家族にお願いすれば、なんとかしてくれるわよ」

「ところが、おれたちにはプライドがある。そうだろ？」怖れを知らぬ傲慢な口調で彼は言った。

「車を貸してくれた人は？」

　彼は言った。「コルテスを知っているかい？　祖国に帰るのが嫌で自分の船を燃やした男さ。おれは自分の船を燃やしてしまった。もう自殺するしかないんだよ。つまり、この車は盗んできたものなんだ。次の町で捕まるかもしれない。もう引き返すことはできないんだ」彼は笑った。彼の主張はクライマックスを迎え、もう論じるべきことはなにもなかった。彼が完全に満足し、完全な幸福を味わっているのが彼女にはわかった。彼女は激高した。「あなたはそうするしかないのかもしれない。でも、わたしは違うわ。どうしてわたしが自殺しなくちゃならないの？　あなたになんの権利があるの？」彼から身を離すと、生気に満ち、ごつごつした巨大な幹が背中に触れた。「別にいいさ」彼は苛立たしげに言った。「おれがいなくても生きていけるものならね」彼女はこれまで彼の自惚《うぬぼ》れの強さを高く評価してきた。彼は自分が失業していることを絶えずひけらかしていた。しかし、これはもう自惚れと呼べるようなものではない。判断力が完全に欠如しているのだ。「きみは家に帰ってもいいよ」と彼は言った。「しかし、どうやって帰る？――おれはここに残るから、君を送ってあげられない。でも、明日の夜のダンスパーティには間に合うだろうさ。それから教会の娯楽室でホイスト大会があるんじゃなかったっけ？　家庭の幸せを祈ってますよ」

その言い方はどこか残忍だった。彼が安寧と秩序に噛みつき、振りまわし、ぼろぼろにしたので、彼女はこれまでふたりで蔑んできたその安寧と秩序にかすかな同情を覚えないわけにはいかなかった。金槌が心を叩いている。あちこちに釘を打ちこんでいる。彼女はこう言い返したかった——わたしの父がこの先の十五年を淡々と生きていこうとしているように、人に危害を加えずにひたむきに生きていくという消極的美徳こそが大事なのよ、と。しかし、次の瞬間には彼女の怒りは消えていた。相手を騙《だま》していたのはおたがいさまだった。彼がいつも心から求めていたのは、暗い畑にポケットの拳銃、逃亡と賭だった。しかし彼女がいい加減な気持ちで求めていたのは、無責任さと安全な愛、危険と平安という、矛盾するふたつの世界のものだった。

彼が言った。「おれは行くよ。きみも来る？」

「いいえ」と彼女は言った。彼はためらった。一瞬、その無謀さがぐらついた。取り乱したような、当惑したような気配が闇の向こうから伝わってきた。彼女はこう言いたかった。ばかなことはやめて。車はあそこに置いて、わたしといっしょに歩いて帰るのよ。家まで車で乗せていってくれる人がいるかもしれないわ。しかし、彼女の考えたことを彼はすでに十分に考え、そのすべてに答えを出していることが彼女にはわかっていた。週十シリング、無職、加齢。辛抱強さというのは、人の親になって初めて身につく美徳なのだ。

彼は突然、生け垣に沿って早足で歩き出した。彼は自分でもどこに向かっているのかわからなかった。木の根に足を取られて罵る彼の声が聞こえた。「ちくしょう」闇の向こうからその弱々しい声が聞こえてきたとき、彼女は苦痛と恐怖に打ちのめされた。彼女は大きな声で「フレッド、フレッド。やめて」と言うと、反対の方向に走りだした。彼を止められないのなら、音の聞こえないところにいたかった。踏まれた小枝が銃声のようにはじけ、フクロウが耕された畑の向こうから悲鳴に似た声を発した。まるでこれから起こる音をリハーサルしているかのようだった。しかし、本物の銃声はリハーサルとはまったく違っていた。手袋をはめた手で扉を思い切り叩いたようなドンという音。そして悲鳴は聞こえなかった。彼女はそのときは気づかなかったが、後になってこう思った。恋人の死んだ正確な時間を一度も知りたいとは思わなかった、と。

彼女は夢中で走ってきて、痛いほど体を車にぶつけた。青い水玉模様のウールワースのハンカチが座席に置いてあり、計器盤の電球の光を浴びていた。それに手を伸ばしかけたが、いけない、わたしがここにいたことは誰にも知られてはならないんだわ、と思った。明かりを消し、できるだけ足音を立てないようにしてクローバーの道を歩いた。身の安全が確かめられると、ようやく後悔の念にかられた。玄関の戸をきちんと閉め、錠をしっかり掛け、掛け金が閉まる音を聞きたかった。

人っ子ひとりいない道を十分も歩かないうちにロードハウスに出た。酔っぱらいたちが理解できない言葉を喋っているが、それはフレッドが喋っていた言葉だった。スロットマシンのなかに硬貨を入れた音、ソーダのシューという音がした。逃亡を企てている敵兵のように彼女はその音に耳を澄ました。そのさまざまな音に非情なものを感じて、彼女は怯えた。人の心に訴えるものがなかった。満たされるべき欲求しかなかった。それが彼女を呑みこもうとぽっかりと口を開けていた。ひとりの男が自分の車のクランクを回してエンジンをかけようとしていた。スターターがかからないのだ。

「おれは共産党員《ボルシー》だ。もちろん、ボルシーだとも。おれの信念は――」

ほっそりした赤毛の娘が上がり段に腰を下ろして、男を見ていた。「見当違いもはなはだしいわね」

「おれは進歩的保守党員だ」

「あんたが進歩的保守党員であるはずないでしょ」

「おれを愛しているかい？」

「わたしが愛しているのはジョーよ」

「おまえがジョーを愛してるはずがないだろ」

「家に帰ろうよ、マイク」

男はもう一度クランクを回そうとした。彼女は、たったいまクラブから出てきたような顔をしてふたりのそばまで行くと、こう言った。「乗せてもらえないかしら」

「いいよ。喜んで。乗んなよ」

「エンジン、かからないの？」

「ああ」

「冷却液をオーバーフローさせたんじゃ──」

「それだ」男はボンネットを持ち上げ、彼女はスターターを押した。雨がぽつぽつと降り始め、やがて強く、激しくなっていった。墓地に降りしきるような雨だった。彼女の思いは道から畑の方へ、生け垣と木々の方へ向かっていった。あれは樫の木、橅？　楡？　彼の顔に雨が降り注いでいるところを、そしてふたつの眼窩《がんか》に水がたまり、そこから鼻のわきに流れていく様子を思い描いた。しかし喜びの感情しか湧いてこなかった。彼から逃れてきたのだから。

「どこまで行くの？」と彼女は訊いた。

「ディバイザズさ」

「ロンドンまで行くのかなと思って」

「きみはどこまで行きたいんだ？」

「ゴールディングズ・パークよ」

「じゃあ、ゴールディングズ・パークに行こう」

赤毛の娘が言った。「わたしは店にいるわ、マイク。雨が降ってるし」

「いっしょに来ないのか？」

「ジョーを探すわ」

「わかった」男の運転する車は狭い駐車場から飛び出すと、木の柱にぶつかってフェンダーをへこませ、別の車にぶつかって塗料をはがした。

「こっちの方向じゃないわ」と彼女は言った。

「じゃあ、引き返そう」男は溝のなかへ車をバックさせると再び発車させた。「楽しいパーティだったな」と男は言った。雨足がますます強まってきた。フロントガラスからは何も見えず、ワイパーは動かなかったが、彼女の連れは気にもかけなかった。時速四十マイルでまっすぐに走っていく。古い車だから、それ以上は出ないのだ。雨が幌《ほろ》から漏れてきた。「そのつまみを回して、周波数を合わせてくれ」と男に言われてつまみを回すと、ダンス音楽が流れてきた。「これはハリー・ロイ楽団だな。聴けばすぐにわかる」雨が降る暗い夜のなかを車を走らせながら、ふたりは流行の音楽を聴いていた。やがて男が言った。「おれの友だちでね、親友って言ってもいいんだが、ピーター・ウェザーオールってやつ、知ってるかな。知ってるよな」

「いいえ」

「知り合いになったほうがいい。そいつの姿を最近見かけなくてな。数週間前に飲みに出かけてそれっきりなんだ。それで、警察はダンス音楽の途中でやる〝家出人探し〟コーナーでピーターに帰ってこいと呼びかけたんだ。おれたちは車のなかにいて、大笑いしたよ」

「ここではそういうことをするの？　人がいなくなったときに」

「この曲は知ってる。これはハリー・ロイじゃない。アルフ・コーエンだ」

彼女は不意に言った。「あなたは、マイクよね？　よかったらいくらか貸してもらえ――」

男は酔いが醒めた。「すっからかんなんだよ。ツキに見放された同士ってわけだ。ピーターに頼んでみればいい。どうしてゴールディングズ・パークに行きたいんだ？」

「わたしの家がそこなの」

「そこに住んでいるってことかい？」

「ええ。気をつけて。速度制限があるのよ、ここ」男は彼女の言葉に従った。アクセルから足を上げて、時速十五マイルにまで落とした。街灯の柱がこちらに向かって倒れるように流れてきて男の顔を照らした。男はひどく年をくっていた。少なくとも四十は越えている。フレッドより十歳は上だ。縦縞のネクタイを身につけているが、袖口が擦り切れている。週に十シリング以上はもらっていそうだ。いや、もしかしたらそれほどではないかもしれない。髪は薄くなりつつあった。

「ここで降ろして」彼女は言った。男は車を停め、彼女は外に出た。雨は降り続いている。男は彼女の後をついてきた。「家に行ってもいいかな？」男が訊いた。彼女は首を横に振った。雨がふたりを濡らした。彼女の後ろには郵便ポストと交通標識と、住宅地を貫く道路があった。「惨めな人生だよ」男は丁寧な口調でそう言うと、彼女の手を摑んだ。そのあいだも雨が安っぽい車の幌を激しく叩き、男の顔に滴り落ち、襟と学生時代のネクタイを濡らしていった。しかし彼女は男に哀れみも魅力も感じなかった。かすかな恐怖と不快感しかなかった。男の潤んだ目に無謀な光がともり、アルフ・コーエン楽団の流行の音楽が車から流れてきた。力をなくした無責任さだった。男は彼女の手を力なく摑んだまま、「戻ろう。どこかに行くんだよ。田舎へドライブに行こう。メーデンヘッドへ行こう」と言った。

彼女は手をふりほどいた。男は抵抗しなかった。六四番地に通じる、半分しかできていない道路を彼女は歩き始めた。前庭の風変わりな小径が、彼女の足をしっかり受け止めた。玄関の戸を開けると、闇と雨音の向こうで車のギアがセカンドに入り、そのまま走り去っていく音がした。行き先は明らかにメーデンヘッドでも、ディバイザズでも、田舎でもない。破壊的な力を持った別の風が吹いたのだろう。

彼女の父親が二階から声をかけた。「だれだね？」

「わたしよ」彼女は言った。「父さんが玄関の鍵をかけ忘れたような気がしたの」

「で、掛けてあったかね？」

「ええ。ちゃんと掛かってたわ」彼女は思いやり溢れる口調で言うと、錠を掛けてしっかり戸締まりをした。そして父親が寝室の扉を閉めるまで待っていた。暖房器に触れて指を温めた。父親は自分でこの暖房器を取り付けた。父親は家を住みよくしてきた。十五年後には、この家はわたしたちのものになる。心の痛みはすっかり消え、屋根を打つ雨音に耳を澄ました。この冬父親が少しずつ屋根全体を調べたので、雨が入りこんでくる隙き間はどこにもない。みすぼらしい車の幌を打つ雨、クローバーに覆われた畑を打つ雨は入ってこられない。彼女は戸のそばに立ち、弱くて障害のあるものにいつも抱くかすかな嫌悪感を感じながら、「これはべつに悲劇でもなんでもないわ」と思い、優しさにも似た気持ちで、雑貨屋から買ってきただれにでも壊せそうな脆そうな錠を見つめた。しかし、それを取り付けたのはひとりの人間、ベルグソン貿易会社の事務長だった。

一九三七年

無垢なるもの　The Innocent

鴻巣友季子訳

本篇 The Innocent は短い作品ながら、グリーン文学の重要な主題が凝縮している。秋の夜に娼婦らしき女をつれて帰った故郷の土地。どんな事情があったのか、出ていったきり一度も戻ったことのない田舎の町で、男は思いがけず、無垢の時代をひそやかに思いだす。淡く、あたたかく、けがれのない追憶の光景に、ところどころ紛れこむ暗いイメージ。幼少時代の記憶、死、自殺、暴力、堕落、性、けがれ、疎外、そうしたオブセッションこそ、グリーンをグリーンたらしめている鍵である。作中、町の人々に追われた男がナイフで自殺するという幼少時の記憶のフラッシュバックが、静かな田園の宵にひときわ異様な光を放っているが、このエピソードは自伝的作品『地図のない旅』『掟なき道』そして自叙伝の『これまた伝記』にも繰り返し書かれているとか。実体験であろうか。

（訳者）

　ローラをここに連れてきたのは間違いだった。田舎の小さな駅で列車をおりた瞬間から、それはわかっていた。秋の長夜、ひとは人生のどんな時期より子ども時代のことを思いだしがちだ。それに、彼女の粧《つく》りこんだはでやかな顔も、泊まりがけの旅荷に見せかけようにも無理がある小ぶりのバッグも、小さな運河をはさんで建ちならぶ古い穀倉《こくぐら》や、山の斜面にともる灯りや、大昔の映画のポスターなどとは、どうにもつりあわなかった。けど、彼女に「ねえ、田舎へ行きましょうよ」と言われ、真っ先に思いうかんだのは、当然ながらビショップス・ヘンドロンというこの土地だったわけだ。わたしの顔がわかる人間はここにはもういないだろうし、だいたいわたしのほうがなにか「思いだす」ことになるとは思いもしなかった。

老いたポーターまでが、なにやら心の琴線にふれた。「駅前に出れば、車がいるだろう」とわたしは言い、実際にいたのだが、最初はそれと気づかなかった。その二台のタクシーを見てこう思ったものだ。「古い土地の記憶がよみがえってくるな」あたりは真っ暗で、うっすらたちこめた秋の霧、濡れ落ち葉や運河の水の匂いが、しんそこ懐かしかった。

ローラは「でも、どうしてこんな場所を選んだの？　陰気なところね」それがわたしには陰気に感じられない理由だとか、あの運河ぞいの砂山はむかしからあった（思えば、三歳のときには、ここではこれが海辺のつもりなんだろうな、と考えていたっけ）ことなど、彼女に説明しても始まらない。わたしは彼女のバッグを手にとり（さっきも言ったとおり軽いものだ。それらしく見せるための偽造パスポートにすぎない）、すこし歩こうともちかけた。小さな太鼓橋をわたり、救貧院の前をとおりすぎる。わたしが五歳のとき、この家のひとつに中年男が駆けこんで、自殺しようとしたことがあった。男はナイフを手にしており、近所じゅうの人々に追いかけられてこの階段をあがったのだ。彼女が言った。「田舎ったって、こんなところだとは想いもしなかったわ」たしかに汚らしい救貧院——灰色の石で出来た小さな箱——だが、わたしは他になにも知らなくても、ここのことだけは知っていた。こうして歩いていくのは、音楽を聴いているようなものだった。

　とはいえ、ローラになにか言ってやらなくては。この土地に似つかわしくないのは、彼女の責任じゃない。学校と教会の前をすぎ、角をおれて道幅の広いハイ・ストリートに出たとたん、生まれてから十二年間の暮らしを肌に感じるような心もちがした。実際に来てみなければ、こういう感覚がこうも鮮烈になりうるとは知るよしもなかったろう。なにせ、あの十二年間はとりたてて幸せでも不幸でもなかった。ごくありふれた歳月だったが、こうしていま焚き火の匂いや、暗くしめった舗道からたちのぼる冷気の匂いにふれていると、自分をとらえているものがなんなのか、わかった気がする。無垢の匂い、だ。

　わたしはローラに言った。「なかなかいい宿なんだ。このあたりじゃ、ごらんのとおり、夜っぴてすることもないしな。夕食をすませて一杯飲んだら、ベッドに直行しよう」とは言ったものの、よわったことに、自分ひとりで夜をすごせたらと、どうしても思ってしまう。これまで長らく、一度も帰ってきたことのない土地だ。こんなによく憶えているとは思いもよらなかった。あの砂山みたいにすっかり忘れていたものが、あざやかに記憶によみがえってきて、切なさと郷愁がこみあげた。その夜のわたしは、もの悲しい秋なりにも幸福であったのかもしれない。小さな町をそぞろ歩きながら、すぎた日々を——いまがどんなにみじめでも未来の可能性をもっていたあのころを思いだす手がかりを、あちこちに見つけて。いずれまた帰ってきても、こうは行かないだろう。そこにはローラの思い出がまじってしまう。ローラはただ行きずりの女だ。前日の晩たまたまバーでひっかけあい、たがいに気に入った、というだけの仲。申し分のない女だったし、ほかに一夜をともにしたい相手もいなかったが、こういう思い出とはどうもなじまない。メイドゥンヘッドにでも行くべきだったか。あそこも田舎は田舎だ。

宿屋はわたしの憶えている場所にはなかった。かつては公会堂があったところに、ムーア様式のドームとカフェをそなえた新しい映画館が建っており、当時は影も形もなかった修理工場があった。左折して家の建ちならぶ急な斜面をあがっていく坂道も、見落としてしまっていた。

「こんなところにこんな道があるなんて、俺がいたころには考えられないよ」

「あなたがいたころ?」ローラは訊ねてきた。

「話さなかったか?　俺はここで生まれたんだ」

「それで、わたしを連れてきて得意になってるわけね」ローラは言った。「子どものころ、こんな夜のことを夢想したんじゃなくて」

「まあな」わたしは言った。なにしろ、ローラがわるいんじゃないんだ。彼女は申し分がない。香りも気に入っていた。口紅の色もいいセンスしていた。もっとも金はけっこうかかる。まずローラ本人に五ポンド、それにいろんな勘定だ運賃だ飲み代だと入り用だが、どこかよそで有意義に使った金だと思えばいい。

わたしはその坂道をあがりかねて、坂下のあたりでうろうろしていた。なにかが心のなかで目覚めはじめていたが、そのとき坂道を子どもたちの一団がおりてきて、冷たい街灯の明かりに照らされなければ、それがなんなのか思いだせないままだったろう。彼らはよく通るかん高い声をあげ、白い息をはきながら、街灯の下を歩いてくる。どの子もリネンの袋を抱え、袋のいくつかにはイニシャルが縫いとられていた。どの子も一張羅《いっちょうら》とおぼしき服を着て、ちょっぴり人目を気にしている。少女たちは少女たちだけで小さくかたまって、まわりを取り巻かれていた。ヘア・リボンやぴかぴかの靴やピアノの静かな音色が思いだされる。いっぺんに記憶がよみがえってきた。そうだ、この子たちはダンス教室の帰りなのだ。わたしがむかし通《かよ》ったように、あの車道にシャクナゲの咲く小さな四角い家に通って。この坂の中腹にあるあの家。わたしはいままでにもまして、ローラがいなければという思いをつよくし、「この絵にはなにかが欠けている」と思えば思うほど、ますます彼女が場違いに見えてきた。頭の奥底で、痛みがにぶく光をはなっていた。
　バーで何杯かやったものの、まだ宿が夕食を出してくれる時間まで半時間もあった。わたしはローラに言った。「きみはこんな町ぶらつきたくないだろう。もしかまわなければ、俺だけ十分かそこらちょっと出かけて、なじみの場所を見てくるよ」ローラはかまわないと言う。バーには、さしずめどこかの校長だろう、地元の男がひとりいて、彼女に一杯おごりたくてうずうずしていた。男が俺をどんなに羨んでいるかよくわかる。こんな女をつれて、都会からふらっと泊まりにくるなんて、と。

　わたしは坂をのぼっていった。初めのうちは新しい家ばかりだった。いやだ、いやだ。わたしが憶えていそうな畑や門は、そういう家々にかくれてしまっていた。まるで地図がポケットのなかで濡れてくっついてしまったようだ。地図をひらいてみても、ある部分に紙がはりついて、まるごと見えなくなっている。しかしなかごろまで登っていくと、はたしてその家はあった。あの車道も。おなじ老婦人がまだレッスンをしているのだろう。子どもというのは、おとなの年を実際よりはるか上に見る。たぶん、あの当時の先生はせいぜい三十五ぐらいだったに違いない。ピアノの音が聞こえてきた。いまもむかしとおなじ時間割でやっているらしい。八歳以下が、六時から七時。八歳から十三歳が、七時から八時。わたしは門をあけ、小径《こみち》に足をふみいれた。そうしながら思いだそうとしていた。

なにがきっかけで思いだしたのかわからない。ピアノの音というより、ひとえに秋のせいかもしれない。濡れて霜のおりた木の葉。あのころそういうものは、いまとまるで違う音楽を奏でていた。わたしはあの小柄な女の子のことをはっきりと思いだした。見返そうにも写真の一枚もない相手にしては鮮明に。ひとつ年上だったから、八つになったばかりだったのだろう。わたしは彼女を愛した。あんな熱烈な愛は、以来だれにも感じたことがないと思えるほどに。すくなくとも、子どもの恋愛を笑うような愚はおかしたことがないわたしだ。そこには充足ということはありえないのだから、残酷にもいつかは離別がおとずれる。ふたりの家が火事になる話とか、戦争と決死の突撃――彼女の前で勇気を証明するための――などというお話は創られても、ふたりが結婚するという筋書きには当然ながら決してならない。言われなくてもそんなことはありえないとわかっていたが、しかしわかっているからといって、苦しみがやわらぐわけでもないのだ。誕生パーティというとよくやった〈ブラインド・マンズ・バフ〉（盲人のバッファローという名の一種の目隠し鬼）は、その一回一回を憶えている。その体にふれて抱きしめる口実がほしくて、彼女をつかまえようとするのに、つかまえられた例しがなかった。彼女はわたしの手からいつも逃げていく。

とはいえ、ふた冬のあいだ週に一度はチャンスがあった。おなじダンス教室に通っていたから。けれど、冬のレッスンが終わりに近づくころ、来年から上のクラスに入ると彼女に告げられたときには、そのぶんいっそう辛くなったものだ（唯一の接触が断ち切られようというのだから）。むこうもわたしのことが好きなのは感じていたが、その気持ちを表現するすべをどちらも持ちあわせていなかった。おたがい誕生パーティに招きあう間柄なのに、ダンス教室のあとふたりで家に駆けて帰るようなことすらなかった。妙といえば妙だったかもしれない。でも、そんなことは双方思いつきもしなかったのだ。わたしは騒がしい男子のいじめっ子集団にまじらなくてはいけなかったし、彼女は彼女で、男子たちに囲まれ、ちょっかいを出され、金切り声をあげてぷりぷり怒る性の一団として坂をくだっていくのだった。

わたしは霧のなかで身をふるわせ、コートの襟を立てた。ピアノはなつかしいC・B・コクランのレビューのダンス曲を奏でていた。ローラごときに出会うために、なんだかずいぶん長い旅をしてきたもんだ。無垢なるものには、ひとがどうしても手放せない何かがある。いまなら、女が気に入らなければ、たんに他のを買いにいくだけだ。ところが、当時のわたしに考えつくのはせいぜい、熱烈なメッセージをしたためて、門の木工細工の穴に（驚いた、こうもすみずみまで思いだされてくるとは）落としこむことぐらいだった。その穴の話は彼女にしたことがあったから、遅かれ早かれそこに指をつっこんでメッセージを見つけるに違いないと考えたのだ。それにしても、一体どんなメッセージをしたためたのだったか。あの年ごろの子どもは多くを表現できないものだ。とはいえ、表現が未熟だからといって、痛手がいまのそれと比べて浅いということにはならない。穴を探ってはメッセージが残っているのを見つけたあの日々を、わたしは思いだした。やがてダンス教室が休みに入った。つぎの冬までには、そんなことどじたい忘れてしまったのだろう。

　わたしは門を出て、あの穴がまだあるかどうか探ってみた。穴はあった。指を入れてみると、雨風と時の流れから安全にまもられた隠れ家のなかに、あの紙きれが眠っていた。引きだして、ひらいてみる。マッチをすると、小さな焔《ほのお》が霧にけむる闇を照らしだした。たよりない火影に、その身もふたもない卑猥な絵が浮かびあがったとき、わたしのショック。間違いようもない。幼稚っぽく雑な男と女のスケッチの下には、わたしの名の頭文字が書かれていた。その絵はしかし、子どもたちの白い息や、リネンの稽古袋や、濡れ落ち葉や、あるいは砂山ほどには記憶を呼び覚まさなかった。見覚えすらない。見も知らぬどこかの助平が描いたトイレの落書きのように思える。わたしが憶えているのは、あの純粋さ、烈しい思い、その熱情の痛みだけだ。

初めわたしは裏切られたような気がした。「結局のところ、ローラもそうそう場違いでもなかったようだな」と、ひとりごちた。けれど、その夜、ローラがこちらに背を向けて寝入ったあとになって、あの絵の奥深くにある無垢に気づきはじめた。当時の自分はなにか意味のある美しいものを描いたと信じていたのだろう。あの絵は三十年の世過ぎをへて初めて、いやらしく感じられるようになったのだ。

一九三七年

地下室 The Basement Room

若島正訳

グリーン作品は映画の話を抜きに語れない。『情事の終り』『おとなしいアメリカ人』はそれぞれ二度映画化され、キャロル・リード監督による『第三の男』はカンヌ国際映画祭でグランプリを獲得し、二〇世紀映画史に残る傑作中の傑作として評価されている。現在も『ブライトン・ロック』『事件の核心』の映画化が噂されており、後者はマーティン・スコセッシ《タクシー・ドライバー》《ギャング・オブ・ニューヨーク》が総指揮をとるとのことで話題になりそうだ。

「地下室」も一九四八年にキャロル・リード監督、脚本はグリーン自身という『第三の男』と同じコンビで映画化されている。タイトルは《落ちた偶像（The Fallen Idol）》。監督はニューヨーク批評家協会賞、グリーンもヴェネチア国際映画祭で原作・脚本賞を獲得するなど非常に高く評価された。映画の公開後、この短篇は映画と同じタイトルに改題されたが、内容はまったく同じである。

（編集部）

正面のドアが閉まって二人が出ていき、執事のベインズがふり向いて、暗くて重々しい広間に戻ってきたとき、フィリップは生きはじめた。彼は子供部屋の前に立ち、耳をすまして、タクシーのエンジン音が通りに消えていくのを聞きとどけた。両親は予定どおりに二週間の休暇に出かけていった。今はちょうど「育児係の谷間」で、一人が辞めて新しいのがまだ来ない時期だった。ベルグレイヴィアの大邸宅に一人っきりで残されて、一緒にいるのはベインズとベインズ夫人しかいない。

どこへ行こうが自由、緑色のベーズのドアを通って食料室に行っても、階段を下りて地下の居間に行ってもかまわない。自分の家なのによそ者になったような嬉しい気持ちなのは、どの部屋にも行けるし、どの部屋もからっぽだったからだ。

そこに誰が住んでいたかは、想像してみるしかない。喫煙室で象の牙のそばに置いてある、ずらりと並んだパイプ、それと木彫りのタバコ入れ。寝室にあるピンクのカーテン、薄い色の香水、それからベインズ夫人が使うと言ってまだ片づけていない、四分の三ほどなくなっているクリームの瓶。居間に置かれている、一度も蓋をあけたことのない、ぴかぴかのピアノ。磁器製の飾り時計、嘘みたいに小さなテーブル、それと銀器。しかしここではベインズ夫人はいつも忙しそうで、カーテンをはずしたり、椅子に埃よけの布をかけたりしている。

「ちょっとどいててくださいね、フィリップ坊ちゃん」彼女は不機嫌そうな目つきで彼をにらみ、動きまわってあちこちを片づけた。細かいことにうるさくて、愛情がなく、ただ仕事をこなしているだけだ。

フィリップ・レインは下に行ってベーズのドアを押した。食料室をのぞいてもベインズがいなかったので、初めて階段を下りて地下室に行ってみることにした。そのときまた彼は感じた。これが生きるってことなんだ。これまで子供部屋で過ごした七年間が、見慣れないものや、新しい体験で揺さぶられた。いっぱいになった頭の中は、まるで遠くの地震の衝撃で震える地面のようだ。不安はあったが、これまでになかったほど幸せだった。すべてが以前よりも重大なのだ。

ベインズはワイシャツ姿で新聞を読んでいた。「よく来たね、フィル、まあくつろぎたまえ。ちょっと待ってくれよ、ごちそうするから」彼はそう言って、白くてきれいな食器棚のところに行き、ジンジャービアのボトルとダンディケーキ半分を持ってきた。「午前十一時半か」とベインズが言った。「開店時刻だな」彼はケーキを切ってジンジャービアをついだ。フィリップがこれまでに知っていたよりも愛想がよくて、ここが自分の家とでもいうように、くつろいでいる。

「ベインズ夫人を呼ぶ？」とフィリップはたずねたが、ベインズがかまわないと答えたのでほっとした。夫人は今忙しいし、忙しくしているのが好きなんだから、楽しみを邪魔してどうする？

「十一時半にちょっと一杯」ベインズはそう言って、自分にもジンジャービアを一杯ついだ。「チョップの味もうまくなるし、いけないことなんかあるものか」

「チョップって？」とフィリップはたずねた。

「アフリカ西海岸の連中さ」とベインズが言った。「あそこじゃどんな食べ物もチョップと言う」

「でもチョップじゃないんだろ？」

「かもしれないよ、ヤシ油で調理すれば。それから後でパパイヤが出てくる」

フィリップは地下室の窓から乾燥した石造りの中庭を眺めた。吸い殻の缶があり、鉄柵のむこうで足がのぼったり下りたりしている。

「そこは暑かったの？」

「ああ、あんな暑さは感じたことがないな。言っておくが、こんな日に公園で感じるような、気持ちのいい暑さじゃない。湿気があって、腐ってくる」とベインズは言って、自分用にケーキを切った。「腐る臭いだ」ベインズはきれいな棚からきれいな棚へと、狭い地下室を眺めまわした。どこもかしこも剝き出しで、男の秘密を隠せるような場所はない。何か失ったものを後悔するように、彼はジンジャービアをぐっと飲み干した。

「どうしてお父さんはそんなところに住んでたの？」

「それが仕事だったからさ」とベインズが言った。「これがわたしの仕事なのと同じで。それにあのときはわたしの仕事もそうだった。男の仕事なのさ。今のきみには信じられないだろうが、わたしは四十人もの黒人を使っていて、指図していた」

「そうしてそこをやめたの？」

「ミセス・ベインズと結婚したからだよ」

フィリップはダンディケーキのかけらを手にして、部屋を歩きまわりながらほおばった。彼は大人になり、独り立ちして、裁判官にでもなったような気分だった。ベインズが男同士の話をしていることも気づいていた。えらそうにしていないときにはへりくだるベインズ夫人みたいに、フィリップ坊ちゃんとはけっして呼ばなかった。

ベインズは世界を見てきた。鉄柵のむこうを見てきたのだ。ジンジャービアを飲みながらそこに座っている姿は、あきらめながらも威厳を保っている流刑者のようだった。ベインズは愚痴をこぼさない。運命は自ら選んだもので、もしその運命がベインズ夫人だとしたら、他の誰のせいでもない。

しかし、家の中はほとんどからっぽで、ベインズ夫人も上にいて、何もすることがない今日、彼はいささか辛辣になってもかまわないと思った。

「もし機会さえあれば、明日にでも帰るな」

「黒人を撃ったことある？」

「撃つ必要なんかなかったさ」とベインズが言った。「もちろん銃は持ってた。でも手荒に扱う必要はなかった。そんなことをしたら、連中はますますばかになるだけだ」そう言って、ベインズはきまりが悪そうに、薄くなった白髪でジンジャービアにかがみこんだ。「中には好きになった黒人もいた。好きにならずにはいられなかった。一緒に笑いころげて、手を取り合ってるんだ。互いに触れ合うのが好きなんだな。友達がまわりにいると思うだけで気分がいいらしい。われわれにはさっぱりわからないんだが。いい歳をした大人二人が、手をつないだまま一日中歩きまわっていたりする。でもそれは愛じゃない。われわれにはさっぱりわからないことなんだ」

「間食したりして」とベインズ夫人が言った。「お母様がなんとおっしゃるかしら、フィリップ坊ちゃん？」

急な階段を下りて地下室にやってきたベインズ夫人は、クリームや塗り薬の瓶、それにチューブ入りの軟膏を、手にいっぱい持っていた。「そそのかしちゃだめじゃないの、ベインズ」と言って、彼女は籐《とう》の肘掛け椅子に座り、小さい不機嫌そうな目をしかめて、コティの口紅、ポンズのクリーム、ライヒナーのほお紅、サイクラックスの白粉《おしろい》、エリザベス・アーデンの化粧水を点検した。

彼女はそれを一つずつ屑籠に捨てた。取っておくことにしたのはコールドクリームだけだった。「お話をしてやって」と彼女は言った。「子供部屋へ行っててちょうだい、フィリップ坊ちゃん、わたしがお昼をいただくあいだ」

フィリップは階段を上がってベーズのドアのところまで行った。聞こえてくるベインズ夫人の声は、悪夢の中で、小さなプライス蠟燭の蠟が受皿に流れだし、カーテンががさごそと揺れているときに聞こえてきた声のようだった。鋭い金切り声で、悪意に満ち、常軌を逸した大声で、すべてをかなぐり捨てていた。

「あの子をあんなに甘やかして、あなたのやり口にはむかむかするわ、ベインズ。家の仕事をちょっとはやったらどうなの」しかしベインズの返事は聞き取れなかった。彼はベーズのドアを開けて、穴から出てくる小動物みたいに、灰色のフランネルの半ズボン姿で現われた。その床の上には日溜まりができていて、ベインズ夫人が埃をはらい、磨いてきれいにした鏡の反射光にあふれていた。

　階下で何かが壊れる音がして、フィリップは悲しい気持ちで階段をのぼって子供部屋に行った。彼はベインズを憐れんだ。もしベインズ夫人が呼ばれて出て行ったら、このからっぽの家で一緒に楽しく暮らせるのに、と思った。メカノの組み立てセットで遊ぶ気にはなれない。汽車や兵隊さんを取り出す気にはなれない。彼はテーブルに座り、顎を両手にのせた。これが生きるってことなんだ。すると突然、ベインズに対して責任があるような気分になった。まるで自分がこの家の主人で、ベインズが世話をしてやる必要がある年老いた召使いのように。だからといってたいしたことはできない。せいぜい親切にしよう、と彼は心に決めた。

　昼食のとき、ベインズ夫人の愛想がよかったが、彼はべつに驚かなかった。夫人の態度がころころ変わるのには慣れていたからだ。今は「肉のおかわりどう、フィリップ坊ちゃん」とか「フィリップ坊ちゃん、このおいしいプディングをもう少し召し上がれ」だった。彼が好きなのはプディングで、最高のメレンゲを使ったクィーンズ・プディングだが、二回目のおかわりをしたら夫人がそれも勝利のうちに数えるかもしれないので、食べないでおいた。夫人は、どんな不公平でも、何かおいしいもので釣り合いが取れると考えるようなタイプの女性だった。

夫人は気難しいが、甘いものを作るのが好きだった。ジャムやプラムがないからといって文句を言うようなことは、ここではめったにない。夫人は自分でもよく食べて、メレンゲやストロベリージャムに粉砂糖を足したりした。地下室の窓から差し込む半分の陽光で、夫人が砂糖をふりかけるときに、その色あせた髪の上に塵がまるで埃のように舞い、ベインズは自分の皿にかがみこんだまま黙っていた。

またフィリップは責任を感じた。ベインズはこの機会を待ち望んでいたのに、がっかりしたのだ。すべては台無しになってしまった。がっかりした気持ちはフィリップにもわかるものだった。彼はこの悲しみを誰よりもよくわかっていた。期待していた何かが起こらなかったり、約束していた何かが実現しなかったり、わくわくするような何かが退屈なものになってしまったり。「ベインズ」と彼は言った。「今日の午後、お散歩に連れてってくれる？」

「だめですよ」とベインズ夫人が言った。「だめです。この人は、たくさん銀器を磨かなくちゃいけませんからね」

「二週間もあるじゃないか」とベインズが言った。

「仕事が先、お楽しみは後」

ベインズ夫人はメレンゲをまたおかわりした。

ベインズはスプーンとフォークを置いて、皿を押しやった。「ええいくそっ」と彼は言った。

「機嫌を直して」とベインズ夫人が言った。「機嫌を直してちょうだい。もうこれ以上、物を壊さないでね、ベインズ、それから子供の前で汚い言葉を使うのは許しませんよ。フィリップ坊ちゃん、食事がすんだら下りてもいいわよ」

夫人はメレンゲの残りをプディングからこそぎ落とした。

「お散歩に行きたい」とフィリップは言った。

「休んできなさい」

「お散歩に行きたい」

「フィリップ坊ちゃん」とベインズ夫人が言った。夫人はテーブルから立ち上がり、メレンゲを残したまま、彼の方に向かってやってきた。痩せていて、威圧的で、地下室の中で埃にまみれていた。「フィリップ坊ちゃん、言われたとおりになさい」夫人は彼の腕をつかんでひねった。その目つきには喜びのない激情がぎらぎら輝いていた。そして夫人の頭の上では、昼休みの後でヴィクトリアの会社に戻るタイピストの脚がのろのろと動いていた。

「どうしてお散歩に行っちゃいけないの？」

しかし彼はたじろいだ。怖くなって、怖くなったことが恥ずかしかったからだ。これが生きるってことなんだ。わけのわからない激情が地下室でうごめいていた。隅っこにある屑籠のそばに、ガラスの破片が小さい山となって掃き集められているのを彼は見た。助けを求めてベインズを見たら、そこで目にしたのは憎しみだけだった。檻《おり》に入れられた何かの、悲しくて希望のない憎しみだ。

「どうしていけないの？」と彼は繰り返した。

「フィリップ坊ちゃん」とベインズ夫人が言った。「言われたとおりになさい。お父様が外出中だからといって、ここでは誰もあなたに――」

「まさかそんなこと」とフィリップが叫び声をあげると、ベインズが低い声で割って入ったので彼はびっくりした。

「まさかそんなこと、というのは、こいつにはないいんだ」

「あんたなんか大嫌いだ」とフィリップはベインズ夫人に向かって言った。彼は夫人の手を振り払って戸口まで走っていったが、その前にもう夫人はそこにいた。歳を取っていてもすばやいのだ。

「フィリップ坊ちゃん、謝りなさい」夫人は興奮に震えながらドアの前に立っていた。「お父様がお聞きになったら、どうなさると思って？」

夫人は彼をつかもうと手を差し出した。いつも石鹼を使っているせいで乾いていて白く、爪は根本まで切ってある。彼はうしろに身をかわし、テーブルをはさんで向き合った。すると驚いたことに、夫人がにっこりした。横柄だったかと思うとまたへりくだったのである。「さあ行った行った、フィリップ坊ちゃん」夫人は嬉々として言った。「お父様とお母様がお帰りになるまで、どうやら用事が山ほどありそうね」

夫人が戸口をふさいでいなかったので、通り過ぎようとすると、彼女はいたずらっぽくぴしゃりと叩いた。「今日は片づける仕事がいっぱいあるから、あなたにはかまっていられないわ。まだ椅子の半分も覆いをかけていないから」ベインズ夫人が動きまわってソファを覆い、埃よけを広げていると思うと、家の上階も突然耐えられないものになった。

そこで彼は帽子を取りに二階に行かずに、ぴかぴかの広間をまっすぐ突き抜けて通りへ出た。するとまた、こっちを見てもあっちを見ても、彼は生きることのまっただ中にいたのである。

2

ウィンドウの中にある、ナプキンを敷いたピンクのシュガーケーキ、ハム、藤色のソーセージ、小さな魚雷のように窓ガラスに体当たりするスズメバチが、フィリップの目を惹いた。彼は舗道を歩いて足が疲れていた。道を渡るのが怖くて、ただ最初は一方向に、それから別方向に歩いた。もう家の近くまで来ていて、通りの端に広場が見える。ここはピムリコのはずれの薄汚い場所で、お菓子はないかと窓ガラスに鼻をくっつけると、ケーキとハムのあいだに、いつもとは違うベインズが見えた。はれぼったい目と、禿げ上がった額を見ても、ほとんどベインズだとは思えなかった。ここにいるのは、幸せで、大胆で、海賊みたいなベインズだった。ただ、近づいてよく見れば、必死になっているベインズだったけれども。

フィリップはその女性を見たことがなかった。しかし、姪がいるとベインズが言っていたのを思い出した。彼女はほっそりとしてやつれていて、白いレインコートを着ていた。彼女はフィリップにとって何の意味も持たなかった。まったく知らない世界の人だったのである。痩せ衰えたサー・ヒューバート・リード事務次官とか、一年に一度、サフォークのペンスタンリーから、緑色の傘と大きな黒いハンドバッグを手にしてやってくる、ウィンスン＝ダドリー夫人だったら物語を作れたし、お茶とかゲームに呼ばれて行った、あちこちの家の上階に住む召使いでも物語が作れたが、彼女はそうはいかなかった。とにかく、どこにも収まらないのだ。人魚とか水の精ウンディーネを思い浮かべてみても、やはりそこにも収まらないし、エミールの冒険やバスタブル一家のお話にも収まらない。彼女はそこに座ったまま、まったく身寄りのない人間に特有の、無関心な目つきと謎めいた様子で、砂糖をまぶしたピンクのケーキを見つめ、天板が大理石でできているテーブルの上にベインズが置いた、半分使いさしの白粉の瓶を見つめていた。

ベインズは催促し、希望し、懇願し、命令していた。するとその女性は紅茶と磁器製のポットを見つめて泣いた。ベインズがテーブルごしにハンカチを渡しても、彼女は涙をふこうともしなかった。手の中でハンカチをくしゃくしゃにして、涙が流れるままにまかせ、何もしようとはせず、しゃべろうともせず、彼女が恐れ、望み、どんなことがあっても耳を貸そうとはしないものに対して、無言の抵抗をするだけだった。二つの頭脳が互いに愛し合いながらティーカップごしに戦っていた。そして外にいるフィリップにも、ハムやスズメバチや埃っぽいピムリコの窓ガラスのむこうで、よくわからないがどうも争っているらしいということが呑み込めてきた。

彼は不思議に思い、よくわからないので、知りたいと思った。もっとよく見たいと思って戸口に行くと、これまでになかったほど無防備になった。他人の生き方というものが初めて彼にじかに触れ、彼をおしつけて、彼を形作った。それ以降、その場面から逃れることはできなくなる。一週間もすると忘れてしまったが、それが彼の進路を条件付け、長い禁欲生活を決定することになった。裕福で孤独な彼が死の瞬間を迎えたときに、聞くところでは、「あの女は誰なんだ?」とたずねたという。

勝ったのはベインズだった。彼は態度が大きくなり、その女性は幸せそうだった。彼女は顔をふき、白粉の瓶を開け、二人の指がテーブルごしに触れ合った。ここでベインズ夫人の物真似をして、ドアから「ベインズ」と声をかけてやったらおもしろいだろうな、とフィリップは思いついた。

その声で二人は縮んでしまった。そうとしか表現のしようがなく、二人は小さくなって、もう二人一緒ではなくなった。先に気を取り直して声の主を追ったのがベインズだったが、それでももうすべては元どおりにならなかった。午後は、中のおがくずがこぼれ落ち、もうどうやっても直らないぬいぐるみになった。そしてフィリップは怖くなった。「そんなつもりじゃ……」ベインズに大好きだよと言ってやりたかった。ベインズ夫人を笑いものにしたかっただけなんだと言ってやりたかった。しかしベインズ夫人を笑いものにはできないのを彼は発見した。ベインズ夫人は、鋼鉄製のペン先を使い、いつもポケットにペン拭き用の布を持ち歩いている、サー・ヒューバート・リードではない。ウィンス＝ダドリー夫人でもない。彼女は、すきま風で常夜灯が吹き消されたときの闇だった。ある冬に墓地で、誰かが「これは電気ドリルが要るな」と言っていた、あのときの凍てついた土のかたまりだった。ペンスタンリーにある小部屋で、枯れて臭うようになった花だった。笑えるところは何もない。夫人がいるときはひたすらじっと我慢して、いなくなったらすぐに忘れてしまうしかない。夫人のことを考えるのを押さえつけ、奥深くに押し込むことだ。

「なんだ、フィルか」とベインズは言って、手招きして、その女性が手をつけなかったピンクのシュガーケーキをやった、しかし午後は壊れてしまい、ケーキは喉につまった乾パンのようだった。その女性はすぐに二人を置いて立ち去った。白粉すら忘れていった。白いレインコート姿でずんぐりとした氷柱《つらら》のように、彼女は背を向けて戸口に立ち、それから午後の中に溶け込んでいった。

「あの人は誰なの？」とフィリップはたずねた。「姪御さんなの？」

「ああ、そうだよ」とベインズが言った。「きみの言うとおり。わたしの姪だ」そしてティーポットの中にあるざらついた黒い葉に、最後の湯をそそいだ。

「もう一杯飲むか」とベインズが言った。

「飲めば元気、だね」と彼はどうしようもなく言って、注ぎ口から苦くて黒い液体が流れ出すのを眺めた。

「ジンジャービアでも一杯飲むかい、フィル？」

「ごめんなさい、ごめんなさい、ベインズ」

「きみが悪いんじゃないんだよ、フィル。まったく、きみじゃなくてあいつだと思いこみそうになったな。あいつはどこへでもこそこそ忍び込んでくるんだから」彼はカップから葉を二枚すくって、手の甲に並べた。一枚はやわらかなかけらで、もう一つは硬い茎だった。彼はそれを手でのした。「今日」すると茎が勝手にはがれた。「明日、水曜、木曜、金曜、土曜、日曜」しかしかけらのほうははがれずに、そのままで、叩かれて乾いていき、まさかそんな力があるとはと思うほどの抵抗ぶりだった。「辛抱強いほうが最後には勝つ」とベインズが言った。

彼が立ち上がって勘定を払い、二人は通りに出た。ベインズが言った。「嘘をついてくれとはたのまない。ただし、わたしたちにここで会ったなんていう話を、ベインズ夫人にしゃべる必要はないぞ」

「もちろんさ」そして、サー・ヒューバート・リードの口癖をちょっと真似しながら、「すべて承知だよ、ベインズ」とフィリップは言った。しかし彼は何一つ承知していなかった。彼は他人の闇の中にからめとられていたのだ。

「ばかだったな」とベインズが言った。「こんなに家の近くで。でも、考える時間がなかったのさ。どうしても会いたかった」

「わたしにはもう時間の余裕がない」とベインズが言った。「もう若くないからな。彼女が元気か、どうしても見とどけたかった」

「もちろんそうだよね、ベインズ」

「ベインズ夫人はその気になったらきみから聞き出すだろう」

「ぼくにまかせてくれよ、ベインズ」フィリップはリードのあっさりとしてえらそうな声で言った。それから、「気をつけて。窓のところで見てるよ」たしかにそのとおり、ベインズ夫人がレースのカーテンのあいだから、地下室から、二人を見上げていた。推理をめぐらせながら。「どうしても入っていくの、ベインズ？」とフィリップはたずねた。プディングを食べすぎたみたいに、お腹のところに冷たいものが重くのしかかっていた。彼はベインズの腕をつかんだ。

「慎重に」とベインズが小声で言った。「慎重に」

「でも、どうしても入っていくの、ベインズ？　まだ早いじゃないか。公園にお散歩に連れてってよ」

「やめておいたほうがいい」

「でも、ぼく怖いんだ、ベインズ」

「何も怖がることなんかない」とベインズが言った。「誰もきみにひどいことをしたりしないから。二階に走っていって子供部屋に行きなさい。わたしは勝手口から入ってベインズ夫人に話をする」しかし彼は石段のてっぺんで躊躇して立ち止まり、カーテンのあいだからこちらを見ている夫人を見ないふりをした。「玄関から入るんだよ、フィル、それから階段を上がりなさい」

フィリップは広間でぐずぐずしなかった。ベインズ夫人が磨いた寄せ木造りの床をすべるように走って、階段のところまで行った。一階の応接間の戸口から、覆いをかけた椅子が見えた。暖炉飾りの磁器製の時計までカナリアの籠みたいに覆われていた。通り過ぎるとき、その時計が時を打った。埃よけをかぶせられ、くぐもって秘密めいた音だった。子供部屋のテーブルには夕食が並べられていた。牛乳一杯とバター付きパン一切れ、甘いビスケット、それからメレンゲなしのさめた小さなクィーンズ・プディング。食欲はまったくなかった。ベインズ夫人がやってこないか、声が聞こえてこないかと耳をすましても、地下室は秘密を守ったままだった。緑色のベーズのドアがその世界を断ち切っていた。彼は牛乳を飲み、ビスケットを食べたが、他のものには手をつけなかった。やがて、ベインズ夫人が階段をのぼる、かすかできっちりとした足音が聞こえた。夫人は優秀な召使いなので、そっと歩く。きっぱりとした女性なので、歩き方もきっちりしている。

しかし入ってきたとき夫人は怒ってはいなかった。子供用寝室のドアを開けたとき、夫人は下手に出て「楽しいお散歩でしたか、フィリップ坊ちゃん？」とたずね、ブラインドを下ろし、彼のパジャマを並べて、食事の後片づけに戻ってきた。「ベインズが見つけてくれてよかったわ。一人で外出していたなんて、お母様だったらきっとお怒りになるでしょうから」夫人はトレイを調べた。「あまり食欲がないのね、フィリップ坊ちゃん？　このおいしいプディングを少し召し上がったら？　もっとジャムを持ってきてあげますよ」

「ありがとう、でもいらないよ」

「もっと食べないと」とベインズ夫人が言った。夫人は犬のように部屋を嗅ぎまわった。「台所の屑籠から瓶を持ち出したりしなかったでしょうね、フィリップ坊ちゃん？」

「ううん」

「もちろんそうよね。ちょっと確かめたかっただけなのよ」夫人は彼の肩を軽く叩き、指がすばやく襟元をすくった。つまみあげたのは、ピンクの砂糖の小さなかけらだった。「まあ、フィリップ坊ちゃん。だから食欲がなかったのね。お菓子を買ってたんでしょう。お小遣いはそんなことに使うものじゃありません」

「違うよ」とフィリップは言った。「違うんだ」

夫人は舌の先で砂糖をなめた。

「嘘をついちゃいけませんよ、フィリップ坊ちゃん。お父様と一緒で、わたしだって許しませんからね」

「違うよ、違うんだ」とフィリップは言った。「二人にもらったんだ。じゃなくて、ベインズに」しかし夫人は「二人」という言葉に飛びついていた。夫人は望みのものを手に入れた。望みのものとは何だったのかはわからなくても、そのことに疑いはなかった。フィリップは怒って、みじめな気持ちになり、がっかりした。ベインズの秘密を守れなかったからだ。ベインズが彼を信用したのは間違いだった。大人は自分の秘密を守らないといけない。それなのにまた、ベインズ夫人はすぐに別の秘密を打ち明けようとした。

「あなたが秘密を守れるかどうか、手のひらをくすぐってみるわね」しかし彼は手をうしろに隠した。触らせるもんか。「ここだけの秘密よ、フィリップ坊ちゃん。わたしは二人のことをぜんぶ知っているの。たぶんあの人はベインズと一緒にお茶を飲んでたんでしょう」と夫人は推理した。

「それがどうしていけないの？」と彼はたずねた。ベインズに対する責任が心に重くのしかかり、ベインズの秘密を守らなかったのに夫人の秘密を守らないといけないなんて、世の中って不公平だと思い、みじめな気持ちになった。「すてきな人なのに」

「すてきな人だったのね？」ベインズ夫人は聞き慣れない苦々しい声で言った。

「それに姪御さんだし」

「あいつ、そんなこと言ったのね」ベインズ夫人はまるで覆いをかけた時計みたいにそっと打ち返した。夫人は冗談めかして言おうとした。「あの古狸。わたしが知ってるってこと、あいつに言っちゃだめよ、フィリップ坊ちゃん」テーブルとドアのあいだで夫人は身動き一つせずに立って、懸命に考え、何か計画を立てていた。「言わないって約束してちょうだい。メカノのセットを買ってあげますからね、フィリップ坊ちゃん……」

彼は夫人に背を向けた。約束もしないが、言いもしないでおこう。秘密なんか、彼らが押しつけようとしている責任なんか、一切関係ない。彼はただ忘れたかった。彼はもうすでに生きるということを嫌というほど呑み込まされて、怖くなったのだ。「2Aのメカノのセットですよ、フィリップ坊ちゃん」彼はもう二度とメカノのセットで遊ぶことはなかった。何も組み立てないし、何も作らないで、年老いた好事家として死に、六十年後になって何も他人に見せるものはなく、残っているのはベインズ夫人の記憶だけで、悪意に満ちた声でお休みを言って、かすかなきっぱりとした足音が階段を地下室へと下りていく、下へ、下へと。

3

カーテンのあいだから太陽が注ぎ込み、ベインズが如雨露《じょうろ》を指ではじいて消灯太鼓のリズムを取っていた。「万歳、万歳」とベインズは言って、ベッドの端に腰掛けた。

「ご報告申し上げます。ベインズ夫人が呼ばれて出て行った。母親が死にかけているそうだ。明日まで戻ってこないらしい」

「どうしてこんなに早く起こしたの？」フィリップは文句を言った。彼は不安げにベインズを見つめた。今度は巻き込まれないぞ。もう失敗に懲りたんだから。ベインズみたいな大人がこんなにはしゃいでいるのはおかしい。それだと大人も、子供と同じ人間だということになる。大人が子供みたいにふるまえるのなら、きっとどこも大人の世界になってしまうだろう。夢の中に出てくる、角で待ちかまえている魔女だとか、ナイフを持った男だけでたくさんなのに。だから彼は「まだ早いじゃないか」と泣きごとを言った。ただ、ベインズは大好きだし、ベインズが幸せだというだけでつい嬉しくなってしまったのだが。彼は恐怖と、生きることの魅力に引き裂かれていた。

「今日は長い一日にしよう」とベインズが言った。「今がいちばんいい時だ」彼はカーテンをあけた。「ちょっと霧が出ているな。あの猫は一晩中うろついていた。ほらあそこだ、地下の勝手口のあたりをくんくん嗅ぎまわっている。五十九番地はまだ牛乳を一つも持って入っていないな。六十三番地でエマがマットの掃除をしている」と彼は言った。「西海岸にいたときは、よくそんなことを考えたものだ。誰かがマットの掃除をして、猫が家に帰ってくるところを。まるでまだアフリカにいるみたいに、今でも思い出すことができる。たいていの日には、自分がどんなに恵まれているか、気がつかないものだ。弱気にさえならなければ、楽しい人生なのに」彼は洗面台に銅貨を一枚置いた。「フィル、着替えたら、走っていって、角の露店で《デイリー・メール》を買ってきてくれ。わたしはソーセージを料理しているから」

「ソーセージ？」

「ソーセージだよ。今日はお祝いだ」彼は朝食でお祝いをして、おちつきがなく、冗談を飛ばし、わけもなく陽気で神経質だった。今日は長い、長い一日になるぞ、と彼は何度もその話に戻った。この長い一日を何年も待ち望んでいたのだ、蒸し暑い西海岸で汗だくになり、シャツを替え、熱病で倒れ、毛布にくるまって汗をかいたのも、みなこの長い一日を期待してのことだ、あの猫が地下の勝手口のあたりをくんくん嗅ぎまわっている、ちょっと霧が出ている、六十三番地でマットを掃除している。彼はコーヒーポットの前に《デイリー・メール》を立て、記事を声に出して読んだ。「コーラ・ダウンが四度目の結婚か」彼はおもしろがったが、それが長い一日というものではなかった。彼の長い一日とはハイド・パークで、ロットン・ローの道を乗馬する人々を眺め、サー・アーサー・スティルウォーターが柵を跳び越えるのを見て（「昔、シエラ・レオネのボーで一緒に食事をしたことがある。フリータウンから出てきたんだが、彼はそこの総督をしてたんだ」)、フィリップのためにコーナー・ハウスで昼食をとり(彼自身はヨークの店でビール一杯に牡蠣といきたかった)、動物園、それから長い時間バスに乗って、晩夏の光の中を帰宅することだった。グリーン・パークの木々の葉も色づきはじめ、バークリー街からそろそろと出てくる車のフロントガラスには、低い太陽がやわらかに輝いていた。ベインズは誰もうらやましいとは思わない。コーラ・ダウンも、サー・アーサー・スティルウォーターも、陸海軍学校の石段のところに出てきてまた戻っていったサンデール卿も。みんな関係のない人ばかりで、それだったら別の新聞を読むほうがまだましだ。「わたしは言ってやったんだ、あの黒人に二度と手を出すなって」ベインズは男の人生を送ったことがあるのだ。彼がフィリップに一部始終を語って聞かせたとき、バスの二階席にいた乗客はみな耳をそばだてた。

「撃ち殺してやりたかったの?」とフィリップがたずねると、バスが角の戦没者慰霊碑のところを大きく曲がっていくときに、ベインズは頭をそらして、黒い立派な召使用の帽子をちょうどいい角度に傾けた。

「きっと躊躇《ちゅうちょ》はしなかったな。撃ち殺してやるところだった」と彼は法螺《ほら》を吹いた。鉄のヘルメットをかぶり、重々しい外套を着て、ライフル銃を下向きに担ぎ、腕を組んでいる、うなだれた姿の銅像が通り過ぎた。

「拳銃は持ってた?」

「もちろんさ」とベインズが言った。「こんなに強盗が多いのに、どうして要らないわけがある?」これこそフィリップが大好きなベインズだった。鼻唄を歌って気楽なベインズではなく、責任感あふれたベインズ、柵のむこうにいて、男らしい人生を送っているベインズだ。

ベインズの生還を祝う飛行隊のように、ヴィクトリア駅からバスの群れがどっとあふれ出た。「四十人の黒人を使ってたんだ」そしてそのしかるべき褒美が、勝手口の段のそばで待っていた。火《ひ》点《とも》し頃の愛が。

「姪御さんだよ」とフィリップは言った。白いレインコートで見分けがついたのだが、幸せそうで眠そうな顔は見なかった。彼女はまるで不吉な数字のように彼を怖がらせた。彼はもう少しで、ベインズ夫人が言ったことをベインズに告げそうになった。しかし首を突っ込みたくはなかったし、関わり合いになりたくなかった。

「おや、本当だ」とベインズが言った。「きっと一緒に食事をしてくれるんじゃないか」だが、ちょっとゲームをしよう、彼女のことを知らないふりをするんだよ、と彼は言って、勝手口の段を下り、「さあ着いた」とベインズは言って、食卓を準備し、さめたソーセージと、ビール一本、ジンジャービア一本、それにバーガンディの瓶を出した。「飲み物は各人一つずつ」とベインズが言った。「フィル、上に行って、郵便が来てるか見てきてくれないか」

フィリップは、日没前の夕暮れどきの、誰もいない家が好きではなかった。それで彼は急いだ。ベインズのところに早く戻りたかった。広間は静まりかえっていて、影は今にも彼が見たくないものを見せようと待ちかまえていた。どさっと手紙の束が下に落ち、誰かがノックした。「警察だ。開けろ」死刑囚護送車がごろごろと音をたてて進み、血まみれの籠の中にある生首が揺れた。トントン、それから郵便配達の足音が遠ざかっていった。フィリップは手紙を拾い上げた。ドアの郵便受け用の隙間は、まるで宝石店の窓にある細格子のようだった。そこから中をのぞきこんでいた警官のことを彼は思い出した。「あの人何してるの？」と育児係にたずねて、「何事もないか見てまわってるんですよ」と言われたとき、すぐに彼の頭の中は、何かいけないことを次々に想像していっぱいになってしまったものだ。彼はベーズのドアのところへ走っていって階段を下りた。あの女がもうそこにいて、ベインズがキスをしていた。女は息もできずに鏡台にもたれかかっていた。

「こちらがエミーだよ、フィル」

「手紙が来てるよ、ベインズ」

「エミー」とベインズが言った。「あいつからだ」しかし彼は開封しようとしなかった。「きっと戻ってくるんだ」

「どっちみち、夕食をいただきましょう」とエミーが言った。「あの人でもそれは邪魔できないから」

「きみはあいつを知らないんだ」とベインズが言った。「何をやっても安全じゃない。畜生、おれも以前はれっきとした男だったのに」そして彼は手紙を開けた。

「食べていい?」とフィリップはたずねたが、ベインズは聞いていなかった。身じろぎもしない彼の姿は、大人が書かれた言葉を重要視する見本だった。感謝の言葉も、頃合いを見計らって口にするのではなく、手紙に書かねばならない。あたかも手紙は嘘をつかないと言わんばかりに。しかしフィリップはそれが嘘であることくらいわかっていた。もう大きくなったのに熊のぬいぐるみをくれたアリス叔母さんに対して、感謝の言葉を便箋いっぱいに大きくなぐり書きしたことがあったのだ。手紙だって嘘をつくが、その嘘が不変のものになってしまう。手紙は書いた人間を告発する証拠品となる。しゃべる言葉よりも手紙のほうが人間を卑しく変えてしまうのだ。

「あいつは明日の晩まで戻ってこない」とベインズが言った。彼はボトルをあけて、椅子を引き寄せ、またエミーを鏡台に押しつけてキスをした。

「やめて」とエミーが言った。「子供の見てる前で」

「それも人生の勉強だ」とベインズが言った。「みんなそうしてるんだから」そして彼はフィリップにソーセージ三つをすすめた。彼自身は一つだけ取った。腹がすいてないからと彼が言い、エミーも腹がすいてないと言うと、彼はおどしてむりやり食べさせた。彼は臆病で、彼女に対して荒々しく、栄養をつけないとと言ってバーガンディを飲ませた。いやとは言わせず、彼女に触れたとき彼の手は軽くもあり不器用で、まるで何かもろいものを傷つけるのを恐れ、こんなに軽いものをどう扱っていいのかわからないというようだった。

「牛乳とビスケットよりはいいだろ？」

「うん」とフィリップは言ったが、本当は怖かった。自分がどうなるか怖いだけでなく、ベインズに何が起こるかも怖かったのだ。一口食べるたびに、ジンジャービアを一口飲むたびに、このことを知ったらベインズ夫人が何と言うだろうかと思った。それは想像がつかない。ベインズ夫人の心の中には、計り知れないほどの苦々しさと怒りがある。「今晩は戻ってこないの？」と彼は言ったが、それで二人がすぐに呑み込んだ様子からすると、夫人は遠くにいるわけではけっしてなかった。夫人は一緒にこの地下室にいる。酒を飲むのが長くなるのも、話す声が大きくなるのも、みんな夫人のせいだ。そしてちょうど口をはさむ絶好の機会をうかがっているのだ。ベインズは本当は幸せじゃない。幸せを遠くからではなく近くから眺めているだけなのだ。

「いや、明日の夜遅くになるまで戻ってこない」と彼は言った。彼は幸せから目をそらせることができなかった。他の男たちのように遊びまわったこともある。彼はまるで無知の申し開きをするように、たえず西海岸のことを口にした。ロンドンで暮らしていたら、そんなに無知ではいられなかったはずだ。愛情ということに関して、あまりにも無知だった。「もし相手がきみだったらなあ、エミー」と彼は言って、白い鏡台を見つめ、きれいに磨いた椅子を見つめた。「ここが我が家みたいになっていたのに」もう部屋はそんなにぎらついてはいなかった。隅には埃も少したまり、銀器も仕上げの一磨きをする必要があるし、朝刊も椅子の上にだらしなく置いてあった。「もう寝たほうがいいぞ、フィル。長い一日だったからな」

埃よけをかけた暗い家の中を、子供が一人で階段を上がっていくようなことはさせなかった。二人は一緒についてきて、電灯をつけ、スイッチの上でたがいの指に触れあった。床から床へと、二人は夜を追いかえした。覆いがかけられた椅子が並んでいる中で、二人は小声でささやきあった。フィリップが着替えをするのを見守り、入浴したり歯を磨いたりするのはなしにして、ベッドにもぐりこむのを見とどけ、常夜灯をつけて、ドアは半開きにしておいた。フィリップには階段を下りる二人の声が聞こえた。夕食会のとき、来客たちが広間を去っていき、おやすみと言っていたのを聞いた、あのときの声のように親しげだった。二人はお似合いだった。どこにいようが、そこが二人の家なのだった。ドアが開き、時計が打つのが聞こえた。長いあいだ二人の声が聞こえていて、二人はそんなに遠くへ行っていないし、ぼくは安全なんだと彼は思った。声はだんだん小さくなっていかずに、ふと消えて、きっとまだそんなに遠くはないどこかにいるのだろうと彼は思った。たくさんある空き部屋のどれかで無言のまま一緒にいて、一緒にだんだん眠くなる。彼も長い一日の後でだんだん眠くなってきた。

これもたぶん生きるってことなんだ、とかすかな満足のためいきをもらしたかと思うと、その瞬間に彼は眠ってしまい、避けられない眠りの恐怖が彼を取り囲んだ。三色帽をかぶった男が軍隊だと言ってドアを叩く。血まみれの首が台所のテーブルに置かれた籠の中に入っている。シベリアの狼の群れが近寄ってくる。彼は手足を縛られていて動けない。狼たちはハアハアと息を吐きながらまわりで跳びはねている。目をあけると、そこにベインズ夫人がいた。白髪まじりの乱れた髪が房になって彼の顔に垂れかかり、黒い帽子が斜にゆがんでいた。ヘアピンが一つ取れて枕の上に落ち、かびくさい毛が一本彼の口元をかすめた。「二人はどこなの？」と夫人はささやいた。

「二人はどこなの？」

4

フィリップは恐怖の目で彼女を見た。ベインズ夫人は誰もいない部屋を次々と探して、乱れた布団の下を点検してきたみたいに、息を切らしていた。

白髪まじりの乱れた髪で、黒いドレスは喉元のところまでボタンでとめてあり、黒い木綿《もめん》の手袋をしていると、夫人は夢の中に出てくる魔女そっくりで、彼は声もたてられなかった。彼女の息は饐《す》えた匂いがした。

「あの女、ここにいるのね」とベインズ夫人が言った。「そうでしょう、白状なさい」彼女の顔には残酷さと惨めさが同時に浮かんでいた。彼女は「仕返し」してやりたいと思っているが、ずっと苦しんできたのだ。叫び出せればよかったのだが、あえてそうはしなかった。警告を与えることになるのだから。フィリップが仰向けになって体をこわばらせているベッドのところへ、夫人はご機嫌をとるように戻ってきて、こうささやいた。「メカノのセットのことはちゃんと憶えてますからね。明日になったらあげますよ、フィリップ坊ちゃん。秘密の約束をしたじゃありませんか。二人がどこにいるのか、教えなさい」

彼は口がきけなかった。恐怖が悪夢のように彼をしっかりとつかまえていた。夫人が言った。「ベインズ夫人に話すのよ、フィリップ坊ちゃん。ベインズ夫人が大好きなんでしょう？」もう耐えられなかった。口はきけないが、彼は必死に否定しようと口を動かし、埃っぽい夫人の姿から逃れようとした。

夫人はささやきながら、そばに近づいてきた。「こんなに騙すなんて。お父様に言いつけますよ。わたしも、二人を見つけた後で、あなたにお仕置きしないとね。痛い思いをするわよ、きっと」そして突然夫人はじっとして、耳をすましていた。下の階の床が音をたて、しばらくして、夫人がベッドの上にかがみこんで聞き耳を立てているあいだ、長い一日を終えて幸せそうで眠そうな二人のささやきが聞こえてきた。鏡のそばに常夜灯があり、ベインズ夫人は自分の姿が鏡に映っているのを見ることができた。そこに揺らぎながら映っているのは、惨めさと残酷さであり、老いと埃と絶望だった。夫人は涙を流さずに泣いた。乾いて、息の切れた泣き声だった。しかし、残酷さは彼女を駆りたてる一種の誇りであり、それがいちばんの特質であって、それなしでは単に哀れな女でしかなかっただろう。夫人は忍び足でドアを出て、そろそろと踊り場を横切り、閉まったドアのむこうにいる人間には聞こえないようにすばやい足どりで階段を下りた。それからまた完全な静寂が訪れた。もう動ける。フィリップは膝を立て、ベッドで起きあがった。彼は死にたくなった。こんなことってずるい。彼の世界と大人の世界とのあいだの壁がまた崩れたのだが、今度は大人たちが彼とわかちあった楽しさよりももっと悪いものだった。家の中に渦巻いているのが激情だということはわかっていたが、それがどういうものかはわからなかった。

こんなことってずるい。しかし彼はベインズにすっかり恩義があった。動物園も、ジンジャービアも、バスに乗って家に帰ったことも。夕食ですら彼の忠節が必要だった。しかし彼は怖かった。夢の中で触れる何かに今触れているのだ。血だらけの首、狼の群れ、トントントンというノックの音。生きることが野蛮に彼の上にのしかかってきた。もう二度と、六十年間もそれに直面しなかったとしても、責めるわけにはいかないだろう。彼はベッドから抜け出した。いつもの癖で慎重に寝室用のスリッパにはきかえると、ドアのところまで忍び足で行った。下の踊り場はそんなに暗くはなかった。クリーニングに出すためにカーテンがはずしてあったからだ。通りの明かりが高い窓から流れ込んでいた。ベインズ夫人がドアのガラス製のノブに手をかけていた。夫人はとても慎重にノブをまわした。彼は悲鳴をあげた。「ベインズ、ベインズ」
ベインズ夫人はふりむいて、彼が階段の手すりのそばでパジャマ姿で身をすくめているのを見た。彼は救いようがなかった。ベインズよりももっと救いようがなかった。その姿を見て残酷さがかきたてられ、夫人は階段を駆け上がった。ふたたび悪夢に襲われて、彼は身動きができなくなった。もうふりしぼる勇気もなく、悲鳴すらあげられなかった。

しかし最初の悲鳴を聞いて、ベインズはいちばんいい予備の寝室から飛び出し、ベインズ夫人よりもすばやく行動した。夫人が階段のてっぺんにたどりつく前に、ベインズは彼女の腰をつかんだ。夫人が黒い木綿の手袋を彼の顔に投げつけ、彼は夫人の手に嚙みついた。彼は考える余裕もなく、赤の他人のように夫人に立ち向かい、夫人のほうもすべてを知った憎しみで反撃した。みんなに思い知らせてやるつもりだったから、誰から先でもよかった。みんなが彼女を騙したのだ。しかし鏡の中の年老いた姿が彼女のそばにいて、威厳を保つのだ、威厳を捨ててもかまわないくらいに若くはないのだから、と教えていた。彼の顔を殴ってもいいが、嚙みついてはいけない。押してもいいが、蹴ってはいけない、と。

老いと埃と絶望が夫人のハンディだった。夫人は黒いドレスをひらひらさせながら手すりを越え、広間に墜落した。玄関のドアの前に横たわっている夫人は、まるで勝手口から地下室へ運ばれるはずの石炭袋のようだった。フィリップは目撃した。エミーも目撃した。彼女はいちばんいい予備の寝室の戸口に出てきて、あたかももう立っていられないほど疲れていると言わんばかりに、目を見開いたままいきなり座り込んだ。ベインズはゆっくりと広間へ下りていった。

フィリップが逃げるのは簡単だった。二人とも彼のことをすっかり忘れていたからだ。ベインズが広間にいるので、彼は奥の召使用の階段を下りた。そんなところで横になって夫人がどうしたのか、彼にはわからなかった。ちょうど誰も読んでくれない本の中にある写真のようで、わからないものが彼には恐ろしかった。家全体は大人の世界に譲り渡されていた。もう子供用寝室ですら安全ではなかった。そこには激情が洪水のように押し寄せてきたからだ。できるのはただ一つ、奥の階段を使って逃げて、勝手口を抜け、二度と戻ってこないこと。彼は寒さだとか、食事や睡眠の必要など考えなかった。一時間ほど、人々の世界から逃げることが可能なように思えた。

広場に出てきたとき、彼はパジャマに寝室用スリッパという恰好だったが、誰も見とがめる人間はいなかった。住宅街で、みなが劇場にいるか家にいる夜の時間帯だったのである。彼は鉄柵をよじのぼって小さな庭に入った。彼と空のあいだには、スズカケの木が大きくて色の薄い葉をひろげていた。ちょうど広大な森の中に逃げ込んだようなものだった。幹のうしろに身をかがめると、狼たちが後ずさりした。小さな鉄製のベンチと木の幹のあいだに隠れていれば、永遠に誰にも見つからないように思えた。苦い幸せのようなものを感じ、自分がかわいそうになって、彼は泣き出した。迷子になってしまったのだ。もう守るべき秘密もない。責任はきっぱりと捨ててしまおう。大人は大人の世界を守り、彼は彼の世界を守ればいい。このスズカケに囲まれた、小さな庭の安全な世界で。

やがて、四十八番地のドアが開き、ベインズがあちこちを見た。それから手で合図するとエミーが来た。まるで列車の時間にちょうど間に合ったみたいに、二人にはさよならを言う機会もなかった。彼女はプラットホームを過ぎていく窓の顔のようにすぐさま去っていった。青白く、不幸せで、立ち去りがたいという顔だった。ベインズはふたたび家の中に戻ってドアを閉めた。地下室には電気がついていて、警官が広場のまわりを巡回し、勝手口をのぞきこんでいた。一階のカーテンのむこうについている灯りで、どれだけの数の家族が在宅中かわかるものだ。

フィリップは庭を探検した。長くはかからなかった。二十ヤード四方の藪とスズカケで、鉄製のベンチが二つに砂利道、南京錠がかけてある門が両端にあり、枯葉が散っている。しかしここにとどまることはできない。何かが藪をがさごそさせると、二つの光る目がまるでシベリアの狼のようにこちらをのぞき、もしこんな場所でベインズ夫人に見つかったらどんな恐ろしい目にあうかと彼は思った。柵を乗り越えようとしても、その前に夫人が背後からつかまえてしまうに違いない。

賑やかではないほうから広場を出ると、すぐそこはフィッシュ・アンド・チップスの店や、コリントゲームを売っている小さな文具店、そして仮事務所や玄関の開いている薄汚いホテルが建ち並んでいた。パブが開店している時間なので人通りは少なかったが、包みをかかえた赤ら顔の太った女が通りのむこうから彼に呼びかけ、もし道を渡らなかったら、映画館の外に立っているドアマンが彼を呼び止めただろう。彼はさらに奥深く進んでいった。スズカケの林の中よりもここのほうが、奥に入ってすっかり迷子になってしまえる。広場と接した所では、呼び止められて連れ戻される危険があるのだ。彼がどこの世界に住む人間かは誰の目にも明らかだった。しかし、奥深く入っていくうちに、彼は出生のしるしを失ってしまった。あたたかい夜で、この気ままな暮らしをしている地域では、子供は夜中まで遊んでいるものらしい。彼は大人たちの中にも一種の仲間意識を発見した。早足で通り過ぎる彼はもしかすると近所の子供に見えたのかもしれないが、大人たちは自分にも若い頃があったのだと思って、彼のことを告げ口しないでいてくれるだろう。彼は身を守ろうとして、舗道の塵や、火の粉をふりまいて裏手を通過していく汽車の煤を顔に塗った。あるときは、何かか誰かからわっと逃げ出して、笑いながら走っている子供たちの群れに巻き込まれ、一緒になって走って曲がり角を曲がり、そこで置いてきぼりにされた。手の中にはねちゃねちゃしたフルーツ飴が残っていた。

もうこれ以上迷子になりようがないほどだったが、先へ行く体力は残っていなかった。最初のうち、彼は誰かに呼び止められるのを恐れた。そして一時間もすると、誰かに呼び止めてもらいたいと思った。帰り道はわからないし、いずれにせよ一人で家に帰るのは怖かったからだ。彼はこれまでなかったくらいにベインズ夫人が怖かった。ベインズは友達だが、ベインズ夫人に全権を譲り渡すような何かが起こったのだ。彼は気づかれようとしてわざとあたりをうろついたが、誰も気づいてはくれなかった。ある家族が玄関の戸口で最後の一休みを取っていた。ゴミ箱が表に出され、キャベツの芯のかけらで彼のスリッパが汚れた。空気は声で満ちていたが、彼はそこから切り離されていた。この人たちはよそ者で、これからはずっとよそ者でありつづけるだろう。ベインズ夫人が区別する人たちで、彼はその人たちを避けて通り、深い階級意識を知った。怖いはずの警官に、今では家に連れて帰ってもらいたかった。交通整理をしている巡査のそばを通り過ぎても、巡査は忙しくて知らん顔だった。フィリップは壁にもたれて座り込み、泣いた。

いちばん簡単な方法は、降参すること、負けを認めて親切を受け入れることだというのは、まったく思いつかなかった。同時に、とんでもなく親切にしてくれたのは、二人の女性と質屋だった。そこにもう一人警官が現われた。角張った顔つきで、信じられないという表情をした若い男だ。まるで見たことすべてを手帳に書き留めて、そこから結論を引き出そうとしているみたいだった。一人の女性がフィリップを家まで送っていこうと申し出たが、彼はその女性を信用しなかった。広間でまったく動かなくなったベインズ夫人とは相手にならないのだ。彼は住所を教えなかった。家に帰るのが怖いと言った。この作戦が功を奏して、彼は保護を得た。「わたしが警察署に連れて行きます」と警官が言って、不器用に手を取り（この警官は職務に熱中するあまり、結婚していなかった）、角を曲がったところまで連れて行き、石の階段を上がると、暖房がききすぎた小さくて何もない部屋があり、そこに正義の神様が住んでいた。

5

正義の神様は木造のカウンターのうしろで高い椅子に腰掛けて待っていた。神様はふさふさした口髭をはやし、親切で六人の子持ちだった（「そのうちの三人はきみみたいな小僧だ」）。神様は本当はフィリップに興味などなかったが、そんなふりをして、住所を書き留め、牛乳をコップに一杯持ってこいと巡査に命じた。しかし若い巡査は興味を惹かれた。事件を嗅ぎつける鼻の持ち主だったのである。

「家は電話帳に載ってるんだろ」と正義の神様が言った。「電話をかけて、きみが無事に保護されましたと伝えてやるよ。そしたらすぐに迎えに来るはずだ。名前はなんて言うんだ、坊や？」

「フィリップ」

「もう一つの名前は？」

「他の名前なんてないよ」彼は迎えに来てほしくはなかった。ベインズ夫人でも感心するような誰かに家まで送ってもらいたかったのだ。巡査は彼を観察し、彼が牛乳を飲むところを観察し、質問にたじろぐところを観察していた。

「どうして逃げ出したんだ？　夜中まで遊んでいたのか？」

みたまえ」

「それはいけないことなんだよ。お父さんとお母さんがどれほど心配するか、考えて

「知らない」

「二人とも外出してる」

「それじゃ、育児係がいるだろ」

「いないよ」

「だったら、誰が面倒を見てるんだ？」その質問は急所を衝いた。フィリップは階段をのぼってこちらにやってくるベインズ夫人の姿や、広間に倒れている黒い木綿の姿を思い浮かべた。そして泣き出した。

「よし、よし、よし」と巡査部長が言った。彼にはどうしていいかわからなかった。家内がここにいてくれたらいいのにと思った。女警官でも役に立つかもしれない。

「妙だと思いませんか」と巡査が言った。「捜索願いが出ていないのは」

「ベッドにちゃんと寝ていると思ってるんだろう」

「きみは怖がってるんじゃないのか？」と巡査が言った。「何が怖いんだい？」

「知らない」

「誰かがひどいことしたのかい？」

「ううん」

「悪い夢を見たんだな」と巡査部長が言った。「きっと、家が火事になったと思ったんだろう。おれは六人も子供を育ててきたんだ。ローズがもうじき戻ってくる。彼女に家まで送ってもらおう」

「この人と一緒に帰りたい」とフィリップは言って、巡査に向かってほほえもうとしたが、そんなふりをするのは慣れていないのでうまくいかなかった。

「わたしが行きましょう」と巡査が言った。「どうも変ですから」

「そんなばかな」と巡査部長が言った。「女の仕事だよ。こういうことには気転がきかないとな。ローズが帰ってきた。ストッキングがずり落ちてるぞ、ローズ。まったくおまえは警察の面汚しだな。おまえにちょうどいい仕事がある」ローズが足を引きずるように入ってきた。ぶざまなガールスカウト団員みたいに、黒い木綿のストッキングがブーツにだらしなく垂れていて、しわがれた声はとげとげしかった。「また売春婦をしょっぴくのね」

「いや、この幼い子を家まで送りとどけるんだ」彼女は彼をフクロウみたいな目で見つめた。

「この人と一緒に行くのはいやだ」とフィリップは言った。彼はまた泣き出した。

「こんな人嫌い」

「もっと女性の魅力を発揮したらどうだ、ローズ」と巡査部長が言った。机の上の電話が鳴った。彼は受話器を取った。「ん？　何だって？　四十八番地？　医者に来てもらった？」彼は受話器の口を手でふさいだ。「この小僧の捜索願いが出ていないのも当然だ」と彼は言った。「手がふさがってたんだな。事故だ。女が階段から落ちたらしい」

「重傷ですか？」と巡査がたずねた。巡査部長は彼に向かって口をゆがめた。「死」なんて言葉を子供の前で口にするな（なにしろおれは六人の子持ちなんだから、それくらいはよく知ってる）、咳払いをしてもいいし、顔をしかめてもいい、たった一文字の言葉を表すのに複雑な速記法を使うことだ。

「やっぱりおまえが行ってこい」と彼は言った。「それで報告書を書け。医者が来てるそうだ」

ローズは相変わらずの足取りでストーブから離れた。小ネズミのようなピンク色の頬に、だらしないストッキング。彼女は両手を後ろ手に組んだ。死体安置所みたいな大きな口は黒くなった歯だらけだ。「最初はこの子を連れて行けと言ってたのに、今おもしろそうな話になってきたからといって……どうせ男ってそんなものよね……」

「家に誰がいるんだい？」と巡査がたずねた。

「執事」

「まさか、この子が目撃したんじゃ……」

「おれに任せとけ」と巡査部長が言った。「六人の子供を育ててきたんだ。子供のことならよくよく知り尽くしてるから。子供のことでおれにお説教垂れるなんてやめておけ」

「何かに怖がってるみたいでしたよ」

「夢でも見たんだろ」と巡査部長が言った。

「名前は？」

「ベインズ」

「そのベインズさんだけどね」と巡査はフィリップに言った。「きみはその人のこと好きなんだろ？　親切にしてくれるんだろ？」みんなは彼から何か引き出そうとしていた。彼はこの部屋じゅうの人間を疑わしく思った。彼は確信のないまま「うん」と言った。いつ何時、また責任や、秘密を押しつけられはしないかと恐れたからだ。

「それでベインズ夫人も？」

「うん」

みんなは机のところで相談した。ローズはしわがれ声で不当な扱いを怒った。彼女は女の物真似芸人みたいだった。ストッキングに皺を寄らせ、顔も化粧しないままで、女らしさというものをばかにしているくせに、その実それを不自然なほど強調している。ストーブで石炭がコトリと音をたてた。おだやかな晩夏の夜なのに、部屋は暖房がききすぎていた。壁の貼り紙には、テムズ河で発見された死体のことが書かれていた。というよりは、死人の服装が詳しく書いてあって、ウールのチョッキ、ウールのズボン、青い縞が入ったウールのワイシャツ、一〇サイズの靴、肘のところがすり切れている青いサージのスーツ、首まわり一五・五インチのセルロイド製の襟。死体については、身長体重を除いては何も特筆すべきことはなく、ごく普通の死体ということだった。

「おいで」と巡査が言った。彼は興味を惹かれ、喜んで行こうとしたが、ただパジャマ姿の少年が連れなのはやはり恥ずかしかった。彼の鼻は、何だかわからないが、何かを嗅ぎつけていた。しかし、パジャマ姿を見て人々がおもしろがるのを目にすると、心が傷んだ。パブはもう閉店していて、通りには今日をできるだけ長い一日にしようとする人々がまたあふれていた。彼は人通りの少ない道を急いで通り抜け、暗い舗道を選び、回り道はしなかった。フィリップのほうはだんだん回り道がしたくなって、手を引っぱり、足を引きずった。彼はベインズ夫人が広間で待っているという光景を恐れた。今では、夫人が死んだということはわかっていたのだ。巡査部長が口をゆがめたのがそれを物語っていた。しかし夫人は埋葬されたのでもなく、目につかない場所にいるわけでもない。ドアを開けたら、広間に死人がいるのを見ることになるのだ。

地下室には灯りがついていて、ほっとしたことに、巡査が勝手口の段のところに向かっていった。ひょっとするとベインズ夫人を見なくてもすむのかもしれない。すっかり暗くなってベルが見にくいので、巡査がドアをノックすると、ベインズが出てきた。ベインズはこぎれいで明るい地下室の戸口に立っていて、悲しく、慇懃《いんぎん》で、いかにももっともらしい話を用意していたのに、フィリップを見るなりそれがしぼんでしまったことは見て取れた。まさかフィリップが巡査と一緒に戻ってくるとは予期していなかったのだ。彼はもう一度考え直すことを余儀なくされた。騙すのが得意な人間ではないのだ。もしエミーがいなかったら、後はどうなろうと真実をありのままに告白するところだった。

「ベインズさんですか？」と巡査がたずねた。

彼はうなずいた。ちょうどいい言葉が見つからなかったからだ。狡猾そうな訳知り顔と、フィリップの突然の出現に、彼は意気阻喪していた。

「この子は、ここのお子さんですか？」

「ええ」とベインズが言った。ベインズが何か伝えようとしているのは、フィリップにもわかったが、彼は心を閉ざした。たしかにベインズが大好きだけれども、ベインズは彼を秘密に巻き込み、理解できない恐怖に巻き込んだのだ。それが、愛するとどうなるかということだ——つまり、巻き込まれてしまうのだ。そしてフィリップは生きることから、愛から、ベインズから身を離した。

「医者が来ています」とベインズが言った。彼はドアに向かってうなずき、唇を湿らせ、フィリップから視線を離さず、何を言っているのかわからない犬みたいに何かを懇願していた。「手の施しようがありませんでした。家内は地下室にある石の階段ですべったんです。わたしはここにいて、家内が落ちる物音を聞きました」巡査が手帳に蜘蛛のような筆跡で、一頁にぎっしり書いているのを、彼は見ようともしなかった。

「この子は何か目撃しましたか？」

「そんなはずはありませんよ。寝ているものだと思ってました。上の部屋に行かせるほうがよくはありませんか？　ショックでしょうから。まったく」とベインズは自制心を失って言った。「子供にとってはショックでしょうから」

「奥さんはそこを通ったところに？」と巡査がたずねた。

「これっぽっちも動かしていません」とベインズが言った。

「それじゃこの子を――」

「勝手口を上がって広間を通れば」とベインズは言って、また犬みたいに、無言のまま懇願した。もう一つだけ秘密だよ、この秘密を守ってくれ、ベインズのためだと思って、もうそれ以上はたのまないから。

「おいで」と巡査が言った。「ベッドまでついていってあげよう。きみは紳士だからな。ご主人様がするみたいに、ちゃんと玄関のドアから入るんだよ。それとも、わたしが医者に会っているあいだ、ベインズさんと一緒に行くかい？」

「ええ」とベインズが言った。「わたしが行きます」彼は部屋のむこうからフィリップに近づいてきた。年老いて、ものやわらかい、愚かな表情で、何度も何度も懇願しながら。かつては西海岸にいたベインズだよ、ヤシ油のチョップはどうだい、ええ？男らしい人生。四十人の黒人。拳銃を使ったことがない。好きにならずにはいられなかった。でもそれは愛じゃない。われわれにはさっぱりわからない。国境地域で、消灯太鼓からかすかなメッセージが打電される。懇願し、嘆願し、想起させながら。きみの旧友ベインズより。中休みのお茶でもどうだい。ジンジャービアを一杯やったところで、いけないことなんかあるものか。ソーセージ。長い一日。しかし電線は切断され、メッセージは磨かれた部屋の空虚の中へと消えていく。そこには、男の秘密を隠せるような場所はない。

「おいで、フィリップ、もう寝る時間だ。この段を上がっていって……」トントントン、と電報の打電。もしかしたら受信してくれるかもしれない、どうなるかわからないから、誰かがちゃんと電線を直してくれるかもしれないし。「それで玄関のドアから入ろう」

「いやだ」とフィリップは言った。「いやだ。行きたくない。どんなことがあっても行かないよ。そんなことしたら喧嘩するよ。絶対に見るもんか」

すぐに巡査が二人に向き直った。「何だって？　どうして行きたくないんだね？」

「広間にいるんだ」とフィリップは言った。「広間にいることは知ってるんだ。それに死んでる。絶対に見るもんか」

「それじゃ、奥さんを動かしたんですか？」と巡査がベインズに言った。「わざわざここまで？　あなたは嘘をついていたんですね、そうでしょう。ということは、後片づけをする必要があったということですね……あなたお一人だったんですか？」

「エミーだよ」とフィリップは言った。「エミーだよ」彼はもうこれ以上、秘密を守るつもりはなかった。すべてに、ベインズとベインズ夫人に、そしてさっぱりわからない大人の世界に、きっぱりとけりをつけてやる。「みんなエミーのせいなんだ」彼が震えながら抗議するのを見て、やはりまだ子供なんだなとベインズは思った。助けを求めたところで仕方がなかった。彼は子供なのだ。このすべてがいったいどういうことか、わかっていないのだ。速記法で書いた恐怖の文字を読めないのだ。長い一日で、すっかり疲れはてているのだろう。鏡台にもたれて立ったまま眠りこけてしまってもおかしくはない。快適な子供部屋での平和な日々に戻って。彼には罪はない。翌朝目覚めたら、もうすっかり忘れてしまっているだろう。

「吐くんだ」と巡査はベインズに向かって、警官らしい荒々しい言葉で言った。「その女は誰なんだ?」それはちょうど、六十年後になって、たった一人見守る秘書を驚かせた老人の言葉と同じだった。「あの女は誰なんだ? あの女は誰なんだ?」とたずねながら、死に向かって徐々に墜落していき、その途中で脳裏をよぎったのは、おそらくベインズの姿だった。絶望したベインズ、頭をうなだれたベインズ、「自白」したベインズの。

一九三六年

ミスター・リーヴァーのチャンス

A Chance
for Mr. Lever

加賀山卓朗訳

グリーンは精力的に外国を旅行したことで知られる。それは小説の舞台の多くが外国、それも主として動乱の地に設定されたこと（『権力と栄光』のメキシコ、『事件の核心』の西アフリカ、『第三の男』のウィーン、『ハバナの男』のハバナ、『おとなしいアメリカ人』のインドシナなど）と無関係ではない。

本作品を発表するまえの年にも、グリーンはいとことふたりで西アフリカのリベリアを四十日ほど旅行した。旅行の動機や内容は同じ年に発表された旅行記『地図のない旅』に詳しいが、小説である本作品には、現地の風物や人間模様に自家薬籠中のスリラーの要素が盛り込まれ、エンターテインメント色も豊かな一篇に仕上がっている。

（訳者）

ミスター・リーヴァーは天井に頭をぶつけ、悪態をついた。米が蓄えられた天井の闇のなかで、ネズミが動きはじめた。板の隙間から米粒がこぼれ、〈レヴェレーション〉のスーツケースと、彼の禿頭と、缶詰のケースと、小さな四角い薬箱に当たった。案内役の少年はすでにキャンプ用ベッドと蚊帳を広げ、外の生暖かい暗闇に折り畳み式のテーブルと椅子を出している。森に向かって草葺《くさぶ》きのとんがり屋根の小屋が建ち並び、女が火をたずさえて小屋から小屋をまわっていた。その光が彼女の年老いた顔と、垂れた胸、刺青の入った皮膚病の体を照らし出した。

ミスター・リーヴァーは、五週間前にロンドンにいたことが信じられなかった。小屋のなかではまっすぐ立つこともできない。埃っぽい土の上に四つん這いになって、スーツケースを開けた。妻の写真を取り出し、食料を入れる箱の上に立てた。便箋と、文字の消えない鉛筆も出した。鉛筆の芯は暑さのために柔らかくなり、パジャマに紫色の染みがついていた。ハリケーンランプの光で、土の壁につぶされたカブトムシほどの大きさのゴキブリが露わになったので、用心のためスーツケースの蓋を閉めた。この十日間で、ゴキブリがなんでも食べてしまうことを学んでいたからだ——靴下も、シャツも、靴の紐も。

ミスター・リーヴァーは外に出た。蛾がランプに飛んできて当たったが、蚊はいなかった。上陸してから蚊は一匹も見ていないし、羽音も聞いていない。まわりからじろじろ観察されている光の輪のなかに腰を下ろした。黒人たちが小屋の外にしゃがんで、彼を見つめていた。友好的で興味津々、面白がってもいるが、ミスター・リーヴァーはその食い入るような視線に苛立った。ものを書きはじめるときにも、書き終えるときにも、濡れた手をハンカチで拭くときにも、関心のさざ波が自分を取り巻き、打ち寄せてくるのを感じた。ポケットに触れるだけでいくつもの首が伸びるのだ。

最愛のエミリー、と彼は書いた。本格的に仕事に取りかかった。デヴィッドソンの居場所を突き止めたら、この手紙を運び手に託すことにする。私は元気そのものだ。もちろんここではあらゆるものがいささか奇妙だが。体に気をつけて、愛しいきみ、心配は無用だ。

「だんな、チキン買う」料理人が突然小屋のあいだから現われて言った。手に小さな筋張った鶏を持っている。

「え？」とミスター・リーヴァーは言った。「さっき一シリング渡さなかったかな」

「彼ら、それ、嫌い」と料理人は言った。「ブッシュの人たち、わからない」

「どうして嫌いなんだ。ちゃんとした金なのに」

「彼ら、王の金、欲しい」と料理人はヴィクトリア女王の肖像の入ったシリング硬貨を戻して言った。ミスター・リーヴァーはやむなく立ち上がり、小屋へ戻って、手探りで現金箱を見つけ、二十ポンド分の小銭を選り分けた。この地に平和はない。

彼はすぐにそれを学んだのだった。金は節約しなければならず（そもそも今回の旅行そのものが怖ろしい賭けだった）、ハンモックの担ぎ手も雇えない。七時間歩いてへとへとに疲れた挙句、名も知らぬ村にたどり着くのだが、一分たりとも静かに坐って休めなかった。村の長《おさ》と握手をし、小屋の手配をし、飲むだに怖ろしいヤシ酒の贈り物を受け取り、運び手に米とヤシ油を買い、塩とアスピリンを与え、傷にヨウ素を塗ってやらなければならない。ベッドに横になるまで、続けて五分間ひとりにしてもらえることはなかった。横になったらなったでネズミたちが活動しはじめる。明かりを消した途端に、壁を滝のように駆け下りてきて、荷物の箱のあいだを跳ねまわる。

私は歳を取りすぎた、とミスター・リーヴァーはひとりごちた。まったく歳を取った。湿った鉛筆で消えない文字を書き連ねた――**明日デヴィッドソンが見つかることを願っている。もし見つけたら、この手紙とほとんど同じくらい早く家に帰るよ。黒ビールとミルクに金を惜しまないこと。気分がすぐれないときには医者を呼ぶように。この旅行は首尾よくいきそうな気がする。いっしょに休暇を取ろう。きみには休暇が必要だ。**彼は小屋と、黒い顔と、バナナの木の向こうの森を見据えた。森から出てきて、翌日にはまた森に入っていく。イーストボーン（イギリス南部の保養地）。イーストボーンに行けば、彼女もずっとよくなるだろう。そしてエミリーにこれまで言ったことのあるただ一種類の嘘――彼女の気持ちを楽にするための嘘――をついた。**少なくとも三百ポンドの手数料と経費を引き出すつもりだ。**しかしここは彼が重機械を売り慣れた場所ではなかった。三十年にわたってヨーロッパやアメリカの各地で売り歩いてきたが、ここに多少なりとも近い場所はなかった。小屋のなかで濾過器がぽたぽたと水を濾す音が聞こえた。どこかで、誰かが、何かを（頭がぼうっとして、ごくありふれた単語も思い浮かばない）演奏する音も。ヤシの繊維をかき鳴らす、単調で物憂げで薄っぺらな音色は、おまえは不幸せだと言っているようだった。だがどうでもいい、あらゆるものは永遠に変わらないと。

体に気をつけて、エミリー、と彼は繰り返した。思えば、彼女に書けることはそのくらいしかない。使われなくなって久しい狭く険しい山道のことも、炎がものを焦がすような音を立てて遠ざかっていくヘビのことも、ネズミや埃や裸の病人のことも書くわけにはいかないからだ。裸には耐えがたいほどうんざりしていた。**忘れないように**――牛の群れと生活しているようなものだ。

「長《おさ》だ」と案内役の少年が囁いた。炎の揺れる松明の下、二軒の小屋のあいだから矍《かく》鑠《しゃく》とした老人が現われた。現地産の布で作った衣を羽織り、ぼろぼろの山高帽をかぶっていた。そのうしろから男たちが米六鉢、ヤシ油ひと鉢、切った骨つき肉ふた鉢を運んできた。「働き手のための肉」と少年は説明した。ミスター・リーヴァーは立ち上がり、微笑んでうなずかなければならなかった。そうやって、ありがたく思うこと、肉は最高の味であること、明朝、長にたくさんの返礼を差し上げたいことを、ことばを使わずに伝えようとした。最初の頃はにおいを嗅ぐだけでもう充分という気がしたものだ。

「彼に訊いてくれ」とミスター・リーヴァーは少年に言った。「最近ここを白人が通らなかったか。白人がこのあたりを掘っていなかったかと。ああ、暑いっ」急に大声を出した。両手の甲と禿頭に汗が噴き出す。「デヴィッドソンを見なかったかと訊いてくれ」

「デヴィッドソン？」

「まったく」とミスター・リーヴァーは言った。「そのくらいわかるだろう。私が探している白人だよ」

「白人？」

「私がなんのためにここへ来たと思ってる。白人？　もちろん白人さ。健康のためにこんなところへ来るわけがない」一頭の牛が咳をして、角を小屋にこすりつけた。二頭の山羊が長と彼のあいだに入ってきて、ぶつ切りの肉の鉢をひっくり返したが、誰も気にせず、土と糞のなかから拾い上げた。

ミスター・リーヴァーは椅子に坐り、両手で顔を覆った――手入れの行き届いた白くふくよかな手、指輪のまわりに肉がはみ出している手で。もうこんなことをするには歳を取りすぎていると感じた。

「長は、白人、長いあいだ来ないと言ってる」

「どれほど長いあいだ」

「小屋の税金を払ったときからずっと」

「それはどのくらいの長さなんだ」

「ずっと、ずっとまえ」

「明日行くグレーまでどのくらいあるか訊いてくれ」

「長、遠すぎると言ってる」

「そんなはずはない」とミスター・リーヴァーは言った。

「長、遠すぎると言ってる。ここにいたほうがいい。いい村。嘘ちがう」

ミスター・リーヴァーは不満げにうなった。毎晩、同じ問題が起こる。次の村はいつも遠すぎる。彼を遅らせ、自分たちを休ませるためなら、どんな言いわけも考えつくのだ。

「長に何時間かかるかと訊いてくれ」

「たくさん、たくさん」彼らには時間の概念がない。

「これ、いい長。これ、いい肉。働き手、疲れてる。嘘ちがう」

「先に進む」とミスター・リーヴァーは言った。

「ここ、いい村。長、言ってる――」

ミスター・リーヴァーは思った――もしこれが最後のチャンスでなければ、とっくに投げ出してる。それほどこいつらは鬱陶《うっとう》しい。突然、別の白人に、彼の悲惨きわまる運命に耳を傾けてくれる白人に、会いたくてたまらなくなった（ただしデヴィッドソンではない。デヴィッドソンには何も話すつもりはない）。三十年間、販売外交員を立派に務めてきた自分が、職を求めていちいち会社を訪問しなければならないなんて、不公平も甚だしい。旅慣れているし、多くの人に稼がせてやったし、推薦状も申し分ないのに、世界に取り残されてしまった。彼はもう最新型ではなかった。それはまちがいない。そして隠退して十年後に、不況で金を失った。

ヴィクトリア通りを行ったり来たりしながら、推薦状を見せてまわった。多くの人は彼を知っていて、葉巻を勧め、彼の歳で職探しをしていることを友人らしく笑い飛ばし（「どうも家にいると落ち着かないんだ。軍馬は老いてもといったところかな……」）、廊下でジョークのひとつやふたつも言った。そしてその夜は、一等列車でメイドンヘッド（テムズ河畔の保養地）に帰りながら、老齢と破滅を思い、ひどい景気になったものだ、可哀そうにあいつの奥さんはたぶん病気だなどと考えて、静かに落ち込むのだった。

ミスター・リーヴァーがチャンスに巡り会ったのは、レドンホール通りのはずれにある小さなみすぼらしいオフィスでだった。工業技術の会社と言うが、部屋ふたつとタイプライター一台、金歯をはめた女性がひとり、そしてミスター・ルーカスがいるだけだった。ミスター・ルーカスは痩せて顔が細く、片眼のまぶたに痙攣を持っていた。面談のあいだじゅう、ミスター・リーヴァーを見つめる眼はぴくぴく動いていた。ミスター・リーヴァーは自分もここまで落ちぶれたかと思った。

しかし意外にも、ミスター・ルーカスはいたって正直な男だった。〝すべてのカードをテーブルに〟開いて見せた。当社に資金はないが、特許技術を扱っているから将来は有望だという。新型の油圧式圧砕機、これで大儲けができる。しかしここの大企業はそう簡単に機械を買い換えない。こんな景気だからなおさらだ。新しい市場を開拓しなければならない。そしてそれは――そう、それが始まりだった。この村の長と、肉の鉢と、あらゆる苦しみと、ネズミと、灼熱の。彼らは自分たちの国を共和国と呼んでいるが、とミスター・ルーカスは言った。私はそこがどういうところなのかまったく知らない。連中は絵に描かれているほど黒くないのかな（ハッ、ハッ――神経質そうに――ハッ、ハッ）。ともかくある会社が国境から代理人をすべり込ませ、金とダイヤモンドの採掘権を手に入れた。ここだけの話だが、彼らの発見に大企業は震え上がっている。で、次は事業のわかる人間がすべり込み（ミスター・ルーカスは〝すべり込む〟ということばが好きだった。あらゆることが簡単で秘密裡におこなわれるように聞こえるから）、彼らにうちの油圧式圧砕機を採用してもらう。それで事業を始めたときに何千ポンドも節約できるから、こちらには手数料がたんまり入る。そうやって動き出せば……みんなで大儲けができるというわけだ。

「でもヨーロッパで話をつけられないんですか」

ぴく、ぴく。ミスター・ルーカスのまぶたが動いた。「ベルギー人が大勢いる会社でね。彼らはすべての決定を、現地にいる職員にゆだねている。デヴィッドソンというイギリス人に」

「かかる経費はどうします」

「そこが問題なのだ」とミスター・ルーカスは言った。「まだ事業を始めたばかりだから。うちに必要なのは共同経営者《パートナー》だ。社員として送り込む余裕はとてもない。しかし賭けごとがお好きなら……あなたには二十パーセントの手数料を支払うよ」

「長、失礼すると言ってる」運び手たちは鉢のまわりにしゃがみ、米を左手ですくって食べていた。「もちろん。もちろん」ミスター・リーヴァーはうわの空で言った。

「大変親切にしていただいた」

彼はまた土埃と闇から遠ざかり、山羊とヤシ油と子を孕《はら》んだ雌犬の悪臭から離れて、ロータリークラブと、〈ストーン〉の店での昼食と、パブの特製ビールと、業界紙に戻った。また昔の好漢になり、ほろ酔い加減でゴールダーズ・グリーン駅へ戻る道を探していた。懐中時計の鎖につけられたフリーメーソンの小さなメダルが音を立て、地下鉄の駅からフィンチリー通りのわが家に帰るまでのあいだ、友情の温かみと、与太話をしてげっぷをしたい気分と、勇気に満たされていた。

今こそありったけの勇気が必要なときだった。彼はこの旅行で貯金を完全に使い果たしていた。三十年働けば、いいものは見ればわかる。この新しい油圧式圧砕機の優秀さには疑問の余地がない。疑問は自分にデヴィッドソンを見つけ出す力があるかということだ。まず地図がまったくない。共和国内を旅行する手立ては、地名を書き連ね、通り過ぎる村の誰かがそれを理解し、道を知っているのを祈ることだった。しかし彼らは必ず〝遠すぎる〟と言う。そう言われると、好漢の心も萎えてしまう。

「キニーネ」とミスター・リーヴァーは言った。「私のキニーネはどこだ」案内役の少年はものを憶えていたためしがない。こちらに何が起ころうとわれ関せずなのだ。微笑みにはなんの意味もない。商売における無意味な微笑みの価値について誰よりも詳しいミスター・リーヴァーは、彼らの無情を恨んでいて、要領の悪い少年に失望と嫌悪の表情を向けた。

「長、森の白人、五時間向こうと言ってる」

「その調子だ」とミスター・リーヴァーは言った。「デヴィッドソンにちがいない。その男は金を掘ってるか？」

「そう。白人、森で金掘る」

「明日は朝早くに発とう」

「長、この村にいたほうがいいと言ってる。白人、熱病」

「それは気の毒に」ミスター・リーヴァーは内心喜びながら思った——運が向いてきた。彼は私に助けを求めるだろう。私の言うことならなんでも聞くだろう。困ったときの友人こそ真の友人。デヴィッドソンに温かい気持ちを抱いた。祈りに応えるように森から現われる自分を想像し、聖書に出てくる人物になったような、柔らかいパイプオルガンの響きを聞いたような気分になった。彼は思った——祈りだ。今晩は祈ろう。人は祈ることをあきらめてしまうものだが、やればやっただけの験《しるし》はある。祈りのなかには何かがある。そしてエミリーが入院したとき、デカンタの並ぶサイドボードの傍らにひざまずき、長く苦しい祈りを唱えたことを思い出した。

「長、白人死んだと言ってる」

ミスター・リーヴァーは彼らに背を向け、小屋に入っていった。服の袖でハリケーンランプをひっくり返しそうになった。手早く服を脱ぎ、ゴキブリにたかられないようスーツケースに詰め込んだ。今言われたことを信じるつもりはなかった。信じればもとが取れなくなるだけだ。デヴィッドソンが死んでいるなら、彼は帰国するほかない。すでにこの件には生活に困るほどの金を注ぎ込んでしまった。ここで帰れば身の破滅だ。エミリーは弟の家に住まわせてもらえるかもしれない。が、彼はとても彼女の弟を当てにするわけにはいかない。ミスター・リーヴァーは泣きはじめた。暗い小屋のなかでは汗と涙の区別もつきにくかった。キャンプ用ベッドと蚊帳の横にひざまずき、土埃の床の上で祈った。このときまで、ツツガムシが怖くて裸足で地面に触れたことはなかった。ツツガムシはあらゆるところにいて、足の爪の下にもぐり込み、卵を産んで繁殖する機会をひたすら狙っている。

「ああ、神様」とミスター・リーヴァーは祈った。「デヴィッドソンが死んでいませんように。どうかただの病気で、私に会って喜びますように」もうエミリーを助けてやれないかもしれないと思うと、耐えられなかった。「ああ、神様。私にできることならなんでもします」しかしそれは虚しいことばだった。エミリーに何をしてやれるか、彼自身にもまだはっきりとわかっていないのだから。ふたりは三十五年連れ添ってきて、幸せだった。ロータリークラブの晩餐会で酔って、仲間たちにそそのかされても、彼女に不実な思いを抱いたのはほんの一瞬だった。まだもてた頃にどんな女と会っても、エミリー以外の誰かと結婚して幸せになれると思ったことは一度もなかった。歳を取り、今こそ互いに相手を必要とするときに、金がなくていっしょにいられないとしたら、これほどの不公平はない。

だがもちろん、デヴィッドソンが死んでいるわけがない。どんな原因で死ぬというのだ。黒人たちは親切だ。この国は不衛生だというが、これまで一匹の蚊の羽音も聞いていない。よしんばマラリアに罹《かか》っても死ぬことはないのだ。毛布にくるまり、キニーネを飲み、瀕死の気分で寝ていれば、汗といっしょに病も出ていく。赤痢もあるが、デヴィッドソンは古兵《ふるつわもの》だ。水は煮沸し、濾過すれば安全だ。もっとも、水はそのままだと触れるのも毒になる。ギニア虫がいるから足を濡らすのも危ないが、ギニア虫で死ぬことはない。

ベッドに横たわっていると、次から次へと考えが頭を巡って眠れなかった。彼は思った――人はギニア虫などでは死なない。ただ足がひりひりして、水に浸けると卵が落ちるのが見える。木綿の糸のような虫のしっぽを見つけて、マッチに巻きつけ、途中で切れないように足から引き抜かなければならない。膝のあたりまで伸びていることもある。私はこの国に来るには歳を取りすぎた、とミスター・リーヴァーは思った。

少年がまた横に現われた。蚊帳越しに焦った口調でミスター・リーヴァーに囁いた。

「だんな、働き手が家に帰ると言ってる」

「家に帰る?」ミスター・リーヴァーはうんざりして訊き返した。これまで何度もあったことだ。「どうして家に帰りたいんだ。今度は何が起こった」しかし本当は新しい諍《いさか》いなど聞きたくもなかった。グループ長がバンド族だから、バンド族の連中は水を運ばされたことがないだの、誰かが空《から》の糖蜜の缶を盗んで、一ペニーで村の人間に売っただの、誰かが相応の荷物を持たされてないだの、翌日の目的地が〝遠すぎる〟だの。彼は言った。「帰ってもいいと言ってくれ。手当は明日の朝払うと。だが礼金は払わない。それは残った者だけにたっぷり払う」どうせまた、いつものはったりだと確信していた。そんなものに惑わされるほど私は世間知らずではない。

「そう、だんな、彼ら、礼金要らない」

「なんだと？」

「彼ら、熱病怖い。白人みたいになる」

「運び手はこの村で見つける。彼らは帰っていい」

「私も、だんな」

「出ていけ」とミスター・リーヴァーは言った。堪忍袋の緒が切れた。「出ていって、私を眠らせてくれ」少年は直ちに出ていった。仕事を放棄したくせに、相変わらず従順だ。ミスター・リーヴァーは思った——睡眠、なんと希望に満ちた時だろう。蚊帳の裾を持ち上げ、ベッドから出て（また裸足で。もうツツガムシなどどうでもよかった)、薬箱を探した。もちろんそれには鍵がかかっていたので、まずスーツケースを開け、ズボンのポケットから鍵を探し出さなければならなかった。睡眠薬を手にする頃には、これまでにないほど気が立っていた。三錠飲み、それでぐっすり夢も見ずに眠ることができた。けれど眼覚めてみると、寝ているあいだに何かの拍子で両腕を外に伸ばしたらしく、蚊帳が開いていた。ここに一匹でも蚊がいれば刺されていたところだが、もちろん蚊などいなかった。

問題が片づいていないのはすぐにわかった。村――名前は知らない――は丘の上にちょこんと載っていた。小さな台地から森が東西に流れるように伸びている。西側の森はまだ湖のように暗く、なめらかに広がっているが、東側はすでに木々の見分けがつき、ワタノキの灰色の巨木がヤシの木の上に顔を出して凹凸《おうとつ》ができていた。ミスター・リーヴァーはこれまでいつも夜明けまえに起こされていたが、この日の朝は誰にも声をかけられなかった。運び手の何人かが小屋の外に坐り、ぼそぼそと話し込んでいた。案内役の少年もそのなかにいた。ミスター・リーヴァーは小屋のなかに戻り、服を着た。つねづね毅然とした態度を取らなければならないと思っていたが、やはり怖かった――見捨てられることも、引き返すしかなくなることも。

また外に出たときには、村は眼覚めていた。女たちが水を汲みに丘をくねくねと曲がりながら下っていた。運び手たちのまえを通り、歴代の長が葬られている平らな墓石のまえを過ぎ、米をついばむ緑と黄色のカナリヤのような鳥が棲む小さな森に入っていった。ミスター・リーヴァーは鶏と、子を孕んだ雌犬と、牛の糞のあいだに折り畳み椅子を開いて坐り、案内役の少年を呼んだ。強気に出るつもりだったが、結果がどうなるかはわからなかった。「長に話したいと伝えてくれ」と彼は言った。

いくらか待たされた。長はまだ起きていなかった。が、やがて青と白の衣を着て、山高帽をまっすぐにかぶり直しながら現われた。「こう伝えてくれ」とミスター・リーヴァーは言った。「私を白人のところまで連れていき、連れ帰ってくれる運び手が欲しいと。二日間だ」

「長、同意しない」と少年は言った。

ミスター・リーヴァーは激怒して言った。「なんだと。同意しないなら、彼への礼金はなしだ。一ペニーたりとも渡さない」そう口にするなり、自分が情けないほど彼らの誠実さに頼っていることに気づいた。誰であれ、彼の小屋のなかをのぞけば、そこに現金箱がある。それを取りさえすればいいのだ。ここはイギリスやフランスの植民地ではない。はぐれ者のイギリス人が奥地で強盗に遭ったからといって、沿岸の黒人たちは気にもしないし、気にしたところで何もできない。

「長、何人かと言ってる」

「二日間だけだから」とミスター・リーヴァーは答えた。「六人で足りる」

「長、いくらかと言ってる」

「一日六ペンスと肉だ」

「長、同意しない」

「なら一日九ペンス払う」

「長、遠すぎると言う。一シリング」

「わかった、わかった」とミスター・リーヴァーは言った。「だったら一シリングにしよう。ほかのみんなは家に帰りたければ帰ってもいい。今すぐ手当を支払う。ただし礼金はなしだ、一ペニーも払わない」

内心置き去りにされるとは思っていなかったので、彼らがむっつりと押し黙って(自分たちのことを恥じていたのだ)西のほうへ丘を下りていくのを見たときには、言いようのない悲しみと孤独を感じた。みな空身だったが、歌は歌わず、静かにうなだれて消えていった。案内役の少年もなかに混じっていた。ミスター・リーヴァーはひとりぼっちになった。残ったのは箱の山と、英語がひと言もしゃべれない長だけだ。ミスター・リーヴァーは引きつった笑いを浮かべた。

十時をまわる頃、やっと新しい運び手が選び出された。誰ひとり行きたがっていないのはひと目でわかった。暗くなるまえにデヴィッドソンを見つけ出そうと思えば、日中の暑さを押して歩かなければならない。行き先を長がきちんと説明してくれていることを祈ったが、実情はまったくわからなかった。ミスター・リーヴァーは完全に運び手たちから切り離されていた。東の坂を下りはじめたときには、ひとりで歩いているも同然だった。

一行はすぐに森に捕らえられた。森は野生の美しさと、生き生きした自然の力をたたえているものだが、このリベリアの森はひたすら退屈な緑の荒れ地だった。幅三十センチほどの細い道をたどっていくのは、雑草の生い茂る広漠とした裏庭を歩く気分だった。まわりの緑も、育っているというより死につつあるように思えた。生きているのは数羽の大きな鳥だけで、頭上の見えない空を飛ぶ彼らの翼は、油を差していないドアのように軋《きし》んだ。視界も開けなければ、眼のやり場もなく、景色はまったく変わらない。疲れをもたらすのは暑さではなく、退屈だった。何か考えることを考え出さなければならなかった。が、エミリーでさえ、一度に三分以上心を満たすことができなかった。道に水があふれている個所があり、仕方なく運び手の背中に担がれたのは、ほっとして気が紛れる出来事だった。最初は男の強い体臭に辟易《へきえき》した（子供の頃、無理やり食べさせられた朝食のブラック・プディングを思い出した）が、すぐに慣れ、臭うのかどうかさえ気にならなくなった。水際に群がった、ツバメの尾のような羽を持つ大きな蝶が、腰のまわりに緑の雲のように浮かび上がっても、同じくらい何も感じなかった。感覚が鈍り、意識するのはほとんど退屈だけになった。

しかし先頭に立っていた運び手が、道のすぐ脇に掘られた長方形の穴を指差したときには、はっきりと安堵を覚えた。ミスター・リーヴァーは理解した。デヴィッドソンはこの道を通ったのだ。立ち止まって穴を見た。小柄な男の墓穴のように見えるが、ふつうの墓より深く掘られていた。三メートル半ほど下に黒い水が溜まり、壁が崩れるのを防ぐために立てられた数本の支柱が腐りかけていた。雨期の頃から掘られていたにちがいない。その穴を見るかぎり、ミスター・リーヴァーが新しい油圧式圧砕機の仕様と見積もりを持ってわざわざ出向いてくる段階にはとてもないように思えた。彼は大きな工業会社を見慣れていた。立坑櫓《やぐら》や、煙突から立ち昇る煙、軒を並べる煤けた小屋の列、オフィスの革張りの肘掛け椅子、高級葉巻、フリーメーソン流の握手を。そしてまた、ミスター・ルーカスのオフィスで感じたように、落ちるところまで落ちたという感懐を抱いた。見捨てられて雑草の生い茂る裏庭に子供が掘った穴まで出かけていって、ビジネスをしろと言われるようなものだ。蒸し暑い空気のなかで手数料のパーセンテージがしぼんでいった。彼は首を振った。落ち込んではならない。これは昔の穴だ。デヴィッドソンはその後進歩しているはずだ。片端がナイジェリアで掘られ、もう一方の端がシエラレオネで掘られている金脈がこの共和国を通過していると考えるのは、至極筋が通っている。どれほど大きな金鉱も、最初は地面の小さな穴ひとつから始まるのだ。会社は自信満々だった（彼はブリュッセルの重役たちと話をしていた）。彼らが必要としているのは、現地の男の承認だけだった。油圧式圧砕機が現地の状況にふさわしいものであることを、デヴィッドソンが認めさえすればいい。署名ひとつあればいいのだ、と黒い水溜まりをじっと見下ろしながら、自分に言い聞かせた。

長は五時間と言った。が、六時間経っても彼らはまだ歩いていた。ミスター・リーヴァーは何も食べていなかった。まずデヴィッドソンのところまでたどり着きたかった。日盛りの暑さのなかを歩き続けた。森は直射日光を防いでくれるが、空気を閉め出していた。ときに開けた場所に出ると、真上から照りつける日差しで土地はひからびているものの、多少なりとも新鮮な空気が吸えるので、日陰にいるよりむしろ涼しく感じた。四時になると暑さは和らいだが、今度は暗くなるまでにデヴィッドソンを見つけられないのではないかと不安になった。片足が痛む。まえの晩にツツガムシにやられたのだ。足先に誰かが火のついたマッチを近づけているようだった。そして五時に、一行は死んだ黒人に行き当たった。

小さな空き地の埃っぽい緑のなかにまた長方形の穴があり、ミスター・リーヴァーの眼を惹いた。なかをのぞくと、見返してくる顔があってぎょっとした。黒い水のなかで白い眼球が燐《りん》のような光を放っていた。黒人は穴に納まるよう体をほとんどふたつ折りにされていた。穴は墓にするには狭すぎ、死体は膨張していた。その肉体はさながら針でつぶすことができる大きな水疱だった。ミスター・リーヴァーは気分が悪くなり、いっそう疲労を覚えた。暗くなるまえに村に戻れるなら、引き返すという誘惑に駆られたかもしれない。しかし今は先に進むほかなかった。幸い運び手たちは死体を見ていない。彼は腕を振って一行を進ませ、自分は吐き気と闘い、木の根につまずきながらあとからついて行った。日除け帽で顔をあおいだ。大きく肉づきのよい顔は汗ばみ、真っ青になった。放置された死体を見たのは初めてだった。彼が見た亡き両親は、顔を清められ、眼を閉じられて、丁寧に棺に納められていた。彼らは墓碑銘そのままに〝眠りについた〟。しかし白い眼球と腫れ上がった顔から眠りを想像することはできない。祈りを唱えたくてたまらなかったが、死んだように生気のない森に祈りはそぐわなかった。祈りたくともことばが出てこなかった。

黄昏《たそがれ》とともに小さな生命が眼覚めた。ひからびた草と弱々しい木のなかに何かが棲んでいた。せめて猿であればいいのだが。そこらじゅうでキーキー鳴き、大声で叫んだが、暗すぎて姿は見えなかった。何が怖いのか言おうとしない怯えた群衆のなかに放り込まれた、盲目の男の気分だった。運び手たちも怯えていた。一個のハリケーンランプから注がれる光を追うように、彼らは二十キロ余りの荷物を背負って走った。運び手たちの大きな扁平足が、空《から》の手袋のようにぱたぱたと土を打った。ミスター・リーヴァーは蚊の音に神経を尖らしていた。もう飛びはじめてもいい頃だが、一匹の羽音も聞こえなかった。

小さな川を越え、その先の坂を登りきったところで、彼らはついにデヴィッドソンを発見した。四メートル四方の木が切られ、小さなテントが張られていた。デヴィッドソンはここにも穴を掘っていた。道を登るにつれ、場所の全貌がぼんやりと見えてきた。テントの外に積み上げられた食料箱、炭酸水のサイフォン、濾過器、琺瑯《ほうろう》引きの洗面器。しかし明かりはなかった。音もしない。テントの垂れ蓋は閉まっておらず、ミスター・リーヴァーは、結局、長の言ったことが正しいかもしれないと考えざるを得なかった。

ランプを手に取り、腰を屈めてテントのなかに入った。ベッドに横たわる体があった。最初、デヴィッドソンが血にまみれているのかと思ったが、黒い嘔吐物がシャツと、カーキ色の半ズボンと、顎に生えた金色の無精髭を汚していたことがわかった。ミスター・リーヴァーは手を伸ばし、デヴィッドソンの顔に触れた。手のひらにかすかな息を感じなかったら、死んでいると思ったことだろう。それほど肌は冷たかった。ランプを近づけると、レモンのように黄色い顔が知りたかったことのすべてを物語っていた。案内役の少年が熱病と言ったときに、これには考えが及ばなかった。確かにマラリアで人は死なないが、彼は一八九八年にニューヨークで読んだ新聞記事を思い出した。リオデジャネイロで黄熱病が発生し、九十四パーセントの患者が死んだと伝える記事だった。当時はあずかり知らぬ話だったが、今、それが意味を持った。見ればば見るほどデヴィッドソンは黄熱病に罹っていて、だらだらと嘔吐し続けている。まるで何かが流れ出している蛇口だった。

最初、ミスター・リーヴァーには万事休すに思えた。自分の旅も、希望も、エミリーとの生活も終わった。デヴィッドソンにしてやれることはない。すでに意識も失い、脈拍があまりに小さく不規則になるので、死んだかと思うと、口から黒い汁が流れ落ちた。きれいにしてやることすら無駄だった。ミスター・リーヴァーは、自分の毛布をベッドのデヴィッドソンにかけてやった。触ってあまりに冷たかったからだが、正しいことをしているのか、致命的にまちがったことをしているのかもわからなかった。もしデヴィッドソンに生き延びるチャンスがあるとしても、それは彼らふたりがどうにかできることではない。テントの外で運び手たちが火をおこし、持ってきた米を炊きはじめた。ミスター・リーヴァーは折り畳み椅子を開き、ベッドの脇に腰掛けた。眠らないでいたかった。そうするのが正しい気がした。スーツケースを開けると、途中まで書いたエミリーあての手紙が見つかった。デヴィッドソンの枕元に坐り、続きを書こうとしたが、もう何度も書きすぎたことばしか思い浮かばなかった――体に気をつけて。黒ビールとミルクを忘れないように。

便箋をまえにうたた寝し、二時に眼覚めて、デヴィッドソンは死んだと思った。けれどまたまちがっていた。ひどく咽喉が渇き、案内役の少年がいてくれればと思った。少年はいつもその日の行軍が終わると、まず最初に火をおこし、やかんで湯を沸かしてくれた。そしてテーブルと椅子が用意される頃には、濾過器にかける湯ができていた。デヴィッドソンのサイフォンにコップ半分ほどの炭酸水が残っているのに気がついた。もし危険にさらされるのが自分の健康だけなら、川まで下りていって流れに口をつけているところだ。が、エミリーを忘れてはならない。ベッド脇にタイプライターがあった。ミスター・リーヴァーはふと、失敗の報告書を書きはじめてもいいかと思った。それで起きていられる。眠ってしまうのは死にゆく男に対して失礼な気がした。タイプされ、署名されているが、まだ封筒に入れられていない何通かの手紙の下に、紙が残っていた。デヴィッドソンは急に病に冒されたにちがいない。黒人を穴に押し込んだのはデヴィッドソンだったのだろうか。あれは彼の案内役だったのかもしれない。使用人がいる気配がないからだ。タイプライターを膝の上に落ち着け、報告書の冒頭に〝グレー近くの野営地にて〟と記した。

ありったけの金を使い、老体に鞭打ってはるばるここまで来た末に、暗いテントのなかで死にかかった男のそばに坐り、避けようのない破滅と向き合うのは、あまりに不公平な気がした。同じ破滅なら、自宅の贅を尽くした居間でエミリーといっしょに迎えることもできたのだ。ツツガムシやネズミやゴキブリに囲まれ、キャンプ用ベッドの脇にひざまずいて、無意味につぶやいた祈りのことを思うと、なにくそという気になった。初めて聞く蚊の羽音がテントのなかをまわっていた。彼は乱暴に手を振って叩きつぶそうとした。もう自分がロータリークラブの会員だったことは忘れた。途方に暮れ、あらゆるものから解放されていた。道徳は、同胞と幸せに過ごし、成功することを可能にしてくれる。しかしミスター・リーヴァーは幸せでもないし、成功もしていない。そして狭く息苦しいテントのなかにいるただひとりの同胞は、広告に偽りがあろうと、ミスター・リーヴァーが隣人の牛を所望しようと気に病みはしない。ところ変われば、考え方も変わるしかないのだ。〝荘厳なる死〟、死は荘厳ではなかった――レモンのように黄色い肌と、黒い嘔吐物だ。〝正直に勝る策はなし〟、突如として、それがいかにまちがっているかがわかった。今タイプライターのまえに幸せそうに坐っているのは、たったひとつの個人的なつながり――エミリーに対する愛情――だけを是とするアナーキストだった。ミスター・リーヴァーはタイプライターを打ちはじめた――〈ルーカス〉社の新しい油圧圧砕機の仕様と見積もりを検討した……

……

ミスター・リーヴァーは荒々しい幸福感に浸りながら考えた――私の勝ちだ。これは会社がデヴィッドソンから受け取る最後の手紙になるだろう。ブリュッセルの小ぎれいなオフィスで、ジュニア・パートナーが開封して読むことになるだろう。彼は〈ウォーターマン〉のペンで差し歯をこつこつと叩きながら、ゴルツ社長の部屋に入って話すだろう。すべての要素を考慮した結果、提案を受け容れるのが妥当と……そして彼らはルーカスに電報を打つ。デヴィッドソンについて言えば、会社が信頼を置く現地職員は、結局いつかはっきりと特定できない日に、黄熱病で死亡することになる。そして新しい職員が送り込まれ、油圧式圧砕機は……ミスター・リーヴァーは別の紙の上に慎重にデヴィッドソンの署名を書き写した。満足できなかった。思い込んだ文字の形に惑わされないよう、手本を上下逆さにして、そのままをまねた。だいぶよくなったが、まだ満足できなかった。デヴィッドソン自身のペンを見つけ出し、何度も何度も署名をまねた。書きながら眠り込んでしまい、一時間後に眼が覚めると、ランプが消えていた。油を使い尽くしたのだ。彼はそのまま夜明けまで、デヴィッドソンのベッドの脇に坐っていた。一度、蚊に踵を刺され、手でぴしっと叩いたがすでに遅く、小憎らしい虫は低い音を立てて飛んでいった。テントに光が入ってくると、デヴィッドソンが死んでいるのがわかった。「まったく」とミスター・リーヴァーは言った。「哀れなものだ」ことばといっしょにごく穏やかに、テントの隅に唾を吐いた。口のなかに寝覚めの嫌な味が残っていたのだ。それはこれまで守ってきた旧習のわずかな沈澱物にも似ていた。

ミスター・リーヴァーはふたりの運び手に命じて、デヴィッドソン自身の掘った穴に本人をきちんと納めさせた。もう彼らも、失敗も、離脱も怖くなかった。エミリーあての手紙は破り捨てた。臆病や、胸に秘めた恐怖や、**黒ビールを忘れないで、体に気をつけて**といった無用に気を回した文句は、今の彼の気分にそぐわなかった。手紙と同じくらい早く帰国し、エミリーとふたりでするとは夢にも思わなかったようなことをするのだ。圧砕機で入る金はほんの手始めだ。考えはイーストボーンをはるかに越え、スイスにまで及んでいた。本気で解き放てば、リヴィエラまで行ってしまいそうだった。みずから〝凱旋〟と考える旅路につき、この上なく幸せだった。ミスター・リーヴァーは、長い衒学《げんがく》趣味の人生で己を押さえつけていたものから――不正直を気にかけ、ピカデリーを歩く女を気にかけ、〈ストーン〉の店の特別製の酒を飲みすぎることを気にかけ、怖れてしまう運命から――ついに解放された。その愚かさについに野次を飛ばすときが来た……

しかしこれを読んでおられる諸氏はミスター・リーヴァーよりはるかに賢明で、死んで膨れ上がった黒人から、デヴィッドソンのテント、ミスター・リーヴァーの踵へと飛んでいった蚊の経路をたどることができるだろう。心優しき神が人の弱さを思いやり、ミスター・リーヴァーが素人臭い偽造文書と、血のなかに入った黄熱病の病原菌をたずさえて森のなかを引き返すあいだ、三日間の幸せを――いましめの鎖のない三日間を――進んで与えられたことを信じられるかもしれない。今ミスター・リーヴァーが陽気に歩いている森をみずから体験していなければ、私も情愛に満ちた全知全能への信仰をいっそう深めていたかもしれないけれど、あのただ単調なだけの森では、霊的な存在などとても信じられず、身のまわりで滅びゆく自然、ひからびてゆく草のことしか考えられないのだ。だがもちろん、あらゆることにはふたつの意見がある。それが、ドイツのルール地方でビールを飲み、フランスのロレーヌ地方でペルノーを飲んで重機械を売り歩いた、ミスター・リーヴァーのお気に入りの文句だった。

一九三六年

弟

Brother

加賀山卓朗訳

これも戦争や共産主義の台頭といった世相を濃厚に反映した作品である。

危険を承知で店を開けているのは、自分が貪欲なせいかもしれないとうそぶくカフェの店主が登場するが、その俗っぽい店主にしても、グリーンを論じる際のキーワードとされる〝憐憫《ピティー》〟の温もりと危うさをはらんでいる。短篇、とりわけ初期のものが、彼のあらゆる小説的アイディアの結晶と言われるゆえんだろう。

悪に対する持ち前の鋭い感性と、モラリストとしての一面もうかがえる。

（訳者）

まずコミュニストが現われた。十数人の集団が、コンバ（パリの東の郊外にある）からメニルモンタン（パリ東部の行政区）に至る大通りを足早に歩いてきた。少し遅れて、若い男と娘がついて来た。遅れているのは、若者が足を怪我し、娘が手を貸しているからだった。ふたりは焦り、疲れきり、希望をなくしているように見えた。乗り遅れると心のなかではわかっている列車を、懸命につかまえようとしているかのように。

カフェの主人は、まだ遠く離れているうちに彼らが来るのがわかった。そのとき街灯はまだついていたので（銃弾で電球が割れて、パリのその界隈が闇に包まれるのはまだ先のことだ）、一行は人気《ひとけ》のない広い通りにくっきりと姿を現わしていた。日が暮れてから店に入ってきた客はひとりだけで、日没後すぐにコンバのほうから銃声が響いていた。地下鉄の駅は何時間もまえに閉まっていた。しかし強情で負けず嫌いなところがある店主は、シャッターを閉めなかった。あるいは貪欲のせいかもしれない。ともかく自分でも説明のつかない理由から、黄色の広い額をガラスに押しつけ、大通りの左右を眺めたり、あちこちの道路に眼を凝らしたりしていた。

しかし彼らを見てその気ぜわしい雰囲気を感じ取ると、店主は直ちに店を閉めにかかった。まずビリヤードの練習をしているたったひとりの客のところへ行って警告した。客は台のまわりをまわっては、ショットの合間に顔をしかめ、細い口髭をひねっていた。台のすぐ上から照らされる円錐形の光のなかで、その顔は少し緑がかって見えた。

「〝赤〟が近づいてきた」と店主は言った。「引き上げたほうがいい。これからシャッターを閉めるよ」

「邪魔しないでくれ。私には手を出さないさ」と客は言った。「むずかしいショットなんだ。赤がボークラインの向こうにある。クッションの手前だ。回転させて当てるぞ」彼は球を打ち、まっすぐポケットに落としてしまった。

「手に負えないことはわかってたよ」と店主の禿頭はうなずいて言った。「さあ、家に帰ったほうがいい。まずシャッターを閉めるのを手伝ってもらえないかな。家内を先に避難させちまったもので」客はキューを指でカタカタ鳴らしながら、剣呑《けんのん》な顔で店主を見た。「余計な口を出すから失敗したんだ。そりゃあんたには怖がる理由があるだろうが、こっちは貧乏人だから大丈夫さ。帰らんぞ」そして上着のところまで行き、葉巻を一本取り出した。「ボック・ビールをくれ」ビリヤード台のまわりを爪先立って歩き、また球を打ちはじめた。初老の店主はむっと来て、床板を踏みつけながらカウンターに引き返した。ビールは出さず、シャッターを閉めはじめたが、あらゆる動きがのろのろとして、ぎこちなかった。ろくに閉め終わらないうちに、コミュニストたちは店の外まで来ていた。

店主は手を止め、嫌悪の表情をのぞかせて彼らを見つめた。シャッターの音を立てて注目されるのが怖かった。じっと静かにしていれば、そのまま行ってくれるかもしれない。共和国広場を封鎖した警察のバリケードがあることを、底意地の悪い喜びとともに思い出した。あれで連中も終わりだ。それまで私は身じろぎもせず、物音ひとつ立てないことだ。処世術が己の本性にもっともふさわしい態度を求めることに、心温まる満足感を覚えた。黄色で、まるまる太って、用心深い店主は、店の奥で響くビリヤード球の音を聞きながら、シャッターの縁から彼らを見つめていた。若者が娘の腕に支えられ、足を引きずって敷石の大通りを歩いてくるのをじっと観察した。ふたりは立ち止まり、不安げな顔でコンバのほうを見やった。

しかし彼らがカフェに入ってきたときには、店主はカウンターのうしろに立ち、微笑みを浮かべてうなずき、何ひとつ見落とさないよう眼を光らせていた。一行がふた手に分かれ、六人がもと来た方向へ駆け戻っていったのにも気づいていた。

若者は店の暗い隅に坐り込んだ。地下の貯蔵室へ下りる階段の上だ。ほかの者たちは入口のあたりに立って、何かが起こるのを待っていた。彼らが飲み物ひとつ注文せず、当然起こるべきことを期待してそこに立っているのに、店の所有者である自分が何も知らず、何も理解できないのは妙な気がした。ついに娘がみんなから離れてカウンターに近づき、「コニャック」と言った。少なくはないが、決して気前よくはない分量を慎重に注いだグラスを店主が渡してやると、彼女はそれをそのまま暗がりに坐った若者のところへ持っていき、口に当ててやった。

「三フラン」と店主は言った。娘は自分も少し飲み、グラスを回して若者の唇に同じ個所を触れさせた。そしてひざまずき、相手の額に自分の額をそっと当てた。ふたりはそのままじっとしていた。

「三フラン」と店主はもう一度言ったが、声を荒らげる勇気はなかった。若者はもう陰に隠れて見えなかった。見えるのは黒い木綿のコートを着た、痩せて貧相な娘の背中だけだ。彼女はひざまずき、前屈みになって若者の顔を探っていた。店主は入口に立つ四人に怯えた。私有財産に敬意を払わないコミュニストのことだ。金を払わず店のワインを飲み、家の女を強姦し（と言っても女は妻しかおらず、彼女は家にいない）、銀行を襲い、彼と眼が合うなり殺そうとするのではないか。そんな恐怖心から、店主はこれ以上注意を惹くより、三フランはあきらめることにした。

そのとき、あれこれ考えていたなかで最悪のことが起きた。

入口にいた男のひとりがカウンターに近づいてきて、四つのグラスにコニャックを注げと言ったのだ。「はい、はい」と店主は答え、コルクをつかみ損ねながら、ひそかに聖母マリアに祈った――天使を送り込んでください、警察を、機動憲兵を、今すぐ、直ちに、コルクが抜けるまえに。「十二フランになります」

「ああ、それはちがうな」と男は言った。「われわれはみな同志《コムラッズ》だ。ものみな等しく分けよ。いいか」そしてカウンターに寄りかかり、真剣で、しかし嘲りを含んだ調子で言った。「われわれが持つものはみな、われわれのものであると同時に、同志、あんたのものでもある」一歩下がって、体全体を店主に見せた。よれよれのネクタイ、擦り切れたズボン、ひもじそうな顔のどれでも選んでくれと言わんばかりに。「よって当然ながら、同志、あんたのものもすべてわれわれのものだ。さあ、コニャックを四杯。ものみな等しく分けよ」

「もちろん」と店主は言った。「冗談で言っただけで」そして瓶の首を持って傾けようとしたとき、四つのグラスがカウンターでカチャカチャ鳴った。「機関銃だ」と店主は言った。「コンバのあたりかな」そしてしばらく男たちがブランデーを忘れ、入口でそわそわするのを眺めてほくそ笑んだ。もうすぐだ、と彼は思った。もうすぐこいつらから解放される。

「機関銃?」ひとりのコミュニストが信じられないというふうに言った。「機関銃を撃ってるのか?」

「まあ」店主は機動憲兵が遠からぬ場所にいることに意を強くして答えた。「あんたがたも武器を持ってないわけじゃないでしょう」カウンターに身を乗り出し、父親じみた態度で言った。「つまるところ、ほら、あんたがたの考えはフランスでは通用しないからね。自由恋愛の国だから」

「誰が自由恋愛の話をしてる」とコミュニストは言った。

店主は肩をすくめ、微笑んで、店の隅に顎をしゃくった。娘は若者の肩に頭を乗せ、こちらに背を向けていた。ふたりはじっと静かにしていた。ブランデーのグラスは横の床に置かれている。娘のベレー帽は頭のうしろにずり上がり、膝から足首まで伝線の入ったストッキングは繕《つくろ》ってあった。

「何、あいつらか？　あいつらは恋人じゃない」

「私は」と店主は言った。「ブルジョア的な思い込みで、てっきり彼らは――」

「あいつは彼女の弟だ」とコミュニストは言った。

　男たちがカウンターのまわりに寄ってきて店主を笑った。ただ、眠っている人間か病人が家のなかにいるような低い笑い声で。彼らはずっと何かに耳を澄ましていた。店主は彼らの肩のあいだから大通りを見渡した。フォーブール・デュ・タンプル通りの角が見えた。

「何を待ってるんだね？」

「友人たちだよ」とコミュニストは手のひらを上に向けて言った。その仕種でこう言っていた――わかるだろう、ものみな等しく分けよだ。われわれのあいだに秘密はない。

　何かがフォーブール通りの角で動いた。

「コニャックをあと四杯」とコミュニストは言った。

「あちらのふたりは？」と店主は訊いた。

「放っておけ。自分たちでなんとかするさ。ふたりとも疲れてる」

ふたりがどれほど疲れて見えたことか。大通りをメニルモンタンから歩いてきたことだけでは、とうてい説明できない。もっと遠くから、連れの男たちなどとは比べものにならないほどの苦難の旅を経てきたように見えた。ふたりの飢えはよりひどく、絶望は底なしに深い。親しげなおしゃべりが始まったカウンターから離れ、暗い店の隅にうずくまっている。カウンターのまわりの連中は和やかで、いっとき店主の頭は混乱して、友人を招いて愉しませている主人にでもなった気がした。

店主は笑いながら、隅のふたりに下卑たジョークを飛ばしたが、わかったようには見えなかった。まわりの同志愛から切り離されてしまったことを哀れむべきか。それともより深い同志愛で結ばれていることをうらやむべきなのか。突然なんの理由もなく、店主はチュイルリー広場で葉を落とした灰色の木々を思い出した。冬の空に一列に書き込まれた感嘆符のような木々を。当惑し、混乱し、何をどうしたものかまるでわからなくなって、ドアの先のフォーブール通りに眼を注いだ。

彼らは互いに長いこと会っておらず、またすぐに別れを告げなければならない集団のように見えた。店主はほとんど意識しないうちに、四つのグラスにブランデーを満たした。男たちは疲れて動きの鈍い指を伸ばした。

「待ってくれ」と店主は言った。「これよりいいものがある」そして大通りで起きていることに気がついて口をつぐんだ。街灯の光が青い鉄兜《てつかぶと》に降り注いだ。機動憲兵がフォーブール通りの入口に整列し、機関銃の銃口がまっすぐカフェの窓に向けられていた。

なるほど、と店主は思った。祈りがつうじたわけだ。ではこれから自分の仕事に取りかからなければ。あちらを見ず、この連中を警戒させず、自分の身を守る。機動憲兵は勝手口も見張っているのだろうか。

「別の瓶を出そう。正真正銘のナポレオン・ブランデーだ。ものみな等しく分けよ」

カウンターの跳ね板を上げて外に出ても、不思議と勝利感は湧いてこなかった。早足にならないよう気をつけながら、ビリヤード室に向かった。どんな動きでも彼らを警戒させてはならない。ゆっくりと踏み出す一歩一歩がフランスのため、自分のカフェのため、貯金のための一撃だとみずからを奮い立たせた。娘のまえを通るときに、足をまたがなければならなかった。彼女は眠っていた。木綿の服の下で肩胛骨がくっきりと飛び出しているのがわかった。店主が眼を上げると、苦痛と絶望をたたえた弟の眼と合った。

店主は立ち止まった。何も言わずに通り過ぎることができなかった。何か説明しなければならないような、まちがった側についているような気がした。偽りの愛想のよさで、持っていた栓抜きを相手の顔のまえで振ってみせた。「もう一杯コニャックはどうだい？」

「そいつらに話しかけても無駄だよ」とコミュニストが言った。「ドイツ人だから。ひと言もわからない」

「ドイツ人？」

「だから脚が悪いのさ。強制収容所でやられた」

店主は、急げと自分に言い聞かせた。早く隣りの部屋に入ってドアを閉めなければならない、終わりはすぐそこだと。しかし、若者の食い入るような視線に感じられる絶望感に戸惑った。「彼はここで何をしてるんだね」誰も答えなかった。愚かすぎて答える必要もない質問だと言わんばかりに。店主は頭を胸にうずめるように垂れて、ふたりのまえを通り過ぎた。娘は眠り続けていた。店主はほか全員が友人同士の部屋から抜け出す、見ず知らずの人間のように感じた。ドイツ人。ひと言もわからない。重苦しい心の闇のなかから、貪欲と心許ない勝利感の隙間から、はるか昔に憶えたドイツ語の単語が、光のなかに姿を現わすスパイのように浮かび上がってきた――学校で習ったローレライの一節、戦時中に恐怖と屈服を意味した〝戦友《カメラート》〟、そしてどこからともなく思い浮かんだ〝わが弟《マイン・ブルーダー》〟。店主はビリヤード室のドアを開け、うしろ手に閉めて、静かに鍵を回した。

「またボークラインの向こうだ」客がそう説明し、広い緑の台の上に体を伸ばした。しかし彼が気むずかしそうな細い眼に皺を寄せて狙っているうちに、銃撃が始まった。一斉射撃が二度起こり、そのあいだにガラスが砕け散った。娘が何か叫んだが、店主にわかることばではなかった。床を走る足音が聞こえ、カウンターの跳ね板がばたんと鳴った。店主はビリヤード台にもたれて坐り、次に聞こえるものに耳を澄ました。が、ドアの下から、鍵穴から、沈黙が入り込んできた。

「フェルト、おいこら、フェルトが」と客が言った。店主がふと自分の手を見下ろすと、手は栓抜きをビリヤード台にねじ込んでいた。

「この馬鹿げた騒ぎに終わりはないのか」と客は言った。「私は帰る」

「待った」と店主は言った。「ちょっと待った」隣りの部屋の声と足音に聞き入った。聞いたことのない声だった。車が店のまえに止まり、やがて走り去った。誰かがドアのハンドルをガタガタいわせた。

「誰だ」と店主は呼ばわった。

「そっちは誰だ。ここを開けろ」

「よかった」客がほっとして言った。「警察だ。どこまでやってたっけ。ボークラインの向こうだったな」キューの先にチョークをすりつけ始めた。店主はドアを開けた。よし、機動憲兵が到着した。これで安心だ、ガラスは割れたけれど。コミュニストたちはまるで最初からいなかったかのように消えていた。店主は跳ね上げられた板と、砕けた電球と、割れて中身をカウンターのうしろに滴らせている酒瓶を見た。カフェは人でいっぱいだった。奇妙な安堵感とともに、勝手口に鍵をかける時間がなかったことを思い出した。

「あんたが店主か?」と隊長が訊いた。「ここにいる全員にボック・ビールを出してくれ。私にはコニャックを。早く」

店主は計算した。「九フラン五十サンチームです」そしてカウンターに顔を近づけ、音を立てて置かれる小銭を数えた。

「見ろ」と隊長はものものしい態度で言った。「われわれは払うぞ」そして勝手口のほうに首を振った。「あの連中は払ったか?」

いいや、と店主は認めた。彼らは払っていません。しかし小銭を数えて現金箱に入れながら、われ知らず心のなかで隊長の命令を繰り返していた——〝ここにいる全員にボック・ビールを出してくれ〟。あの連中は、と店主は思った。彼らの名誉のために言えば、酒に卑しくはなかった。たかがコニャック四杯だ。だがもちろん、金は払わなかった。「窓は」と彼は急にとげとげしい声で不満を述べた。「うちの窓はどうしてくれます？」

「心配するな」と隊長は言った。「政府が払ってくれる。請求書を送ればいいだけだ。私のコニャックを急いでくれ。世間話をしてる暇はない」

「見ればわかるでしょう」と店主は言った。「酒の瓶がどれほど割れたか。これは誰が払ってくれるんです」

「すべて支払われるさ」と隊長は言った。

「地下室へ行って取ってこなきゃならない」

〝払う〟ということばの繰り返しに腹が立ってきた。私のカフェに入ってきて、窓を割り、好き勝手に注文し、払って、払って、払えばことがすむと思っている。彼らは不法侵入者ではないかと思い至った。

「早くしてくれ」隊長はそう言うと、振り返って、ライフルをカウンターに立てかけた男を叱責した。

地下室の階段の上で店主は立ち止まった。なかは暗いが、バーから入る光で、半分ほど階段を下りたところに倒れている体が見分けられた。店主は激しく震えはじめた。数秒かけてやっとマッチを擦ることができた。若いドイツ人が頭を下に向けて横たわっていた。頭から出た血が下の段に流れ落ちていた。眼は見開かれ、あの人生に絶望した表情を浮かべて店主を見返していた。店主は若者が死んだことを信じたくなかった。「戦友《カメラート》」と言い、屈み込んだ。マッチの火が指先を焦がして消えた。何かドイツ語の文を思い出そうとしたが、さらに身を屈めるうちに頭に浮かんだのは、「わが《マイン・ブル》弟《ーダー》」だけだった。そこで不意に店主は振り返り、階段を駆け上がると、隊長の顔のまえでマッチ箱を振りまわし、彼に、その部下に、低く垂れた緑の笠の下で身を屈めている客に、ヒステリックな低い声をぶつけた。

「げす野郎《サロー》、このげす野郎《サロー》」

「何？　なんだと？」と隊長は声を上げた。「あれがあんたの弟だと言ったのか？　そんなことあるわけないだろうが」そして店主を見て疑わしげに眉をひそめ、ポケットで小銭をチャリチャリ鳴らした。

一九三六年

即位二十五年記念祭　Jubilee

永富友海訳

ジョージ五世即位二十五年記念祭が華々しくおこなわれた翌年一九三六年に書かれた作品である。そう言えばジョージ・ギッシングにもヴィクトリア女王即位五十年記念を背景にした『記念祭の年に』という作品があるが、そこでは女王は一切登場しない。王が登場せず、華やかな記念祭の裏で営まれるしがない個人の人生が描かれるのはこの作品も同様。これが文学の常套というものかもしれない。公と私のコントラストは、グリーンに馴染みの技法で、物語にくっきりとしたメリハリを与えている。加えてグリーンがスポットをあてたのは、すでに老齢にさしかかり日々の生活にも事欠く男娼のチャルフォント氏。王家と男娼、聖と俗、性にからんだグロテスクな戯言はこれもグリーンが好むところだが、チャルフォント氏の人生の「悲哀」を描いているといった陳腐な要約で納得するには、結末の皮肉が効きすぎているというべきか。（訳者）

チャルフォント氏はズボンとネクタイにアイロンをかけた。それからアイロン台をたたんで片付けた。彼は背が高く体形も崩れていなかった。高級住宅街であるメイフェアー地区のシェパード・マーケットから少しはずれたところに借りている家具つきの小さな一間きりのアパートで下着姿になっていても、文句なく見事な体形だった。実際は五十歳であったが、四十五歳以上には見えなかった。すっからかんになってからも、間違いなくメイフェアーの住人と思わせる風格が、彼にはあった。

彼はシャツの襟首につけるカラーを不安げに点検した。かれこれ一週間以上も外出といえる外出はしていなかった。朝夕に一回ずつ、通りの角のパブにハム・ロールを食べに行くぐらいで、そのときにはいつも外套《がいとう》を着て汚れたカラーを付けていくのだった。このカラーをもう一度使ったところでたいして見た目が悪くなることもなかろう、と彼は思った。洗濯代をけちりすぎるのは問題だ。金を稼ぐには、まず金を使わなければならない。だからといって、やたらと金をかけすぎるのも意味のないことだった。それに今はまだ食事前のカクテルの時間で、この時間帯に出て行っても、仕事のつきに恵まれるとも思えない。むしろ彼は士気を高めるために外出しようとしていた。というのも一週間もレストランとはご無沙汰という状態が続いてしまうと、遠からず何もかもが投げやりになって自分の部屋にひきこもり、せいぜい日に二回のパブ通いが関の山といった生活に陥ってしまいそうだったからだ。

冷たい風の吹く五月の外気のなかで、ジョージ五世の即位二十五年を祝う祭の飾りつけが、まだ取り外されずに残っている。荒涼としたピカデリーでは、にわか雨や煤《すす》で汚れた吹流しが侘《わび》しげにはためいている。これらの飾りはチャルフォント氏に、彼が参加することのなかった楽しいお祭りのことを思い出させた。その祭りの期間、彼は笛も鳴らさず、紙リボンを投げたりもしなかった。オルガンの音色に合わせて踊ることも、もちろんなかったのだ。折りたたんだ傘を手に、信号が青になるのを待っている彼の身奇麗な姿は、まさに「趣味の良さ」を一身に体現しているかのようであった。彼は袖口の擦り切れた箇所が見えないような角度に手を向ける術《すべ》を身につけていたし、会員の選別になかなかうるさいクラブのメンバーであることを証明するネクタイはアイロンをかけたばかりで、その日の朝買った新品だといってもおかしくないほどである。チャルフォント氏が即位二十五年祭の期間中ずっと家のなかに閉じこもっていたのは、愛国心なり忠誠心なりが欠如していたためではない。誰かがおごってくれさえすれば、チャルフォント氏は誰にも劣らぬ衷心から王のために祝杯をあげただろうが、王に対する礼節を守ることを大事だと思う気持ちよりももっと根深い本能が、外出は差し控えるべきだと彼に警告したのだ。祭りの期間中は、彼の昔の知り合い（と、彼は呼んでいた）が、ぞくぞく田舎から出てくるだろう。彼らはチャルフォント氏のもとを訪ねたいと思うかもしれないし、そうした人々を今自分が住んでいるような部屋に招くわけにはいかないではないか。彼が外出をよすことに決めた理由については たしかにこれで説明がついた。即位二十五年祭が終わるのを待っている間、不当に抑圧されているという感じを彼が抱いていたことの説明にはなっていなかったのだが。

さて記念祭も終わり、彼はまたいつものゲームに戻った。

きれいに整えられた軍人風の白い口ひげを撫でながら、彼はそれを「ゲーム」と呼んだ。お馴染《なじ》みのゲーム。急ぎ足で角を曲がってバークリー・ストリートのほうに歩いてきた誰かがすれ違いざまふざけた調子で彼を肘で軽くつつくと、「なかなかやるね、老いぼれさん」と言いながら歩き去っていった。昔よくこんな風にふざけ半分のつつき合いをしたことやら、マーディやデカパイちゃんのことなどを、彼は思い出した。先ほどすれ違った男にからかわれてしまったのは、チャルフォント氏が今まさにいいカモになりそうなご婦人たちを探していることを見透かされてしまったからだ。実際彼はその狙いを隠したくはなかった。あからさまに女の尻を追いかけることで、自分のやっている商売が洒落者のほんの気楽なお遊びにすぎないといった気分になれたからである。おかげで自分がカモにしようとしているご婦人方が実はそれほど若くはないこと、また勘定を支払うのはやれ有難いことにそのご婦人たちのほうなのだという現実を偽ることができた。マーディやデカパイちゃんたちの消息など、とっくの昔に彼のあずかり知らぬところとなっていることからも目をそらすことができた。彼の知り合いに女性はたくさんいたが、男性はほとんどひとりもいなかった。穢《けが》らわしい生活を長く送ってきたので、女性抜きの喫煙室で男たちが交わすような猥談《わいだん》を語るにはチャルフォント氏は実に適任であった。だが彼を喜んで迎えてくれるような喫煙室は、当節ではどこにもなかった。

チャルフォント氏は道を渡った。こういった生活は楽なものではない。神経も肉体も磨り減って、シェリー酒を何杯も飲まないことには、続けていける商売ではないのだ。最初の一杯は、いつも自分で払わなければならなかった。その代金の三十ポンドを、彼は所得税申告書に経費として計上していた。彼はきょろきょろせずに思い切りよくレストランに飛び込んだ。チャルフォント氏の来店の目的が、水族館のように薄暗いラウンジの光のなかをアザラシのごとくのろのろと物憂げに動き回っている女性たちの誰かを誘惑することにあるのだなどと、入り口のところにいるポーターに思われてはならないからだ。だが、彼がいつも座る席はすでにふさがっていた。

チャルフォント氏はあたりを見回して、悪目立ちせずに人の目によくつく席、入会条件の厳しいクラブのネクタイや日焼けした肌、白髪まじりの品よく見事な髪、たくましくかつエレガントな姿態、引退して植民地から戻ってきた総督といった雰囲気をそれとなく誇示できる席を探した。彼は、自分の定席に座っている女性をこっそりと観察した。どこかで彼女を見たことがある。ミンクのコートにぶくぶく太った体つき、高価なドレスを身にまとった彼女に見覚えがあった。毎日同じ場所ですれ違っている人のように馴染みのある顔だが、これといって注意をひく顔ではない。彼女は下品で陽気で、間違いなく金持ちだ。一体どこで彼女に会ったのか、どうしても思い出せなかった。

彼女はチャルフォント氏の視線をとらえると、ウィンクをしてきた。チャルフォント氏は顔を赤らめ、思わずぞっとした。こんなことはいまだかつて彼の身に起こったことはなかった。ポーターの視線はじっとこちらに向けられており、チャルフォント氏は今まさに自分がスキャンダルの瀬戸際に立たされていることを自覚した。このままでは最後の狩場であるこの行きつけのレストランにも出入りできなくなり、おそらくメイフェアー地区から完全に締め出しをくらって、慇懃《いんぎん》な色男といった体裁すらもはや繕えないようなパディントンあたりの寒々とした安酒場へと追いやられてしまうことになりかねない。そんなにわかりやすいのだろうか、と彼は不安に思った。俺の正体はそんなにも。もう一度ウィンクをしてくる暇を与えないように、彼は急ぎ足で彼女のほうに近寄った。

「失礼ですが」と彼は話しかけた。「私のことを憶えていらっしゃいますよね。ずいぶんとご無沙汰を……」

「あなたの顔には見覚えがあるわ」と彼女は言った。「カクテルを一杯いかが」

「ええ」とチャルフォント氏は言った。「シェリーであればぜひともいただきたいですね、ミセス……ミセス……えっと、苗字はなんとおっしゃるんでしたかね、すっかりお名前を忘れてしまって」

「おかしなひとね。エイミーでいいわよ」

「元気そうじゃないですか、エイミー。またお会いできるなんて本当に嬉しいな。一体何カ月ぶり、いや何年ぶりになるかな。最後に会ったのは……」

「あなたのこと、はっきりと思い出せないのよ。さっきあなたが私のほうを見ていたときはたしかに……ジャーミン・ストリートだったかしら、お会いしたことがあるのは」

「ジャーミン・ストリートだって。いやそんなはずはないですよ。あの辺りには一度も……僕がカーゾン・ストリートのフラットに住んでいた頃ですね、きっと。毎晩楽しかったな、あの頃は。あれから引っ越してね、今住んでいるところは大したことなくて、とても来てくださいと言えるような部屋じゃないんだ。いっそあなたのねぐらに行くってのはどうだろう。あなたの健康に乾杯。前よりも若く見えますよ」

「なつかしい昔に」とエイミーは乾杯に答えていった。チャルフォント氏は思わず顔をしかめた。彼女はミンクのコートを指で触りながら続けて言った。「あのね、私もう商売はすっかりよしちまったのよ」

「ああ、うまくいかなくて損をしてしまったんですね」とチャルフォント氏は言った。「やれやれ、僕も同じ目に合いましたよ。これはお互いに慰め合わないといけませんな。景気が悪いせいですよ。そう言えばあなたのご主人、僕たちの素朴で牧歌的な楽しみに全力で邪魔を仕掛けてきたあの癪《しやく》にさわる男のことを思い出しましたよ。まったく牧歌的でしたよね、カーゾン・ストリートでの夜毎の浮かれ騒ぎは」

「あら、あなた勘違いしてるわよ。わたしカーゾン・ストリートで浮かれ騒いだことなんて一度もないもの。もしかして私があの男に美人局《つつもたせ》の夫役をやらせようとしてた頃のことを言ってるの、あらあら、それじゃ何年も前のことじゃない。ボンド・ストリートからちょっと外れた馬屋みたいなところにいたときね。あなたったら、あの頃のことを覚えてるなんて。あれは私が悪かったのよ。今思えばね。それにああいうやりかたはちっとも上手くいかなかったし。あの男はどう見ても夫って柄《がら》じゃないわ。でもとにかく私はもう商売はよしちまったのよ。ああ、だけどね」と言うと、そのぽってりした唇についたブランディが匂うほど、彼女はチャルフォント氏のほうに身を乗り出した。「損したわけじゃないわよ。ちゃんと儲けたわ」

「それは運がよかったですね」

「この記念祭のおかげよ」とエイミーは説明した。

「僕のほうは記念祭の間中ずっと寝込んでましたよ」と、チャルフォント氏が言った。

「祭りは盛況だったんですね」

「素敵だったわよ」とエイミーは言った。「あのね、わたし思ったのよ、この記念祭を成功させるために、みんなが何かするべきじゃないかって。それでわたしは通りを綺麗にしたってわけ」

「よくわからないんですが」と、チャルフォント氏は言った。「飾りつけをしたってことかな？」

「ちがうわよ」とエイミーが言った。「そんなんじゃないのよ。植民地から来た人たちが、ボンド・ストリートとかウォーダー・ストリートとか色んなところで女達が客引きをしてるのを目にしたりすると、まずいんじゃないかと思ったの。わたしロンドンのことを誇りに思ってるから、この街が変なことで有名になったりするのはよくないんじゃないかってね」

「でもひとは生きていかなきゃならないんだよ」

「もちろんそうよ。わたしだって、その手のことをやってたんだもの、ねえ」

「え？」とチャルフォント氏は言った。「あなたはそんなことをしてたんですか？」

チャルフォント氏はひどくショックを受け、誰かに見られてはいないかとすばやくあたりを見回した。

「それでね、売春宿を開いて、以前一緒に客引きをしてた女達とは手を切ったの。ずいぶん危ない橋を渡ったし、もちろんいろいろお金もかかったわ。広告も出さなくちゃいけなかったしね」

「どんな風に……どうやって宣伝したんですか？」仕事柄、チャルフォント氏は興味を覚えずにはいられなかった。

「あら簡単よ。宿とは別に、旅行代理店をひとつ開いたの。ロンドン裏街道旅行とかいうツアーを組んで、ライムハウスあたりの貧民街なんかを案内するわけ。でも見終わったあとで必ず、どこか面白いところに内緒で連れてってくれないか、なんて言ってくる輩《やから》がいるもんなのよ」

「頭がいいね」と、チャルフォント氏は言った。

「それだけじゃなくて、忠誠心にも溢れてるってわけ。だって通りを一掃してあげたんだから。でももちろん、わたしが拾ってきたのは選りすぐりの女ばかりよ。厳しく選んだの。なかには、仕事をしているのは自分たちのほうなのに、ちゃっかり上前はねるなんてどういう了見さ、なんて小生意気なことを言ってくる女もいたけど、そういう奴らには言ってやったのよ、この商売を思いついたのはあんたたちじゃない、このわたしなんだよって」

「で、商売はもうやめちゃったんだね？」

「五千ポンド儲けたのよ。だからわたしにとっての記念祭でもあったわけ。わたしの顔なんか見てたら、とてもそんな風には思わないでしょうけど。わたしって昔から商売の素質があったのよ。でね、ちょっと手を広げてみることにしたの。ブライトンにも宿を開いたのよ。言わば、イングランド中を綺麗にしてあげたってとこかな。植民地から来た人たちにとってもいい具合になったわけだし。ここ数週間、この国には金がじゃんじゃん入ってきたわよ。もう一杯シェリーをいかが。あなたったらずいぶんしみったれた感じよ」

「いや、本当に僕はもう行かなくちゃならないんですよ」

「何言ってるの。記念祭じゃない、ね。お祝いしなくっちゃ。つき合いなさいよ」

「友達に会おうと思って……」

彼は力なくあたりを見回した。友達。友達の名前など、ただのひとつも思い浮かばなかった。彼は自分よりもずっと強烈な個性を前にして、すっかりしょぼくれてしまった。彼女はそこに座って、まるで大きくて華やかな秋の花のように咲き誇っていた。彼は自分の歳を感じた。これが俺の記念祭か……。擦り切れた袖口が見えていた。見えないように手の向きに気を配っておかねばならないことを忘れてしまっていたのだ。

「そうですね、じゃあ一杯だけ。これは本当に僕が払いますから」と彼は言い、その灯りを落としたお上品なレストランで彼女がテーブルをバンとたたいてボーイを呼びつけ、不満げなボーイをも威圧してしまうのを見ているうちに、彼女がそれほどまでに自信に満ち健康そうでいられるなんて不公平ではないかと思わずにはいられなくなってきた。彼のほうは神経痛の気味があるというのに、彼女ときたら浮かれまくっている。お祭りの旗やら酒やら羽飾り、行列などがよく似合っている。彼は控えめな調子で言った。「僕も行列を見たかったんですけどね、どうにもだめだったんですよ。リューマチのせいでね」と言い訳をした。趣味がいいとか悪いとか、昔ほどはこだわらなくなっていたが、それでも陽気な俗物たちがのびのびと楽しげにはしゃいでいるのを目にするのは我慢がならなかった。彼のダンスは見事だというのに、舗道で勝手放題に踊り狂う彼らのダンスには張り合えないだろう。彼は礼儀正しく上品にご婦人方に言い寄ったが、公園ではちゃめちゃに酔っ払って、狂ったように楽しげにやっている連中の愛し合い方には到底かなわないだろう。彼は自分が場違いだとわかっており、だから祭りから離れていたのだ。だがエイミーには何もかもお見通しだとわかると、屈辱を感じた。

「あなたったらすっかりだめになっちまったようね」とエイミーは言った。「二、三ポンドばかし貸してあげるわ」

「いえいえ」とチャルフォント氏は答えた。「そんな、とんでもないです」

「昔たくさんくださったじゃない」

えっ、本当にそんなことがあったのか？　チャルフォント氏は彼女のことを思い出すことができなかった。商売としてなら別だが、それ以外で女性と付き合うことは久しくなかったのだ。彼は言った。「だめですよ。本当にお借りすることなんてできませんから」彼女がバッグの中をごそごそ探っている間に、彼は自分の態度を明らかにしようとした。

「僕はお金はもらわないことにしているんです。ただし、まあ、友達の場合は別ですが」そしてやけっぱちになって認めてしまった。「もちろん商売のときも別ですが」そう言いながらも彼は彼女のバッグから目をそらすことができなかった。彼は無一文であり、そんな彼に五ポンド紙幣を見せるのは酷だった。「いただくわけにはいきません、本当に」彼の市場価格が五ポンドもしたのは、もうずっと昔の話だった。

「私にはよくわかるのよ」とエイミーは言った。「そういう商売をやってたことがあるから。あなたの気持ちはよくわかるわ。男の人が家まで送ってくれて、一ポンド握らせると、おびえたみたいにそそくさと逃げ帰っちまうなんてことがときどきあったわ。そういうときは侮辱されたみたいな気がしたもんよ。何もしてないのにお金をもらうのは嫌だったわ」

「ああ、勘違いしてらっしゃいますよ」とチャルフォント氏は言った。「そんなことを言ってるんじゃないんですよ。全然ちがうんです」

「だって、あなたが話しかけてきたときにすぐわかったわ。だから私には、そうじゃないなんてお体裁ぶったりしなくていいのよ」エイミーは容赦なく続け、そうこうしているうちにチャルフォント氏の物腰からはメイフェアー風の上品さが徐々に薄れていき、あとに残ったのは、一間のアパート、ハム・ロール、ストーブの上において暖めてあるアイロンといったみじめったらしさだけだった。「そんなにお高くとまらなくたっていいのよ。だけどもしあなたがそのほうがいいって言うんなら（私にはどのみち同じことなんだけどね、全然大した問題なんかじゃないんだから）、一緒に家にいきましょうよ。それでなんかやってくれたらいいじゃない。別にどっちだって私はかまわないんだけど、でもね、あなたがそのほうがいいっていうんなら？　あなたの気持ちはよくわかるもの」そのあとふたりは腕を組んで、記念祭の飾りつけの残った侘しい通りに出て行った。

「元気を出しなさいよ」風のせいでリボンが吹きまくられて街路灯からちぎれ、塵が舞い上がり、旗がバタバタとはためく街路を歩きながらエイミーが言った。「女は明るい顔を好むものよ」そう言うと彼女は突然陽気になってチャルフォント氏の背中をぴしゃっとたたいたり腕をつねったりしながら、しわがれた声でこう続けた。「少しくらいお祭り気分を味わわなきゃね」嫌な客をとらなければならなかった昔の仇《かたき》を、彼女はチャルフォント氏でとろうとしたのだった。なにしろ彼も今では老いぼれチャルフォント氏と呼ばれるしかない年になってしまったのだ。

一九三六年

一日の得　A Day Saved

加賀山卓朗訳

この短い作品は、追う者、追われる者というグリーンの重要なモチーフのひとつの究極形だと思う。

いわゆる不条理小説の系譜に位置づけられようが、状況の説明を排し、淡々と追う者の心境を描くことで、作者ならではのサスペンスが生まれている。短篇としての切れ味や、全体に漂う言いようのない不安感は特筆に値する。

とても七十年前に書かれたとは思えないほど、〝今〟の小説としても通用する作品だろう。

（訳者）

私は彼のうしろにぴたりとついていた——人がよく言う、影のように。しかしそれは馬鹿げたたとえだ。私は影ではない。あなたは私の気配を感じることも、体に触れることも、声を聞くことも、においを嗅ぐこともできる。私はロビンソン。けれどいつも彼の隣りのテーブルにつき、どんな通りでも二十ヤードうしろをついて歩き、彼が階段の上に行けば下で待ち、降りてくれば先に出ていって最初の角で待っている。そういう意味で、やはり影に近いのかもしれない——ときに彼のまえに現われ、ときにうしろに現われるところが。

彼は誰か。これまでずっと名前はわからなかった。小柄で、ありふれた風采で、傘を持ち歩いている。山高帽をかぶり、茶色の手袋をはめている。しかし重要なのは、彼が私のどうしても欲しいものを持っていることだった。居ても立ってもいられないほど欲しいそのものを、服のなかに隠している。小袋か財布に入れて、あるいは紐で肌のすぐまえにぶら下げて。ごくありきたりの男がどれほどずる賢くなれるか、わかったものではない。外科医は体のなかに巧みにものを挿入することができる。だから彼も肌よりもっと心臓に近い場所に隠しているのかもしれなかった。

それは何か。わかったためしがない。こちらは推測するだけだ。彼の名前を推測するように。ジョーンズ、ダグラス、ウェイルズ、キャンビー、フォザリンゲイ、いろいろな名で彼を呼ぶ。一度レストランで、飲んでいたスープに向かって低く「フォザリンゲイ」とつぶやいてみた。彼は眼を上げ、あたりをうかがったように思えた。よくはわからない。私が逃れられない恐怖はこれだ。何も知らないこと——彼の名前も、持っているものも、どうして私がそれを欲しいのかも、どうして彼のあとを尾《つ》けているのかも。

今、われわれは列車の鉄橋の下まで来た。そこで彼は友人に会った。私はまたことばを不正確に使っている。ご容赦願いたい。正確であろうと努め、正確であってほしいと祈っているのだが。私がこの世界で望むのはただひとつ、知ることだ。彼は友人に会った、と言ったが、友人かどうかはわからない。わかるのは、彼が明らかに親しみを込めて相手に挨拶したということだけだ。友人は彼に「いつ発《た》つ？」と訊いた。彼は「ドーヴァーを二時発だ」と答えた。あなたももう確信しているだろうが、そのとき私は自分の服のポケットに触れて、なかに切符があるのを確かめた。

するると友人は言った。「飛行機で行けば一日得するのに」

彼はもっともだとうなずいた。船の切符をあきらめれば、一日得する。

あなたに訊こう。彼にとって、あるいはあなたにとって、一日得することがそんなに重要だろうか。何と比べて得なのか。得してどうするのか。確かに一日かけて旅行する代わりに、一日早く友人に会えるだろう。しかしそこに永遠にいられるわけではないので、二十四時間早く家に帰ってくる。それだけのことだ。帰りも飛行機を使えば、さらに一日得する？　何と比べて得なのか。得してどうする。一日早く仕事を始められるが、永遠に仕事を続けられるわけではない。一日早く仕事が終わるだけのことだ。それで？　一日早く死ぬわけにはいかない。おわかりいただけるだろう、一日得したと考えることがどれほどの短慮であるか。あれこれ手を回して二十四時間節約しても、そのことから逃れられるわけではない。先へ先へと延ばすかもしれないが、いずれはその二十四時間を使わなければならないのだ。そしてそのときになって、いっそ何も考えず、オスタンド（ベルギーの港町）からの列車の旅で使ったほうがよかったかもしれないと思うのだ。

けれどそんな考えが彼に浮かぶはずもない。彼は言った。「うん、そのとおりだ。一日得するな。飛行機を使うよ」よほど話しかけようかと思った。人の利己主義の愚かさよ。得したと思った一日が、長年ののちに絶望の一日になるかもしれないのに。しかしそのとき絶望したのは私のほうだった。彼と同じコンパートメントで過ごす列車の長旅を心待ちにしていたからだ。冬なので乗客はほとんどいないだろう。ほんのわずかの運があれば、ふたりきりになれる。私はあらゆる計画を立てていた。まず話しかける。彼のことは何も知らないから、最初は窓を少し上げてもいいか、下げてもいいかと自然に切り出す。それで同じ国のことばを話すのが彼にもわかる。ひとり外国に入って心細いだろうから、誰かと話したくてうずうずしているかもしれない。どんなことであれ、私が援助の手を差し伸べれば、感謝に堪えないだろう。たとえば単語をひとつふたつ通訳してやるとか。

もちろん話すだけで充分だとは思わなかった。彼について多くのことを学ばなければならない。が、すべてを知ってしまうまえに、殺さなければならなくなるだろうと思っていた。おそらく夜、国境で税関の職員がわれわれの荷物を調べ、旅券に判を押したあと、日除けを下げ、明かりを消してから、いちばん距離のあるふたつの駅のあいだで殺していただろう。死体や、山高帽や、傘や茶色の手袋をどう始末するかまで考えていた。ただそれはやむを得ない場合だけだ。私の欲しいものを彼がどうしても手渡さなかった場合だけ。私は根が温厚で、容易なことでは興奮しない。

しかし今、彼は飛行機で行くことにした。私に打つ手はなかった。もちろんあとにはついて行った。うしろの席に坐り、初めての飛行でびくびくしている彼を観察した。彼は長いあいだ眼下の海を眺めることもなく、山高帽を膝に載せて身を強張《こわば》らせていた。灰色の翼が風車の羽根のように空に持ち上がり、斜め下に家々の屋根が見えると、はっと息を呑んでいた。一日得したことを、機上で何度か後悔したにちがいない。

いっしょに飛行機を降りたあと、彼は税関で少々面倒を起こした。私は通訳してやった。彼は好奇の眼差しをよこして「ありがとう」と言った。愚かで善良な人間だ――またわかったようなことを言うが、彼の態度と会話からそう判断しただけだ。しかし一瞬、彼は疑っているとはっきり感じた。私をどこかで見たと思っているのだ。地下鉄で、バスで、公衆浴場で、鉄橋の下で、あちこちの階段で。私は彼に時間を訊いた。彼は「時計を一時間戻すんですよね」と言い、馬鹿げた喜びに顔を輝かせた。一日に加えて一時間得したというのだ。

私は彼と一杯飲んだ。一杯が数杯になった。彼は助けてもらったことを、こちらが呆れるほど感謝した。ある場所でビールを飲み、別の場所でジンを飲んだ。次の店に入ると、ワインを一本分け合おうと言い張った。われわれは当座の友人になった。私はほかのどんな知人より、彼に親しみを覚えた。男女間の愛がそうであるように、私の愛情には好奇心が含まれている。私はロビンソンと名乗った。彼は名刺をくれようとしたが、探しながらワインをもう一杯飲み、それきり忘れてしまった。ふたりともいささか酔っ払った。私は彼をフォザリンゲイと呼びはじめた。彼はちがうと言わなかったから、本当にその名前だったのかもしれない。しかしダグラス、ウェイルズ、キャンビーのどれを使っても、訂正はなかった。心が広く、話しやすい相手だとわかった。愚か者は往々にして人好きがするものだ。欲しくてたまらないものがあると私が言うと、金をくれた。私が何を欲しがっているかわからなかったのだ。

私は言った。「一日得したんだから、今晩は私の知ってる場所で過ごしてもいいんじゃないか」

彼は「今晩、列車に乗らなきゃならないんだ」と答えた。そして町の名を言い、私が同じ町に行くと言っても驚かなかった。

夜遅くまでふたりで飲んで、いっしょに駅に向かった。もし必要なら、彼を殺す気でいた。掛け値なしの友情から、私は結局、一日得《セイヴ》した彼を救《セイヴ》ってやるのかもしれないと思った。けれど乗ったのは田舎の各駅停車で、列車は駅と駅のあいだを這うように進み、どの駅でも人が乗り降りした。彼が三等で行くと言い張ったせいで、車内に人気《ひとけ》が絶えることはなかった。彼はこの国のことばをひと言もしゃべれないので、ただ隅に体を丸めて眠っていた。眠れずに退屈でつらい世間話を聞かされたのは私のほうだった。使用人は女主人のことを話し、農婦はその日市場であったこと、兵士は教会のこと、そして仕立屋と思われる男は、不貞だとか、コメツキムシの幼虫（芝草などの害虫）だとか、三年前の収穫といったことを話していた。

旅が終わったのは午前二時だった。私は彼の友人の家までついて行った。駅のすぐそばだったので、計画を練る時間も、実行する時間もなかった。庭の扉は開いていて、彼は私に入るよう勧めた。私は断わり、ホテルに行くと答えた。彼は友人たちが喜んで朝まで置いてくれると言ったが、私はやはり断わった。階下のひと部屋の明かりがつき、カーテンが開いていた。大きなストーブの横で椅子に坐った男が眠っていた。盆にグラスがいくつか、ウィスキーのデカンタ、ビール瓶二本、ライン産のワインの細長い瓶が載っている。私が引き返し、彼がなかに入った途端、部屋じゅうに人があふれた。みなの眼つきや素振りで、彼を歓迎しているのが見て取れた。部屋着の女性がひとりと、か細い両膝を顎の下にかかえて坐っている少女がひとりいた。男が三人いて、ふたりは老人だった。私が見ているのは彼が推察したのはまちがいないが、彼らはカーテンを引かなかった。庭は寒かった。冬の花壇は雑草の毛皮をまとっていた。私は棘《とげ》だらけの茂みに手を当てた。友情と絆を見せつけられているような気がした。私の友人は――〝友人〟と呼ぶが、実のところ知り合いを超えるものではなく、ふたりで酔っているときだけの友人だった――彼らの真ん中に坐った。その唇の動きから、私には決して話さなかった多くのことを彼らに話しているのがわかった。一度明らかに、「一日得した」と唇が動くのがわかった。そんな彼は愚かで、お人好しで、幸せそうに見えた。長く見ていられる光景ではなかった。あんな姿を私に見せるのは失礼極まる。私はそのときからずっと、彼の得した一日がいつまでも先延ばしになるようにと祈っている。はるか先、彼に欲しくてたまらないものがあるときに、八万六千四百秒の苦しみを味わいますようにと。それは私が彼を尾けたように、彼がほかの誰かを尾けるときだ。彼もまた、私がそうだったように、ときに立ち止まり、己を安心させなければならない――あなたは私のにおいを嗅ぐことも、体に触れることも、声を聞くこともできる。私は影ではない。私はフォザリンゲイ、ウェイルズ、キャンビー。私はロビンソンだと。

一九三五年

アイ・スパイ　I, Spy

若島正訳

ドイツがイギリスへの長距離爆撃のために使用した飛行船ツェッペリン号（低速なうえ燃えやすかったためほとんどが撃墜された）への言及があることから、この短篇の舞台は第一次世界大戦中と特定できる。

I Spy とは日本で言えば「かくれんぼ」であり、鬼はかくれている者を見つけるとこの言葉を発する。だが、このタイトルは単に主人公チャーリーの行為を示しているだけではない。字義通りに解釈すれば「わたしはスパイだ」という意味であり、物語のなかのもう一人のスパイ（そしておそらくはドイツのために働く）の存在を暗示している。

ちなみに、著者の家系には諜報部関係者が多く、伯父は海軍情報部設立の功労者、妹もイギリス情報部に勤務していた。グリーン自身もスパイとして働いていた時期があり、当時の経験を活かして執筆したのがキム・フィルビー事件を基にしたスパイ小説の傑作中の傑作『ヒューマン・ファクター』である。

（編集部）

チャーリー・ストウは母親のいびきを聞きとどけてからベッドを抜け出した。それでも念には念を入れて、抜き足差し足で窓のところまで行った。家の表には凸凹があり、母親の部屋に明かりがついていれば見える。しかし今はどの窓も暗かった。探照灯が夜空をよぎり、雲の畝《うね》を照らし出して、そのすきまの暗い空間を奥深くさぐり、敵機を見つけ出そうとしていた。海から風が吹き、チャーリー・ストウは母親のいびきごしに波が打ち寄せる音を聞いた。窓枠のひびから入り込んだすきま風でナイトシャツが吹かれて、チャーリー・ストウは怖くなった。

けれども、木造の階段を十段余り下りたところにある、父親が経営する煙草屋のことを考えると、勇気が出た。彼は十二歳で、まだ煙草を吸ったことがないというので、もう州立学校のみんなからからかわれていたのだった。階段の下には、ゴールド・フレーク、プレイヤーズ、ド・レシュケ、アブドゥラ、ウッドバインズといった銘柄が積まれていて、小さな店はむっとする煙の薄いもやに包まれているので、犯罪をすっかり隠してくれるはずだ。父親の在庫品を盗むのが犯罪だということは、チャーリー・ストウにもはっきりわかっていたが、もともと父親を愛してなんかいなかった。父親はおよそ非現実的な存在で、亡霊のように、青白く、痩せていて、つかみどころがなく、息子がいることに気づくのもときたまで、お仕置きも母親に任せたりする。チャーリーは母親に対して激しい愛情を感じていたし、それを表にも出した。図体がでかくて騒々しく、うるさいまでに人の世話を焼く母親の存在が、彼の世界を満たしていた。母親のおしゃべりから判断すると、誰とでも友達らしく、教区牧師の奥さんから「女王様」まで、ツェッペリンに乗って雲の中にひそんでいる「独逸人《どいつ》」という怪物以外は、みなそうなのだ。しかし、父親が何を愛して何を嫌っているのかは、そのふるまいと同じくらいつかみどころがなかった。今晩もノーフォークに行くと言っていたが、本当かどうかは誰にもわからない。木造の階段をこっそりと下りていくとき、チャーリー・ストウには絶対見つからないという安心感はなかった。階段がきしむ音をたてると、彼はナイトシャツの襟を指でつかんでふるえあがった。

階段のいちばん下までたどりつくと、いきなりもうそこが小さな店内だった。暗すぎてどう進んだらいいのかわからないが、さすがにスイッチはつけられない。一分足らずのあいだ、彼は顎を両手で抱えて、しょんぼりといちばん下の段のところに座り込んでいた。そのとき、規則正しく動く探照灯の光が上窓から入り込み、少年は煙草の山や、カウンター、その下にあいている穴を記憶にとどめた。舗道を歩く警官の足音で、彼はあわてて手近にあった煙草の箱を一つつかみ、すばやく穴に身を隠した。床に沿って光があたり、ドアをあけようとする音がして、それから足音が通り過ぎ、チャーリーは暗がりで身をすくめた。

ようやく彼は勇気を取り戻し、もしここで捕まるんだったらどうしようもないから、煙草でも吸ってやるか、と妙に大人びた考え方で自分自身を落ち着かせた。一本口にくわえたところで、マッチを持っていないのに気がついた。しばらく彼はじっとして様子を見た。探照灯が三度店内を照らすあいだ、彼は「どのみち捕まるんだったら」とか「やーい、やーい、意気地なし」といった、あざけりや空元気の言葉を口にした。そこには大人らしさと子供らしさが奇妙にまじっていた。

しかし、身動きしたときに、通りで足音が聞こえた。何人かが足早に歩いている音だ。チャーリー・ストウはもう大きくなっていたので、その辺をうろついている人間がいるだけで驚きだった。足音が近づいてきて、止まった。店のドアに鍵が差し込まれ、「入れてやれ」という声がして、それから「すみませんが、静かにしてやってもらえませんか。家族を起こしたくないもので」という父親の声が聞こえた。ふんぎりのつかないその声には、耳慣れない調子があった。懐中電灯が光り、とたんに電球が青い光を放った。少年は息をのんだ。心臓がどきどきしているのが父親に聞こえはしないかと思って、彼はナイトシャツをしっかりつかみ、「どうぞ捕まりませんように、神様」と祈った。カウンターの割れ目から、父親が見えた。山高帽にベルト付きレインコート姿の男二人にはさまれ、片手を詰め襟にあてている。二人は知らない男だった。

「煙草でもどうですか」と父親がビスケットのように乾いた声で言った。一人が首をふった。「職務中はだめだ。申し訳ないが」やさしいしゃべり方だが、親切さはない。お父さんはきっと気分が悪いんだ、とチャーリー・ストウは思った。

「ポケットに入れていってもかまいませんか？」とストウ氏はたずねて、男がうなずくと、棚からゴールド・フレークとプレイヤーズの山を取り出し、指の先で箱を撫でた。

「まあ、どうしようもないから、煙草でも吸わせてもらいます」と父親が言った。父親がじっくりと店内を眺めまわすので、一瞬チャーリー・ストウは見つかるのではないかと恐れた。まるでそこを初めて見るような眺め方だった。「ちょっとしたいい商売でした、好きな人間にとってはね。どうせ家内は売り払いますよ。そうでなければ、近所の連中が叩き壊すでしょう。そうそう、早く切り上げたいんでしたね。今日の一針、とかいうやつだ。コートを取ってきますから」

「かまわなければ、一人一緒について行くよ」と知らない男がやさしく言った。

「それにはおよびません。ここに掛かってますから。さてと、これで準備完了だ」

ばつが悪そうに、もう一人の男が言った。「奥さんに声をかけていかないのかい？」かぼそい声がきっぱりと言った。「わたしはけっこうです。明日に延ばせることは今日するな、とか言いますから。また後でも機会はあるんでしょう？」

「もちろん、もちろんだとも」と知らない男の一人が言って、ふいに陽気で励ますような口調になった。「まあ、あんまり気にしないことだよ。生きてさえいれば……」

すると父親が突然笑い出した。

ドアが閉まってから、チャーリー・ストウはこっそりと二階に上がってベッドにもぐり込んだ。父親がこんな夜遅くにどうしてまた家を出て行ったのか、あの知らない男たちは誰なのか、不思議だった。まるで見慣れた写真が枠から抜け出して、今まで放っておかれたのを責めているようだった。詰め襟をしっかりつかみ、格言を砦にして身を守ろうとしていた父親の姿を思い出したとき、初めて、母親は騒々しくて世話好きなのに、父親はとても彼に似ていて、怖い暗がりの中で何かをしているのだと思いついた。父親のいるところまで下りていって、大好きだと言えたら嬉しかったのだが、窓のむこうで足音がすばやく遠ざかるのが聞こえた。もうこの家に母親と二人きりなのだ。そして彼は眠ってしまった。

一九三〇年

たしかな証拠　Proof Positive

越前敏弥訳

ちょっとしたホラー仕立ての趣向があり、いわゆる「ネタバレ」に配慮すべき作品なのでくわしくは書けないが、この小篇においては、緊迫感を醸成するために、丹念な描写や効果的な比喩がふんだんに用いられていることに注目していただきたい。たとえば、不思議な講演者を包む空間の寒々しさは、ヒマラヤ、香水、白いハンカチ、百合の花、裸電球などのイメージを順々に繰り出して五感を刺激することで、いっそう際立ったものとなっている。そういったディティールの積み重ねが、全篇に漂う不気味さをみごとに増幅させているのではないだろうか。むろん、無駄な形容語句はほとんど見あたらない。緻密な計算に裏づけられた、なんとも奇妙な味の逸品である。

（訳者）

疲れた声が延々とつづく。とてつもない障害を乗り越えて話そうとしているらしい。この男は病人だ、とクラショー大佐は思い、憐れみと苛立ちを覚えた。大佐は若いころにヒマラヤ登山をした経験があり、高地ではひと足進むごとに何度も息をつかずにいられなかったのを思い出した。〈ザ・スパ〉の音楽堂にある高さ五フィートの演壇が、講演者にそれと似た難儀を強いたらしい。こんなうすら寒い昼さがりに出てこなければよいものをと思いながら、クラショー大佐はグラスに水を注いで演台へ押し出した。会場の暖房はお粗末で、冬の霧の黄色い指が、数ある窓々の隙間を求めて手探りしている。講演者が聴衆からすっかり見放されているのはほぼまちがいない。聴衆は客席のそこここに散らばっていた――老齢の婦人たちは冷酷にも退屈を隠そうとせず、退役将校らしき数人の男たちは傾聴するそぶりだけ見せている。

当地の心霊学協会の会長であるクラショー大佐は、一週間余り前にこの講演者から手紙を受けとった。病のせいか年齢のせいか酒のせいか、震える文字で書かれたその手紙は、協会の緊急集会をぜひとも開くよう求めていた。世にも珍しい、真に驚くべき体験について、まだ記憶が生々しいうちに語りたいとのことだったが、どんな体験なのかは定かではなかった。書面に元インド駐留軍少佐フィリップ・ウィーヴァーという署名がなかったら、クラショー大佐も要望に応じるのをためらっただろう。同胞たる軍人のためならば、できるかぎりのことをしてやるべきだ。字の震えは年齢か病のせいにちがいない。

原因が主として後者であることは、ふたりが壇上で顔を合わせたときにはっきりした。ウィーヴァー少佐はせいぜい六十歳くらいのやせた色黒の男で、不恰好で頑固そうな鼻と、冷たさをたたえた目の持ち主だった。神秘的なことなどおよそ体験しそうにない人物だ。クラショーが最も不快に感じたのは、香水を使っていることだった。胸ポケットから垂れた白いハンカチが、祭壇いっぱいの百合にも負けない強烈な甘い芳香を放っていた。何人かの婦人が鼻の化粧をはじめ、レッドビター大将は、煙草を吸ってもかまわないかと大声で尋ねた。

ウィーヴァーが事態を察したのは明らかだった。挑発するような笑みを浮かべて、ひどくゆっくりと言った。「煙草はご遠慮いただけませんか。このところ喉を痛めているもので」クラショーは、ひどい天気ですな、流感で喉をやられる人が多い、と小声で言った。ウィーヴァーは例の冷たい目をクラショーへ向け、じっくりと値踏みしつつ、客席の半ばまで届く声で答えた。「わたしの場合は癌です」

度を超した私的な告白による愕然とした気まずい沈黙のなか、ウィーヴァーはクラショーからの紹介を待たずに話しだした。はじめは急いでしゃべっているようだった。ことばの流れがひどく悪くなったのは、もう少しあとのことだ。ときに金切り声に近くなる高い声は、練兵場では恐ろしく不似合いだったにちがいない。心霊学協会への賛辞をいくらか述べたが、それは反感を呼び起こすのにちょうどよいくらいの大げさな言いまわしだった。こうして話をお聞かせできて喜ばしい、とウィーヴァーは言った。いまから申しあげることは、物質と霊魂の相対的価値に関するみなさんの考えを覆すことになるでしょう、と。

神秘体験か、とクラショーは思った。

ウィーヴァーの高い声が矢継ぎ早に陳腐なことばを発しはじめた。霊魂はだれもが想像する以上に強いものだ、心臓や脳や神経の生理作用は霊魂に支配されている、霊魂こそがすべてだ、と。さらに、繰り返し言い、甲高い声がコウモリのように天井へ舞いあがった。「霊魂は、みなさんがお考えになっているよりはるかに強いのです」手を喉にあて、窓ガラスとそこへにじり寄る霧とを横目でにらみつけたあと、薄暗い昼さがりに熱と貧弱な光を放ってじりじり鳴る裸電球を見あげた。「霊魂は不滅です」と真剣に語りかけると、聴衆は落ち着きなく居心地悪そうに座席で身じろぎした。

声に疲れが漂い、ことばがつかえはじめたのは、このときだった。聴衆からすっかり見放されたことに気づいたからだろう。後方の座席にいた老齢の婦人が鞄から編み物を取り出しており、編み棒に光があたるたびに壁に反射して、霊魂の皮肉な輝きのように見えた。一瞬、ウィーヴァーの瞳から冷たさが消えた。眼球がガラス玉に変わったかのごとく、そこに虚無だけが残されたのをクラショーは見てとった。

「ここが大事なところです」ウィーヴァーが声を張りあげた。「物語をひとつ披露しましょう――」いっとき、聴衆はこの具体性のある約束に関心を寄せたが、婦人の編み棒が動きを止めたことも講演者の気持ちを鎮めはしなかった。ウィーヴァーは聴衆すべてに冷笑を向けて言い放った。「〝しるしと奇蹟〟（新約聖書に頻出するフレーズ）です」

そして、完全に話の筋道を失った。

手を喉のあちらこちらへやり、シェイクスピアや、さらには聖パウロによる「ガラテヤ人への手紙」を引用した。ことばが緩慢になるにつれてまるで脈絡がなくなったが、無関係なふたつの概念を並べてみせる巧みさに、クラショーはときおり驚かされた。つぎからつぎへと話題を変えながら、筋道を意識下でぼんやりと感じている老人のひとりごとのようだ。「シムラに赴任していたとき」と言いながら、兵営の庭に降り注ぐ陽光のきらめきを避けるかのように眉をひそめたが、おそらく霜や霧や色あせた壁のせいで記憶が断ち切られたのだろう。うんざり顔の聴衆に向かって、またもや強調しはじめた。肉体が滅びても霊魂が滅びることはなく、肉体は霊魂の意志によって動いているにすぎない。われわれは断固として、粘り強く闘うべきであり……

哀れだ、とクラショーは思った。この病人は自分の信念にしがみついている。まるで、生命が瀕死のひとり息子であり、その息子となんらかの交信手段を残したいと希《こいねが》っているかのようだ……

クラショーのもとに聴衆から一枚の書きつけが届いた。ブラウン医師という、三列目にいる目端のきく小男からだった。協会では、いわば手飼いの懐疑論者として大切にしている。そこにはこう記されていた――〝やめさせることはできないのか。あの男は見るからに重病だ。それに、いずれにせよ、あんな話がなんの役に立つのかね？〟

　クラショーは視線を横へ向け、それから仰ぎ見た。舌へ嘘を与える泳ぎがちの冷たい目と、ハンカチに染みこませた香水の激越なほど甘いにおいを前にして、憐憫の情が消えていくのを感じた。この男は〝部外者〟だ。帰宅したら古い陸軍将校名簿で記録を確認しよう。

「たしかな証拠を」ウィーヴァーは、ことばの合間に耳障りな疲労の吐息を漏らしながら話しつづけている。クラショーが演台に腕時計を置いたが、ウィーヴァーは気にも留めない。演台のへりを片手でつかんで体を支えている。「みなさんにお見せします」ますます話すのがつらそうだ。「たしかな、しょ……」声がかすれ、針がレコードの終わりに達したときのように黙したが、静寂は長くつづかなかった。表情のない顔から、猫の甲高い鳴き声とでも形容するほかない音が発せられ、聴衆の関心を引き寄せた。さらに、感情や認知のかけらも示さぬまま、意味不明の音、口先で低くささやく声、奇妙なやかましい音を出しながら、指でこつこつと演台を叩きつづけた。それらの音はおびただしい数の交霊会を想起させる。がんじがらめの霊媒師、中空で振り鳴らされるタンバリン、霊が暗闇でつぶやく無駄言《むだごと》、陰気さ、空気のない部屋。

　ウィーヴァーがゆっくりと椅子に腰をおろすと、その頭は後ろに反り返った。ひとりの老女が怯えたように叫びはじめたので、ブラウン医師が壇上へよじのぼって、ウィーヴァーに身を寄せた。そのポケットからハンカチを出してほうり投げる医師の手が震えているのを、クラショー大佐は目にした。別のもっと不快なにおいに気づいたとき、ブラウン医師が小声で言うのが聞こえた。「みんなを外へ出してくれ。この男は死んでいる」

その口調は、あらゆるたぐいの死を見慣れているはずの医師には珍しく、動揺した響きを帯びていた。クラショーは指示に従う前に、死んだ男を医師の肩越しに見やった。ウィーヴァー少佐の様子に胸騒ぎを覚えた。長年生きてきて、銃で自殺した男や戦場で命を落とした男など、さまざまな死人を見たものだが、こんな死にざまにはお目にかかったことがなかった。死後かなり経過したのちに海から引きあげられた死体を思わせる。熟れきった果物のように、顔の肉がいまにも崩れ落ちそうだ。そのため、ブラウン医師がつぎにつぶやいたことばにも、たいして驚きを覚えなかった。「一週間前には死んでいたにちがいない」

大佐が最も考えこんだのは、ウィーヴァーの主張だった。〝たしかな証拠〟――おそらくそれは、霊魂が肉体より長く生き、永遠を味わっている証拠という意味だったのだろう。けれども、この男がはっきりと証明したのは、肉体の助けがないと、霊魂といえども七日もすれば支離滅裂なたわごとをささやく存在に堕するということだけだった。

一九三〇年

第二の死　The Second Death

越前敏弥訳

なるべく訳注を入れたくないというのは、ほとんどの翻訳者に共通する信念だろうが、この作品では入れるべきかどうかでずいぶん迷った。「第二の死」とは「ヨハネ黙示録」に何度も出てくることばで、そのことからしてもこれは聖書を下敷きにした作品だと想像できる。実際、終盤の描写は新約聖書のある部分を連想させるのだが、これにはさまざまな解釈が成り立つ以上、割注の形をとらずに読者のみなさんのご判断におまかせすることにした。興味のあるかたは、「ルカによる福音書」第七章十一節から十七節と、「マルコによる福音書」第八章二十二節から二十六章を参照してもらいたい。これはあくまでひとつの解釈にすぎず、いろいろな読み方をしていただければと思う。

（訳者）

　夕方、彼女は村はずれの木立の下でぼくを見つけた。ぼくは前から彼女が好きではなかったから、やってくるのに気づいたら、どこかに隠れたはずだ。あいつの行状が悪かった責任は、親である彼女にあったと思う。もっとも、あれが悪い行状だったとすればの話で、ぼくはけっしてそうは感じていない。何しろ彼は寛大で、ほかの村人たちのように卑しくもなかった。その気になればそういう連中の名前をいくつかあげられる。

　ぼくは一枚の木の葉に目を凝らしていた。そうでもなければ、彼女になど見つかったはずがない。風でやられたのか、それとも村の子供が投げた石でもあたったのか、その葉は柄がちぎれかかって小枝から垂れていた。丈夫な緑色の皮の部分だけでそこにぶらさがっていたわけだ。ぼくがしげしげと観察していたのは、表面を一匹の青虫が這って、葉が前後に揺れていたからだ。青虫は小枝をめざしており、はたしてそこまで無事にたどり着けるのか、木の葉もろとも水のなかへ落ちてしまうのかと、ぼくは気を揉んでいた。木立の下には小さな池があり、土壌がかなり粘土質なので、その水はいつも赤っぽい。

青虫が枝へ行き着いたかどうかは知りようがない。さっきも言ったように、あの疎《うと》ましい女に見つかったからだ。現われたとはじめて気づいたのは、耳もとで声がしたときだった。

「あんたを捜すのに、酒場を全部まわったんだから」あの老いた甲高い声だった。あたりに酒場は二軒しかないのに、〝全部〟と言うあたりが、いかにも彼女らしい。たいして骨など折っていないくせに、いつも手柄にしたがる。

ぼくは苛立って、思わずいくぶんきつい口調になった。「そんな骨折りなど無用だったんです」ぼくは言った。「こんな天気のいい晩に酒場にこもってるはずがないことくらい、おわかりでしょう」

老女の意地の悪さが影をひそめた。ほしいものがあるときは、決まって物腰が柔らかくなる。「うちの不憫《ふびん》な息子のことなんだよ」と言った。つまり、あいつは病気というわけだ。彼が元気なときには、〝あのどら息子〟以上の呼び方をしたためしがない。毎晩かならず、彼女は夜半までに息子を帰宅させた。こんなちっぽけな村で、どれほどひどい悪事を働くことができるというのだろうか。もちろん、すぐにぼくらは欺《あざむ》くすべを見つけたけれど、その考え方は納得できなかった。いくら尻に敷く夫がいないからといって、三十を超えた大の男に母親があれこれ指図するなんて。ところが、彼の具合が悪くなると、たとえちょっとした悪寒《おかん》程度でも、たちまち〝うちの不憫な息子〟に変わる。

「息子が死にそうなんだよ」彼女は言った。「あの子がいなくなったら、あたしはいったいどうすればいいんだい」

「でも、ぼくにできることがあるとは思えません」ぼくは腹を立てていた。というのも、彼は前にも死にかけたことがあり、そのとき彼女は、ほんとうに埋葬する一歩手前までのことをやってのけたからだ。今回もどうせ同じたぐいで、回復するものだろうと思った。一週間ほど前、彼が丘をのぼって胸の大きな農場の娘に会いにいくのを見かけたものだ。目で追っていくと、やがてその姿は小さな黒い点になり、農地の四角い箱のそばで急に止まった。ふたりがよく逢引きしている納屋だ。ぼくはとても目がよく、どれほど遠くまでどんなにはっきり見えるかを試すのは楽しい。夜半を過ぎてからまた彼に会い、母親に気づかれずに家へもぐりこむ手伝いをしてやったが、そのときは少しくたびれて眠たげだったとはいえ、すこぶる元気そうだった。

意地の悪い老女はまたせっついた。「あの子があんたを呼んでるんだよ」金切り声で言う。

「そんなに重病だったら、医者を呼ぶほうがいいんじゃありませんか」

「医者にはもう来てもらってるよ。だけど、手の施しようがないそうだ」これにはたしかに一瞬ぎくりとさせられたが、「あの小利口者、仮病を使ってるな。何か企んでるにちがいない」と思いなおした。狡猾な男だから、医者でさえだまされかねない。モーセをも欺けそうな発作の演技を見たことがある。

「頼むから来ておくれ」彼女が言った。「怯えてるらしいんだよ」割れた声には真実味がこもっている。たぶん彼女なりの流儀で息子を愛しているのだろう。少し気の毒に思えてならなかった。息子のほうは露《つゆ》ほども母親を気にかけておらず、それを隠そうとしたこともないからだ。

ぼくは、木立と赤い池ともがく青虫をあとにした。〝不憫な息子〟が呼んでいるというのだから、彼女がぼくを解放してくれるはずがない。もっとも、一週間前なら、あらゆる手を尽くしてぼくらふたりを引き離そうとしただろう。息子があんなふうなのはぼくのせいだと思いこんでいる。情欲に駆られたあいつを、ものにできそうな女から遠ざけておくことは、この世のだれにもできないことなのに。

　彼らの家に正面玄関からはいったのは、ぼくがこの村へ越してきてからの十年間で、今回がはじめてにちがいない。ぼくは面白半分に彼の部屋の窓へ目を向けた。先週ふたりで使った梯子《はしご》のあとが壁に残っている気がした。あのときは、梯子をまっすぐ立てるのに少し手間取ったが、母親はぐっすり眠っていた。梯子は例の納屋から彼が運んできたもので、彼が無事に部屋へもどったあと、ぼくが納屋まで持ち帰った。とはいえ、彼のことばを信用してはいけない。あいつは親友にまで嘘をつき、ぼくが納屋へたどり着いたときには、娘はいなくなっていた。母親の金で買収できないとなると、他人に約束させて買収するようなやつなのだ。

　玄関から足を踏み入れるや、ぼくは落ち着かない気分になった。家が静まり返っているのは不思議でもない。ほんの数マイル先に母親の義理の妹が住んでいるけれど、親子とも、家に泊めるほどの友人を持っていないからだ。ぼくが不快に思ったのは、医者がぼくらを出迎えるために階段をおりてきたときの足音だった。死が何か神聖なものであるかのように、その医者は敬虔《けいけん》そうにきびしく顔をゆがめてみせた。ぼくの友人の死だというのに。

「意識はあります」医者が言った。「しかし、時間の問題です。もはやどうすることもできません。穏やかに死なせてあげたいなら、ご友人に二階へ行ってもらったほうがいい。息子さんは何かを恐れています」

医者の言うとおりだった。戸口の横木の下で身をかがめ、部屋へはいったとたん、そう気づいた。彼は枕をあてがって上半身を起こしたまま、扉に視線を据えてぼくを待っていた。目は怯えを浮かべて輝き、前髪は束になって額に張りついている。これほど醜い男だとは思わなかった。もともと、ずる賢そうな目で並はずれた横にらみをしていたが、健康に問題がないときは、瞳のきらめきがその狡猾さを忘れさせた。どこか人懐こさとふてぶてしさを感じさせ、〝狡猾で醜いのはわかってるさ。だが、それがなんだ？　おれには度胸がある〟とでも言わんばかりだった。おそらく何人かの女はそのきらめきに魅力を感じ、そそられたのだろう。きらめきが失われると、ただの悪党にしか見えない。

彼の気を引き立たせるのが自分の役目だと感じたので、ひとりきりでベッドにいることについて、ちょっとした冗談を言ってやった。まったくおもしろがらないので、こいつまで死を宗教めいた考えで受け止めているのかと心配しはじめたとき、かなりきびしい口調で、すわれと命じられた。

「おれはもうすぐ死ぬ」彼が早口でまくし立てた。「だから、おまえに頼みがある。あの医者じゃだめなんだ――おれがうわごとを口走ってるとでも思うだろうから。なあ、おれはこわい。安心させてもらいたいんだ」そして、長い沈黙ののちに言った。「だれか常識のあるやつにな」体が少しずり落ちた。

「いままで重い病気にかかったのは一度だけだ」彼は言った。「おまえがここへ越してくる前だよ。おれはまだ子供も同然だった。あとで聞いた話だと、おれは死んだとまで思われたらしい。墓場へ運ばれる途中、ぎりぎりのところで医者が止めにはいったそうだ」

　そんな話は何度も聞いたことがあるし、なぜその話をぼくに聞かせたいのか理解できなかった。やがて、真意が読めた気がした。母親は息子がほんとうに死んだのかどうかを真剣に見極めなかったわけだ。そうは言っても、これ見よがしの悲しみに暮れたのはまちがいあるまい。〝不憫な息子。あの子がいなくなったら、あたしはどうすればいいんだい〟。そのときもいまも本気にちがいない。彼女は人殺しではない。単に軽率なところがあるだけだ。

「なあ、いいか」言ってから、枕で上半身を少し起こしてやった。「こわがる必要はないさ。きみは死にやしない。どのみち、おおごとになる前に、あの医者に血管の手術か何かをさせればいい。だけど、そんな陰気くさい話はやめよう。賭けてもいいけど、きみの人生にはいくらでも時間が残されてるよ。それに、女の子だっていくらでもいる」最後のことばで笑みを誘うつもりだった。

「そういう話はやめてくれないか」そのことばで、彼がほんとうに信心深くなったと実感した。「おれはな」彼は言った。「生きながらえたら、もう女には指一本ふれないつもりだ。ぜったいに、ひとりもな」

ぼくは笑うまいとしたが、真面目な顔でいるのは大変だった。病人の倫理観というのは、いつもどこかずれているものだ。「とにかく」ぼくは言った。「何もこわがることはないよ」

「そうじゃないんだ」彼は言った。「このまえ息を吹き返したとき、おれは自分がたしかに死んでいたと感じた。眠ってるのとはぜんぜんちがった。安らかに瞑するというのともちがう。だれかがすぐそばにいて、そいつがおれのことを何もかも知ってたんだよ。これまでに関係を持った女たちのことも全部だ。ひよっこ並みの小娘のことまでな。おまえが来る前の話さ。その子は一マイル先の、いまレイチェルの家があるところに住んでたんだが、あのあと家族といっしょにどこかへ越しちまったんだよ。で、そいつはお袋から失敬した金のことまで知ってた。盗んだつもりはない。親子のあいだだからな。弁解する機会がなかっただけだ。おれが何を考えてるかまで知ってたよ。頭のなかまではどうすることもできないのに」

「悪い夢さ」ぼくは言った。

「ああ、ただの夢にちがいないよな？　病気のときにだれもが見る夢だ。それからおれは、自分の身に何が起こるのかも目にした。痛いのはたまらない。そんなの不公平だと思った。だから失神したかったのに、できなかったんだ。死んでたから」

「夢だよ」ぼくは言った。彼の恐怖のせいで不安になった。「夢だよ」と繰り返した。

「ああ、ただの夢にちがいない——そうだな？　だって、目が覚めたんだから。不思議なことに、気分がよくて力もみなぎってたよ。起きあがって道に立つと、少し先に埃を巻きあげる小さな人だかりがあって、ひとりの男と連れだって立ち去るところだった。その男は、おれを埋めるのを止めてくれた医者だったよ」

「それで？」ぼくは言った。

「なあ、あれがほんとうだったとしたらどうだ。おれがほんとうに死んでたんだとしたら？　当時はそう信じてたし、お袋もそうだった。まあ、あの人はあてにならないがね。それから何年か、おれは真面目に暮らしたよ。言ってみれば第二の機会のつもりだった。そのうちに霧がかかったみたいにぼんやりして、なんとなく……どうもありえないことに思えてきた。ありえないさ。ありえないに決まってる。そう思うだろう？」

「ああ、ありえないとも」ぼくは言った。「その手の奇蹟は近ごろ起こらない。なんにせよ、きみの身には起こりっこないだろうな。それも、よりによって広い世界のこんな場所で」

「ぞっとするよ」彼は言った。「もしあれがほんとうの出来事で、また一から経験しなきゃいけないとしたらな。夢のなかでどんな目に遭いそうになったか、わからないだろう？　こんどはあれどころじゃすまない」いったん口をつぐみ、しばらくしてから、事実を述べるかのように言い添えた。「人間は、死んだら永遠に無意識の状態になれないんだ」

「もちろん夢だったんだよ」ぼくは彼の手を握り締めた。彼の空想に恐怖を覚えていた。早く死んでくれればいいと思った。そうすれば、怯えて血走った狡猾な目から逃れて、何か明るくて楽しいもの、たとえば、さっきの話に出た、一マイル先に住むレイチェルにでも会えるのに。

「とにかく」ぼくは言った。「そんな奇蹟を起こす男がいたら、ほかにもいろいろ噂が伝わってくるはずだ、まちがいない。こんな、神に見捨てられたところにもね」

「噂はあるさ。ただ、貧しいやつらのあいだでしか広まってないし、連中はなんでも信じるだろう？　病人や体の不自由なやつが、おおぜいその男に癒されたって話だ。生まれつきの盲人が、まぶたにさわってもらっただけで見えるようになったらしい。どれもこれも、年寄り女のするようなくだらない作り話だろう？」彼は恐怖でことばを詰まらせながら尋ねたのち、いきなり押しだまって、ベッドの片側で丸くなった。

ぼくは「ああ、みんな嘘に決まってる」と言いかけてやめた。もう必要がなかったからだ。いまできることは、階下へおりて母親を呼び、息子の部屋へ行って目を閉じてやってくれと伝えることだけだ。ぼく自身は、たとえ世界じゅうの金を積まれても彼のまぶたにふれるつもりはなかった。久しぶりに、遠い遠いあの日のことを思い出した。あの日、ぼくのまぶたに唾を思わせる冷たい手がふれ、目をあけると、木のような男が木のような人たちに囲まれたまま立ち去るのが見えたのだった。

一九二九年

パーティの終わり The End of the Party

古屋美登里訳

この作品では「かくれんぼ遊び」がとても重要な役割を担っています。日本ではかくれんぼの鬼はひとりと決まっていますが、イギリスでは鬼のほうが多数なので、隠れるほうは必死になります。しかも、屋外ではなく暗い家のなかでするとなればなおさらです。かくれんぼ遊びには、子どもならではの残酷さと興奮と恐怖がつきものです。この作品を読んでいるうちに、庭の隅であるいはカーテンの陰で、自分の心臓の音が聞こえるほどのしんとした時間を過ごしたことを思い出しました。また、ヒッチコックの映画でも観ているような気持ちにもなりました。ヒッチコック劇場で映像化されたことがあるかもしれない、と思って調べてみたのですが、そういうことはありませんでした。それにしてもこの作品の最後の恐怖はかなりのもので、心の中で思わず悲鳴をあげてしまいました。

（訳者）

ピーター・モートンがはっとして起きあがると、夜は明けたばかりだった。雨が窓ガラスを叩いている。今日は一月五日だ。

ピーターは、ナイトスタンドが水たまりのように照らしているサイド・テーブルの向こうにあるベッドを見やった。弟のフランシスはまだ眠っていたので、ピーターは弟の寝顔を見ながらまた横になった。いま見ているのは自分だと想像すると、ちょっとおかしな気持ちになった。同じ色の髪、同じ形の目と唇と頬をしている。しかし、その想像に飽きて、今日が重要な日であることに思いを戻した。一月五日。ヘンファルコン夫人がこの前子どもパーティを開いてからもう一年が経つなんて、信じられない。

突然フランシスが跳ね起き、腕で顔を覆うようにして口を塞いだ。ピーターの心臓が高鳴りだした。嬉しいからではない。不安からだ。ピーターは体を起こすと、サイド・テーブル越しに声をかけた。「目を覚ますんだ」フランシスは肩をぶるっと震わせ、拳を宙に突きだして上下に動かしたが、目はまだ閉じている。ピーター・モートンは、部屋全体が暗くなったような気がした。まるで巨大な鳥が舞い降りてきたような感じだ。ピーターはもう一度フランシスに呼びかけた。「目を覚ませ」再び銀色の光が射し込み、窓には雨が降りかかっている。フランシスが目をこすった。「呼んだ？」とフランシスは言った。

「怖い夢を見ていたんだろ」ピーターは言った。これまでの経験から、ふたりの心がたがいの影響を受けることがわかっていた。しかし、ほんの数分の違いとはいえ、自分の方が先に生まれてきたのだ。弟が痛みと闇に苦しんでいるあいだ、少しのあいだ長く浴びていた光のせいで、さまざまなことに怖れを抱く弟を守らなければという本能と独立心が身についた。

「ぼくが死んじゃった夢だ」とフランシスが言った。

「どんなふうに」とピーターは訊いた。

「思い出せない」

「大きな鳥が出てきただろ？」

「そうだったかな」

　ふたりは向き合ったまま黙って横たわっていた。同じ緑色の瞳、先が少し傾いている同じ形の鼻、引き結ばれた唇、線の細い顎。今日は一月五日だ。ピーターはまた思いに耽った。ケーキや、勝つともらえる褒美の品々のことをぼんやり考えた。卵運び競走、林檎取りゲーム、目隠し遊び。

「行きたくないよ、ぼく」フランシスが突然言った。「だって、ジョイスが来るだろうし……メイベル・ウォーレンも来るし」子どもパーティのことを考えると決まってあのふたりのことが思い出されて、それがフランシスには耐えられなかった。ふたりともフランシスより年上だ。ジョイスは十一歳、メイベル・ウォーレンは十三歳。長いポニーテールを傲慢そうに揺らしながら、大股で歩いた。ふたりが女の子であることがフランシスの自尊心を傷つけた。フランシスが卵を取り落としそうになったとき、ふたりは蔑んで伏せた瞼の下から、じっと彼を見ていた。それに、去年は……。フランシスはピーターから顔を背けた。頬が紅く染まった。

「どうした？」とピーターが言った。

「いや、別に。具合がよくないみたい。風邪を引いたんだよ。パーティには行かないほうがいいと思う」

ピーターは途方に暮れた。「でもさ、フランシス。ひどい風邪なの？」

「パーティに行ったら、きっとひどくなるよ。死んじゃうかもしれない」

「じゃあ、行かないほうがいい」ピーターがすべての難問を一言で解こうとしてそう言ったので、フランシスは昂ぶった神経を落ち着かせ、ピーターになにもかも任せる気持ちになった。そしてピーターが自分のほうに顔を向けないことに感謝していた。フランシスの頬は屈辱的な記憶でまだ紅く染まっていた。去年、暗い家のなかでかくれんぼをしたときのことだ。メイベル・ウォーレンにいきなり腕を触られて、思わず悲鳴をあげてしまった。彼女がやってくる気配に気づかなかった。女の子というのはそういうものだ。靴音ひとつたてない。床板を軋《きし》ませもしない。猫のように忍び寄ってくる。

子守がお湯を持って部屋に入ってきたとき、フランシスはピーターにすべてを任せて静かに横たわっていた。ピーターが言った。「ねえ、フランシスが風邪を引いたんだ」

背が高くて堅物の子守はタオルを洗面器に入れると振り向きもせずに言った。「洗濯物は明日にならないと戻ってきませんから、フランシスにハンカチを貸してやってください」

「でもね、ベッドで寝ていたほうがいいんじゃないかな?」とピーターは言った。

「午前中に散歩に行きます。風が病原菌を吹き飛ばしてくれますよ。さあ、起きなさい、ふたりとも」そう言って子守は出ていき、扉を閉めた。

「ごめんよ」とピーターが言った。「ベッドにいればいいよ。気分が悪くて起きられない、ってぼくから母さんに言うから」運命に抗《あらが》う気力はフランシスになかった。ベッドにいたら両親がすぐに部屋までやってきて、胸を触診し口のなかに体温計を押し込み、舌を調べられて仮病がばれてしまうだろう。気分が悪いのは本当のことだった。胃が空っぽでむかむかし、動悸も速くなっていたが、それは恐怖のせいだとフランシスにはわかっていた。パーティに行くのが怖かった。ピーターと離ればなれになって、かすかな安らぎを与えてくれる常夜灯の光もない闇のなかに、たったひとりで隠れなければならないのが怖かった。

「いや、いいよ。起きる」そう言うと、急に気持ちが沈んだ。「でも、ヘンファルコンさんのパーティには行かない。神に誓って、絶対に行かない」きっとなにもかもうまくいくさ、とフランシスは思った。神様は、こんな厳粛な誓いをぼくに破らせるようなことはしないはずだもの。きっといい方法を見つけてくれる。午前中まるまると、それから午後の四時まで、時間はまだたっぷりある。朝霜で芝生が凍《い》てついているこんな時間に心配することなんかないんだ。なにかが起きる。怪我するとか、足の骨を折るとか、ほんとにひどい風邪を引いちゃうとか。神様がきっとうまくやってくれる。

フランシスは神の御業《みわざ》に信頼を寄せていたので、朝食の際に母親が「風邪を引いたんですって？　フランシス」と言ったときには、その言葉を軽く受け流した。「夕方にパーティがなければ、もっと大げさに騒いでいたでしょうに」と母親が皮肉っぽい口調で言っても、母親が息子のことをなにもわかっていないことに内心笑いもしたし、呆《あき》れもしたし、がっかりもした。午前中散歩に出たときにジョイスに出くわさなかったら、フランシスの幸福感はもっと長く続いたことだろう。そのときフランシスは子守とふたりだけだった。ピーターはウサギ小屋を完成させるために物置にいたからだ。もしピーターがいっしょだったら、フランシスは気にもかけなかっただろう。子守はピーターの面倒も見ていたが、そのときはフランシスひとりで散歩に行かせては不安だからという理由で、フランシスのためだけに雇われているような格好だった。ジョイスは二つしか年が違わないのに、ひとりで散歩に出ていた。

ジョイスはポニーテイルを揺らしながら大股でふたりのほうにやってきた。フランシスを蔑んだような目で見てから、子守にこれみよがしな態度で話しかけた。「おはよう。夕方のパーティにはフランシスを連れて来るんでしょ？　メイベルとわたしは行くわよ」そして、またメイベル・ウォーレンの家のほうに向かって、人っ子ひとりいない通りをわざと堂々とした足どりで歩き去った。「いいお嬢さんね」と子守が言った。だが、フランシスは返事をしなかった。心臓が飛び跳ねるように高鳴っている。あっという間にパーティの始まる時間になってしまう。神様はなにもしてくれず、時間は刻々と過ぎていった。

時間が瞬く間に過ぎていったので、うまい言い逃れを考えることも、来《きた》るべき災難に臨む心の準備をすることもできなかった。恐慌を来《きた》して気が狂いそうになったのは、なにひとつ覚悟ができないままふと気がつくと寒風を避けるためにコートの襟を立てた格好で玄関の上がり段に立っていて、闇の向こうを細々と照らす子守の懐中電灯の明かりを見ていたときだった。後ろでは大広間の明かりが輝き、召使いが食事の用意をしている音が聞こえた。今夜は両親ふたりだけで夕食をとることになっている。フランシスは、家のなかに駆け込んで、パーティに行きたくない、絶対に行かない、と母親に訴えたい衝動を必死でこらえた。ぼくをパーティに行かせないで。言ってはいけない言葉を口に出して、無知の壁を突き破り、これまで親に知られずにすんでいた心の弱さをさらけ出してしまいそうだった。「行きたくないよ。ぼくは行かないからね。絶対に行かない。暗闇でかくれんぼしなくちゃいけないんだ。ぼくは闇が怖いんだよ。きっと悲鳴をあげる。悲鳴をあげてしまうよ」それを聞いた母親の顔に面白そうな表情が浮かぶのが、手に取るようにわかる。そして、自信に溢れた大人ならではの温かみのない受け答えが返ってくるのだ。

「ばかなことを言うもんじゃありません。行かなければだめよ。ヘンファルコンさんのご招待を受けているんですよ」でも、ぼくを行かせちゃいけないんだよ。玄関の上がり段でぐずぐずしながら、子守が霜の降りた芝生を踏みしめて門まで歩いていく音を聞いていたフランシスにはそれがわかっていた。そうしたら、ぼくはこう答えるんだ。「ぼくは病気だって言ってよ。ぼくは行かない。暗闇が怖いんだ」そうしたら、母さんは「なに言っているの。暗闇には怖いものなんていないのよ」と言うだろう。でも、ぼくにはそんなこと嘘だとわかっている。母さんたちは死を怖れることはない、とも言って、死のことをできるだけ考えないようにしているんだ。でも、母さんたちはぼくをパーティに行かせちゃいけないんだ。「きっと悲鳴をあげる。悲鳴をあげてしまう」

「フランシス、行きますよ」青光りする薄暗い芝生の向こうから子守の声が聞こえ、懐中電灯の黄色い光が丸く、樹と茂みを照らすのが見えた。「いま行くよ」フランシスは絶望して言った。いまここでいちばん知られたくない秘密を自分からばらして、母との遠慮深い関係を終わりにするわけにはいかない。それにまだヘンファルコン夫人に訴えるという最後の手段が残されている。フランシスはそう自分を慰めながら、しっかりした足取りで玄関の間を横切り、そのとても小さな体で夫人の巨体と向かい合った。心臓は不規則に鼓動していたが、なんとか落ち着いた声を出し、非の打ちどころのない発音で挨拶した。「今晩は、ヘンファルコンさん。パーティにお招きいただいて、ほんとうにありがとうございます」夫人のふくよかな胸の高さまで緊張した顔を上げて丁寧な挨拶をしたフランシスは、まるで萎《しな》びた老人のようだった。双子の片割れとして、フランシスはいろいろな意味でひとりっ子だった。ピーターに話しかけるのは、鏡に映った自分に、ガラスの歪みで多少様子が違っている自分に話しかけることだった。その鏡はありのままの自分ではなく、闇や足音や黄昏《たそがれ》の庭を飛び回る蝙蝠《こうもり》をむやみに怖がることのない、理想の自分の姿を映していた。

「おりこうさんね」ヘンファルコン夫人は心ここにあらずといった口調で言ってから両腕を大きく伸ばし、自分の用意したお楽しみプログラムのほうへ、子どもたちを鶏のように追い立てていった。卵運び競走、二人三脚、林檎取りなど、フランシスには屈辱以外のなにものでもないようなゲームばかりだった。そして、ゲームの合間に手持ちぶさたになり、メイベル・ウォーレンの蔑んだ視線をできるだけ避け、ひとりで部屋の隅にいるときには、迫りくる闇の恐怖から逃れる方法を考えることができた。お茶の時間になるまではだいじょうぶだとわかっていたが、コリン・ヘンファルコンの誕生ケーキに立てられた十本の蠟燭の、燦然と輝く黄色い光に照らされて座っているとき、フランシスは怖れていたものがすぐ間近にあることを初めてはっきりと意識した。ジョイスの甲高い声がテーブルに響き渡った。「お茶がすんだら、暗闇のかくれんぼをしましょうよ」

「いや、かくれんぼはよそうよ」ピーターがフランシスの困った顔を見つめながら言った。「毎年やってるからさ」

「でも、プログラムのなかにちゃんと入っているんだもの」メイベル・ウォーレンが大きな声を出した。「わたし、ちゃんと見たのよ。ヘンファルコンさんの肩越しに。五時にお茶、五時四十五分から六時半まで暗闇のかくれんぼって。プログラムにそう書いてあったわ」

ピーターはそれ以上何も言わなかった。かくれんぼがヘンファルコン夫人のプログラムのなかに入っているのなら、何を言ってもむだだった。ピーターはケーキをもうひとつ切り分けてもらい、紅茶をのろのろと飲んだ。これでかくれんぼを始める時間を十五分くらい遅らせられたら、フランシスはうまい言い訳を考えつけるかもしれない、と思ったのだが、子どもたちはすでに二人三人と席を立っていき、ピーターの思惑は外れた。三度目の失敗だった。そしてピーターは再び、巨大な鳥が翼で弟の顔に翳《かげ》を作るのを目にした。しかし、ピーターは自分の愚かさをひそかに責めつつ、大人が繰り返し言う言葉——「暗闇には怖いものなんていない」——を思い出して気持ちを引き立てながらケーキを食べた。最後にテーブルを離れた双子がふたりそろって玄関の間に行くと、ヘンファルコン夫人のやる気満々で、苛立たしげな目に迎えられた。

「さて、いよいよ暗闇のかくれんぼですよ」と夫人は言った。

ピーターが弟を見ると、唇は引き結ばれていた。フランシスはパーティの始まったときからこの瞬間をずっと怖れていたんだ。そして胸を張ってなんとかこの瞬間を迎えようとしていたのだけれど、もう諦めてしまったんだ、とピーターは思った。フランシスはかくれんぼから逃れられるいい案をお授けくださいとお祈りしたはずなのに、かくれんぼは子どもたちの大喜びの歓声で迎えられている。「わあ、やろう、やろう」「二組に分かれなくちゃ」「探すのはどこまで？」「陣地はどこ？」

フランシス・モートンはヘンファルコン夫人のそばに寄りながら、はち切れんばかりの胸のあたりを落ち着きなく見つめた。「ぼくが入ってもしょうがないと思います。

子守がじきに呼びにきますから」

「あら、子守は待ってくれますよ、フランシス」ヘンファルコン夫人はそう言うと手を叩いて、二階に駆けのぼろうと広い階段に足をかけている子どもたちを呼び戻した。「お母さまも気になさいませんよ」

フランシスの巧妙な作戦もそこまでだった。念入りに準備していた言い訳が功を奏さないこともあるということを、フランシスは認めようとはしなかった。いまの彼には、うぬぼれていると他の子たちが思って忌み嫌っているはっきりした口調のまま、こう言うしかなかった。「入らないほうがいいと思うんです」フランシスは怖かったが身じろぎもせず、表情ひとつ動かさなかった。しかし恐怖の力が、恐れそのものの投影が兄の心にまで届いた。その瞬間ピーター・モートンは、明るい光が消えて、静かで奇妙な足音ばかりが聞こえる闇の孤島にひとり置き去りにされる恐ろしさに、いまにも声をあげそうになった。それからすぐに、これは弟が味わっている恐怖だということに思い至った。衝動に駆られたピーターはヘンファルコン夫人にこう言っていた。「フランシスは入らないほうがいいと思います。闇に怯えるんです」それは言ってはいけない言葉だった。六人の子どもは「よわむし、よわむし、あまえんぼ」といっせいにはやしたてながら、ひまわりのようにからっぽで、醜く歪んだ顔をフランシス・モートンに向けた。

兄のほうを見ずに、フランシスは言った。「もちろん、入りますよ。怖くなんてありません。ただちょっと……」しかし、六人の子どもはフランシスのことなどもはやどうでもよかった。ヘンファルコン夫人のまわりに集まって、夫人の問いかけに甲高い声でいちいち受け答えしていた。「ええ、家のなかならどこでもいいの。灯りはみんな消しましょうよ。ええ、戸棚のなかに隠れたっていいことにするわ。見つけられるまでずっと隠れてなくちゃだめ。陣地はないことにしましょう」

ピーターは離れたところ立ち、弟を救うつもりで無様なやり方をしてしまったことを恥ずかしく思っていた。いまやピーターは頭の隅で、自分がかばったことでフランシスがひどく恨んでいることを感じていた。何人かが階段を登っていき、二階の明かりがすべて消えた。闇が蝙蝠の翼のように一階にまで降りてきた。他の子どもたちは玄関の間にある明かりをひとつひとつ消していった、子ども全員がシャンデリアの輝きのもとに集まってくるまで、蝙蝠は閉じた羽のなかに身を隠し、その大きなシャンデリアまでもが消えるのをじっと待っていた。

「あなたとフランシスは隠れる側ね」背の高い少女がそう言ったとき、シャンデリアの光が消え、足元の絨毯が動き、子どもたちの忍び足の音が冷たいすきま風のように家のあちこちに散っていった。

「フランシスはどこに隠れたんだろう」ピーターは思いめぐらせた。「ぼくがそばにいれば、いろんな音がしてもそれほど怖がらないはずだ」〝いろんな音〟が静寂を覆い隠している。緩んだ床板の軋む音、食器棚をこっそりと閉める音、磨かれた木の手すりをたどる指の音。

人っ子ひとりいない暗い部屋の真ん中でピーターは、耳を澄ましていたのではなく、弟の居場所が浮かんでくるのを待っていた。しかし、フランシスは両耳を覆い、目をぎゅっとつむり、心を閉ざしてしゃがみこんでいる。緊張感だけが闇の隙間から伝わってくる。そのときに「こっちだよ」という声が聞こえた。まるで弟の冷静さがその突然の声でこなごなになってしまったかのように、ピーター・モートンは恐怖のあまり飛びすさった。しかし、それは自分が感じている恐怖ではなかった。弟にとって焼けつくほどの恐怖感が、ピーターにとっては理性を失くすことのない深い思いやりとなった。「どこだろう。ぼくがフランシスなら、どこに隠れるだろう」ピーターは、フランシス本人とは言わないまでも鏡のような存在だったので、その答えはすぐにわかった。「書斎の扉の左にあるオーク材の書棚と、革の長椅子のあいだだ」双子のあいだには、テレパシーなどという特殊な言葉は通用しない。ふたりは子宮のなかでずっといっしょだったのだから、離れられるわけがないのだ。

ピーター・モートンはフランシスの隠れているところまで、忍び足で向かった。ときおり床板が鳴るので、闇のなかに潜む鬼《クエスター》のひとりに見つかるのを怖れたピーターは、しゃがみこんで靴紐をほどいた。革紐の先の金具が床に触れ、その音でこちらに近づいてくる足音がいくつも聞こえた。靴下だけになったピーターは、脱ぎ捨てた自分の靴にだれかがけつまずいた音がして心臓がびくっとしなかったなら、この首尾ににんまりしただろう。ともかくこれで床板を軋ませて鬼に行く手を教える心配はない。ピーターはこっそりと、そしてまっすぐに目的の場所に近づいていった。弟が壁際にいることが直感でわかったので、ピーターは手を伸ばして弟の顔に指を触れた。

フランシスは声をあげなかった。だが、ピーターの心臓が跳び上がったので、フランシスの恐怖の度合が察せられた。「だいじょうぶだよ」とピーターは囁いて、しゃがみこんでいる人影を手探りし、握りしめられた手をつかんだ。「ぼくだよ。そばにいるから」もう片方の手をしっかり握りしめると、ピーターは自分の口から出た言葉が囁きの滝となって落ちていくのに耳を澄ました。フランシスの片手がピーターの頭のすぐそばにある書棚を触っているので、自分がそばにいてもフランシスがまだ怖がっていることに気づいた。もっと和《やわ》らいで、もっと楽になればいいとピーターは思ったが、それでも恐怖はまだ続いていた。いま感じているのは弟の恐怖であって自分のではないことがわかっていた。ピーターにとって暗闇は、明かりのない状態にすぎなかったし、手探りをする手は、よく知っている子どもの手にすぎなかった。あとは見つけられるまでここにいればいい。

ピーターは二度と口を開かなかった。なぜなら、フランシスとは以心伝心で通じているのだから。手を握るだけで、口で言葉にするよりはるかに速く思いが伝わっていく。ピーターには弟の感情の流れが手に取るようにわかった。不意に体を触られてすさまじい恐怖を感じ心臓が跳び上がったが、しだいに戦慄を覚えている動悸になり、いまでは一定の鼓動がずっと続いている。ピーターは、一心不乱にこう思った。「ぼくはここにいるよ。怖がらなくてもいいんだ。もうすぐ明かりがつく。あのカサカサいう音や物音はぜんぜん怖いものじゃないんだ。ジョイスの立てている音だし、メイベル・ウォーレンのたてている音だよ」ピーターはうなだれた体に安心感を注ぎこんだが、恐怖は続いている。「みんなで集まってひそひそやってる。ぼくらを探すのにくたびれたんだ。すぐに明かりがつく。ぼくらの勝ちさ。怖がらなくていいんだ。階段のところに誰かいたけど、あれはヘンファルコンさんだよ。ほら、明かりを探してるよ」足が絨毯を踏む音、手が壁を伝う音、カーテンを開ける音、取っ手がカチリと鳴る音、食器棚の戸を開ける音。ふたりの頭上の書棚で、ぐらついた本が動く気配がした。「ジョイスがしているんだ。メイベル・ウォーレンがしているんだよ。ヘンファルコンさんがしているんだ」安心させようとさらに強く思ったとき、ふいにシャンデリアが、果樹の花が満開になったように、光を放った。

その明るさに子どもたちの声がけたたましく上がった。「ピーターはどこ？」「二階は探したの？」「フランシスは？」しかし、そのときヘンファルコン夫人の悲鳴が聞こえ、子どもたちは再び黙り込んだ。フランシス・モートンの静けさに最初に気づいたのはヘンファルコン夫人ではなかった。フランシスは、兄の手に触れられて書棚に寄りかかるようにくずおれた格好のままだった。ピーターは得体の知れない殺伐とした悲しみを感じながら、それでも握りしめられた弟の手をつかんでいた。死んだのは弟の体だけではなかった。兄は、幼かったのでその矛盾を理解できはしなかったが、フランシスはもう恐怖も暗闇もないと言われるところにいるのになぜフランシスの戦慄の動悸はいまも続いているのだろう、と不可解な自己憐憫を感じながら思っていた。

一九二九年

訳者紹介（敬称略，アイウエオ順）

越前敏弥
英米文学翻訳家
訳書『ダ・ヴィンチ・コード』ダン・ブラウン，『ウルフ・ムーンの夜』スティーヴ・ハミルトン（ハヤカワ・ミステリ文庫），『父さんが言いたかったこと』ロナルド・アンソニー

加賀山卓朗
英米文学翻訳家
訳書『ミスティック・リバー』デニス・ルヘイン（ハヤカワ・ミステリ文庫），『文武両道、日本になし』マーティ・キーナート（早川書房），『ナイロビの蜂』ジョン・ル・カレ

鴻巣友季子
英米文学翻訳家
訳書『恥辱』J・M・クッツェー，『昏き目の暗殺者』マーガレット・アトウッド（以上早川書房），『嵐が丘』エミリー・ブロンテ

高橋和久
東京大学教授
著書『エトリックの羊飼い、或いは、羊飼いのレトリック』，訳書『めぐりあう時間たち——三人のダロウェイ夫人』マイケル・カニンガム，『女たちのやさしさ』J・G・バラード

田口俊樹
英米文学翻訳家
『愛の饗宴』チャールズ・バクスター（早川書房），『探偵学入門』マイクル・Z・リューイン（ハヤカワ・ミステリ），『オルタード・カーボン』リチャード・モーガン

永富友海
上智大学助教授
『ニーチェとパロディ』サンダー・ギルマン（共訳），『性のアナーキー——世紀末のジェンダーと文化』（共訳）

古屋美登里
英米文学翻訳家
訳書『いつかわたしに会いにきて』エリカ・クラウス（ハヤカワepi文庫），『観光』ラッタウット・ラープチャルーンサップ（早川書房），『望楼館追想』エドワード・ケアリー

三川基好
早稲田大学教授
訳書『ゼロ時間へ』アガサ・クリスティー（ハヤカワ・クリスティー文庫），『シルクロードの鬼神』エリオット・パティスン（ハヤカワ・ミステリ文庫），『英語の冒険』メルヴィン・ブラッグ

若島正
京都大学教授
著書『乱視読者の英米短篇講義』，訳書『告発者』ジョン・モーティマー（ハヤカワ・ミステリ），『透明な対象』ウラジーミル・ナボコフ

ハヤカワ epi 文庫は、すぐれた文芸の発信源（epicentre）です。

〈グレアム・グリーン・セレクション〉

二十一《にじゆういち》の短篇《たんぺん》

〈epi 31〉

二〇〇五年六月十五日　発行
二〇一八年七月十五日　四刷

（定価はカバーに表示してあります）

著者　グレアム・グリーン
訳者　高《たか》橋《はし》和《かず》久《ひさ》・他
発行者　早川　浩
発行所　株式会社 早川書房
郵便番号一〇一 - 〇〇四六
東京都千代田区神田多町二ノ二
電話　〇三 - 三二五二 - 三一一一（大代表）
振替　〇〇一六〇 - 三 - 四七七九九
http://www.hayakawa-online.co.jp

乱丁・落丁本は小社制作部宛お送り下さい。
送料小社負担にてお取りかえいたします。

印刷・信毎書籍印刷株式会社　製本・株式会社明光社
Printed and bound in Japan
ISBN978-4-15-120031-1 C0197

本書のコピー、スキャン、デジタル化等の無断複製は著作権法上の例外を除き禁じられています。

本書は活字が大きく読みやすい〈トールサイズ〉です。